藝術文獻集成

李流芳集

〔明〕李流芳

浙江人民美術出版社

圖書在版編目(CIP)數據

李流芳集 / (明) 李流芳撰；李柯輯校. —杭州：浙江人民美術出版社，2019.12

(藝術文獻集成)

ISBN 978-7-5340-7474-5

Ⅰ. ①李… Ⅱ. ①李… ②李… Ⅲ. ①古典詩歌－詩集－中國－明代②古典散文－散文集－中國－明代 Ⅳ. ①I214.82

中國版本圖書館CIP數據核字(2019)第152678號

李流芳集

〔明〕李流芳 撰

李 柯 輯校

責任編輯 霍西勝 張金輝 羅仕通
責任校對 余雅汝 於國娟
裝幀設計 劉昌鳳
責任印製 陳柏榮

出版發行 浙江人民美術出版社
(浙江省杭州市體育場路347號)
網 址 http://mss.zjcb.com
經 銷 全國各地新華書店
製 版 浙江新華圖文製作有限公司
印 刷 三河市嘉科萬達彩色印刷有限公司
版 次 2019年12月第1版・第1次印刷
開 本 880mm×1230mm 1/32
印 張 12.75
字 數 192千字
書 號 ISBN 978-7-5340-7474-5
定 價 79.80圓

序

嘉定自宋元以迄明初，還是一座不起眼的欠發達的縣城（時屬蘇州）。到明代中葉，特別是萬曆以來，在江南和蘇州地緣經濟、文化的促進下，嘉定人懷有要求改變本地區發展遲緩狀況，急起直追的迫切願望，這個「僻在海隅」的弱縣一躍而爲繁盛殷實的「壯邑」。經濟空前繁榮，練祁、南翔、安亭、婁塘諸鎮人煙稠密，文化教育蔚然興盛，士習樸厚純良，文風活躍開放，湧現了一批在江南、海内有影響的人物。他們中間有碩師名儒、學者文人，有文學家、書畫家、雕刻家、園藝家，登巍科而擢高官者也蟬聯不絶。李流芳與唐時升、程嘉燧、婁堅四位布衣之士并稱「嘉定四先生」，被推爲一縣書畫詩文的傑出代表，成爲地方文化史上的一個標誌，一塊里程碑，四五百年來一直受到嘉定士民的景仰。四先生和其他寒微人士之受地方普遍尊重，反映了嘉定的優良鄉風，裁量人物不以家境貧富，不以科第顯微，不以地位尊卑，而重道德、學問、文章、才藝、個人長處和社會貢獻。這是嘉定所以人才泉湧、文化昌盛的一個重要原因。

李流芳是四先生中的翹楚。他的成長和建樹，離不開良好的家族教養和淳美的地域文化的薰陶，也和晚明新思潮的浸潤密切相關。他與當時文藝界的名士勝流，與公安、竟陵革新派中堅，有着廣泛的聯繫，與竟陵派領袖鍾惺、譚元春交誼尤厚，神魂相契。鍾惺題李流芳有「三絶」(蓋指詩、書、畫)，又讚美他性情之真，「興來興止性情真，有意無意如其人」。而元春與流芳十年相思，一朝會面，難分難舍。譚詩云：「十年欲見心，索之已無跡。如此祛惑物，早眠便可惜。」李詩云：「十年相求如相得，停車下船各嘆息。」之前，通過各種渠道，二人早已心會神交了。李流芳對人的本質和人生價值的看法合乎時代新潮流，自稱「情癡」，「爲情而死」，也就是説，人當有所愛，有所好，一往情深，性命以之。人貴尊情適志，如果抑性屈志以謀功名富貴，那是不值得的。他批評當日世風：「今士非科舉之業不足以致身，至於父母之所以教子，與子之所效於父母者，終其身以名相籠，而不既其實，即至於自失而不悔。」他也曾爲家族驅使奔走於科場，但骨子裏對科舉不感興趣，屢屢表白

「予於舉業無所喜」,「我於名場,每懷退志」,「名利真同糞土看」。他的一生始終丟不開書畫藝術,雖身在科途仍心繫藝文,「余性不喜舉業之文,而時時代以書畫」。在他的價值天平上,詩文書畫遠重於功名富貴,越到後來輕重傾斜度越大。最終,李流芳拋棄了功名富貴的觀念,走上貴乎自適、實現自我的人生道路,將主要精力傾注於自己所鍾愛的繪畫、書法、詩文創作上,優游倘佯於山泉水石園亭花木之間,成爲一位卓有建樹的畫家、詩家、散文家。一個文人畫士能夠「淡蕩於榮利」,安於恬靜的人生,是很不容易的。

李流芳的人品一流,文品一流,藝品一流,獲得明末清初許多名流巨匠的交口贊譽。張溥推之爲「畮中畫聖」,吴偉業列其爲「畫中九友」,錢謙益對他的品格、繪事、詩文都贊揚備至。書畫宗匠董其昌對這位後起俊彦先他離世深感痛惜,并給予高度評價,「其人千古」,「其技千古」,「其交道(交友之道)千古」。李流芳是不朽的。他在世時,受到廣泛的尊敬和讚美,他親手經營的檀園「水木清華,市囂不至」,「琴書蕭閑,香茗郁烈」,是文士清流常愛盤桓的去處。他死後四百餘年,高行美德、詩文書畫仍在人間流傳，風流文采，至今尚存。前不久，毁於明清喪亂之際的檀園經過重建，業已落成，與李氏家族另一座名園——猗園并輝槎溪之上。《李流芳集》經過纂輯校點，將由浙江人民美術出版社首次排印出版，與廣大讀者見面。這兩件事的重合，表明嘉定人民和熱愛中華文化的人們對李流芳的景仰和紀念。優秀的文學藝術遺産及其創作者會永遠留在人們的記憶裏。

李柯博士研讀李流芳有年，在修碩士期間曾參與《嘉定四先生詩文選注》的編寫工作，通讀了《四先生集》等，而於李流芳用力尤勤，并作爲研究課題撰成學位論文。後入復旦大學攻讀博士，主修明代詩文，兼涉李流芳，在幾位良師的指導下，學業有了長足進步。此次，他應出版社之約校理《李流芳集》，精心考訂版本，反復研讀文本，仔細校勘字句，遇有疑難，查找各種書籍仍不得其解，又向師友請教，務求得到正確的解讀，不肯輕易放過。搜討佚文、彙輯評論也不怕煩難，窮究冥索，挖掘出不少被湮没的遺簡佚文。尋墜緒之茫茫，工夫不負有心人，爲日後繼續深入研究李流芳和其他相關作家打下了比較紮實的基礎。標點、校勘、輯佚是古代文獻整理研究的一項基本功，此與戲曲藝術强調「四功五法」是同樣的道理，基本功不紮實難成大器。

整理本《李流芳集》出版在即，對讓廣大讀者了解李流芳，了解嘉定，對深入研究李流芳以及晚明文學、書畫藝術，都是很有意義的。

二〇一二年春　夏咸淳於滬上泉苑

整理前言

《李流芳集》十三卷，明李流芳撰。李流芳（一五七五—一六二九），字茂宰，一字長蘅，以所居檀園爲號，又號香海、泡庵、六浮道人、慎娱居士等，明南直隸蘇州府嘉定縣南翔鎮（今屬上海）人，祖籍徽州府歙縣豐南（今屬安徽）。萬曆三十四年（一六〇六），流芳與錢謙益偕舉於南京。之後，他數次北上公車不第，身心俱疲。天啓二年（一六二二），流芳再次赴考，抵達京郊時，驚聞遼東戰事不利，國勢垂危，愈加悲觀，遂棄考而返，絶意仕進，以讀書奉母爲事，優遊於林泉。流芳善詩文，工書畫，精通印刻，與同鄉名士唐時升、婁堅，以及僑寓嘉定的徽州休寧（今屬安徽）人程嘉燧合稱「嘉定四先生」，與崑山名士歸昌世、王志堅并號「三才子」，又與董其昌、楊文驄、程嘉燧、王時敏等合稱「畫中九友」。

李流芳生前嘗自編詩集，好友程嘉燧爲題《李長蘅檀園近詩序》，是集今已不存。據清裴福景《壯陶閣書畫録》卷十六（民國二十六年中華書局鉛印本）載録，李流芳《手書詩》二册，爲清人古鹽俞石倉（一作俞倉石）所藏，上有流芳本人題詞及袁枚跋語。從題詞記録的寫作時間看，該手録本并非由程嘉燧作序的自編詩集，可惜的是此本同樣已經失傳。

明崇禎元年（一六二八），流芳疾重，病榻上應嘉定縣令四明謝三賓之請，出平生所著詩文，手自删定，編爲《檀園集》十二卷，凡詩六卷，序記雜文四卷，畫册題跋二卷。崇禎二年（一六二九）《檀園集》刊行，流芳則已於是年正月二十三日溘然辭世。次年，謝氏彙《檀園集》與唐時升、婁堅、程嘉燧三家之刻爲《嘉定四先生集》。清康熙年間，嘉定陸廷燦重修《四先生集》，《檀園集》書板已毁廢於兵燹，陸氏遂於康熙二十八年（一六八九）遵其崇禎原刻重刊。據清裴福景《壯陶閣書畫録》卷十六（民國二十六年中華書局鉛印本）與清姚覲元《清代禁毁書目四種·抽毁書目》（清光緒刻《咫進齋叢書》本），乾隆御修《四庫全書》，部臣奏請抽毁李流芳詩作，蓋因有詩言及遼事。然而，纂修者最終還是將《檀園集》十二卷悉數録入，間有篡塗，書由安徽巡撫採進，所據版本不詳。一九七五年，台灣學生書局出版叢書

《歷代畫家詩文集》，收入《檀園集》，是書據「國立中央圖書館」藏崇禎本影印，所缺謝三賓序文首葉，依《文淵閣四庫全書》本鈔配。

流芳另有畫作題跋稿本《西湖臥遊圖題跋》，後世傳鈔、翻刻、迻录甚多。所收篇目與《檀園集》卷十一《西湖臥遊册跋語》大抵相合。惜此副墨原稿已率多散逸，今有李氏真跡「書畫雙挖」軸（箋本，水墨）見存，徐邦達先生認爲此雙挖軸實乃「《臥遊圖》失群之一」，遂題記「以俟延津之合」。清康熙三十七年（一六九八），丁文衡（一作丁文蘅）從《檀園集》爲校，依手稿《西湖臥遊圖題跋》寫之。是本亦不得見，清丁仁《八千卷樓書目》卷十一子部（民國十二年鉛印本）録明李流芳所撰鈔本《西湖臥遊圖題跋》一卷，不知是否爲丁文衡寫本。今存清光緒七年（一八八一）錢塘丁氏嘉惠堂刻本，即據丁文衡鈔本所刊，收在丁丙、丁申輯《武林掌故叢編》第三集，同時收入丁丙所輯《西湖集覽》，後又編入台北新文豐出版公司一九八九年影印本《叢書集成續編》藝術類第九十五册，以及上海書店出版社一九九四年影印本《叢書集成續編》子部第八十五册。上海古籍出版社一九九九年版《西湖文獻叢書·四時幽賞録（外十種）》與王國平主編《西湖文獻集成》（杭州出版社二〇〇四年版）所收《西湖臥遊圖題跋》同樣是依照這個本子標點的。清宣統三年（一九一一），鄧實、黄賓虹所編上海神州國光社鉛印本《美術叢書》初集十輯行世，《西湖臥遊圖題跋》收入第十輯，此本所據亦爲丁氏鈔本。上海圖書館藏《李流芳題畫詩跋》一卷，則乃長蘅存世手稿，尤爲珍重，收題跋凡二十一篇，與《檀園集》卷十一、卷十二所收略有出入。李流芳詩文時常被編入後世叢書、總集、選本等，如中國國家圖書館藏清刻本《明詩百家》卷十一即收録《李長衡先生詩集》一卷。需要特別説明的是，上海圖書館藏有劉向校定，佚名批校過録，署名張賓王、李長蘅、汪無際三色批點《戰國策》十卷，明萬曆刻本，二册，縱二一七點三厘米，横一七點一厘米，每半葉九行，行十八字，有欄，版框縱二一點五厘米，横一四厘米，上下單邊，左右雙邊，版心白口，單黑魚尾。在中晚明以來，評點學逐漸興盛，坊間書賈爲牟利而大肆刊行僞託之作的背景下，此書評點人的身份真僞暫難斷定，俟方家作進一步考證。此外，流芳尚有若干書畫、印刻作品傳世，其課徒山水畫稿收入《芥子園畫傳》。

本次整理以李流芳躬自裒集，版行最早，當世稀見的崇禎原刻《檀園集》爲底本，校以清康熙間重刻本、《文淵閣四庫全書》本，并參校長蘅手稿《李流芳題畫詩跋》、上海嘉定博物館藏清嘉慶十九年（一八一四）嘉定張大有鐫《四先生詩札》等。卷十一、卷十二又參校了光緒七年（一八八一）刻本、《美術叢書》本《西湖臥遊圖題跋》，書中個別地方還校以長蘅傳世書畫上或後世書畫著録轉引的自題詩跋等。另自長蘅存世書畫、書札真跡、歷代書畫、印刻譜録、别集、選本、方志等文獻中，或相關的傳世文物上輯出《檀園集》未收篇目若干，輯爲補遺一卷，與《檀園集》合爲十三卷，并彙輯與長蘅相關的重要史料附卷末，題作《李流芳集》，庶成足帙。

本書的具體整理凡例爲：

一、標點。以現代漢語標點符號標點。直接引文加引號，意引不加引號。書名加書名號。不用專名線。

一、校勘。底本爲崇禎二年四明謝三賓刻《嘉定四先生集》本《檀園集》，校勘記中統一簡稱「崇禎本」。主校本爲清康熙二十八年嘉定陸廷燦重修《嘉定四先生集》本《檀園集》、《文淵閣四庫全書》本《檀園集》；重要的參校本有上海圖書館藏明稿本《李流芳題畫詩跋》、上海嘉定博物館藏清嘉慶十九年（一八一四）嘉定張大有鎸《四先生詩札》、清光緒七年錢塘丁氏嘉惠堂刻本《西湖卧遊圖題跋》、《美術叢書》本《西湖卧遊圖題跋》等。以上數種，校記中分别稱作「康熙本」、「四庫本」、「稿本」、「張氏石刻」、「光緒本」、「美術叢書本」等。書中個别之處，又校以李流芳傳世書畫上或後世書畫著録轉引的自題詩跋等，校記中徑稱其名。底本各卷目録原在每卷卷首，爲翻檢、閱覽之便，將各卷目録統合於全書卷首。底本目録與正文不合處，據正文徑改。目録標題悉用全稱，包括題下小注。崇禎本、康熙本卷十二的卷首目録中列有《爲孫山人題畫》一篇，未見於正文，徑删之。正文中避諱字徑改，異體字按《第一批異體字整理表》處理，亦徑改。除人名、地名或影響文意的情況外，全書統一用字。例如，底本中「于」、「於」二字在不見用於人名、地名，且文意相同時，統一寫作「於」字。

一、輯佚。自李流芳存世書畫真跡、歷代書畫、印刻譜録、别集、選本、方志等各類文獻中，或相關的傳世文物上輯出《檀園集》未收詩歌、書牘、疏、題跋、制義等若干，補遺爲一卷，與《檀園集》合爲十三卷。「補遺」所收篇目的編次從先詩後文之常例，詩則先五七古體，次五七律絶，佚句等放在最後，文則先書牘，次疏、題跋，後制義。題跋類作品再按創作時間先後編列；無法確考寫作年月者置後。附有題款的畫作題詩均收入題跋類（題款僅爲「李流芳」三字者除外）。「補遺」所收題跋大都輯自李氏存世真跡、歷代書畫、印刻譜録，多無標題，遂據原載書畫之名或譜録書名自擬其題曰「題某某畫」、「題某某卷」等，或徑曰「無題」；所輯缺題書牘據寫信對象擬作「與某某」或「復某某」，寫信對象俟考者命作「無題」；輯自其他文獻的失題詩文則一律命作「無題」。上海嘉定博物館藏清嘉慶十九年（一八一四）嘉定張大有鐫《四先生詩札》真跡石刻，載録《檀園集》未收之李流芳詩歌、書牘數篇，因年代久遠，其文多漫漶殘缺，難以辨認，恕不輯出。卷末另輯附録二種，以資參考：一爲「李流芳著述序跋輯録」，自諸版本《檀園集》及其他李氏撰著中輯得各家序跋若干，文字以現存最早版本中所録爲準，不作對校，一仍其舊；一爲「李流芳研究資料選輯」，擇要彙輯「五四」以前的相關研究資料若干，分爲「書目提要」、「傳記資料」和「其他」三個部類。每部類中，篇目按撰者生年先後排列，生年未詳者所撰所纂，按其大致生活的時代置於生年明確者所撰所纂之後，同一纂撰者的篇目按先詩後文、先作品後論評，以及同書卷目先後之例編次，其他編校體列同上。

一、書名。是書本之李流芳《檀園集》，然自原文標點、校勘以外，尚有未收詩文、相關史料的輯佚，所輯著述序跋亦非爲《檀園集》僅有。面目既變，名實互異，故捨舊不用，另立新題曰《李流芳集》。全書目録及每卷卷首「卷一至卷十二」下，仍題作「《檀園集》一至十二」，卷十三下則題作「《檀園集》補遺」，以示其源流。

如上所述，《李流芳集》的整理工作牽涉到大量相關的文獻材料、文物資料。特别是那些流散海内外各地的李流芳存世真跡，其數量尚無法精確統計，其真僞亦難以一一明辨。筆者雖多方奔走，竭力訪求，所能經眼者仍然有限，再加之自身學淺力薄，因此，校勘標點難免存不當之處，鉤沉輯佚亦或有一二僞作竄入，祈請讀者不吝賜正。

整理過程中，幸蒙我的老師上海社會科學院文學研究所夏咸淳研究員的精心指教。他對我勉勵有加，耐心細緻地釋疑排難，一針見血地指瑕糾偏，見解高卓而不遺餘力。不僅如此，還於百忙中撥冗賜序，爲是書增色太多，恩意隆厚，感莫可言，謹此叩謝。上海嘉定博物館的陶繼明老師、徐征偉老師、林介宇兄、王光乾兄等亦十分關切本書的整理進程，爲筆者經眼相關文獻、文物提供了極大便利，又慷慨無私地授賜珍簡佚文數篇，令人感動，借此深表謝忱。還要特别感謝本書的責任編輯，他不厭其煩地校閲稿樣，睿智果斷地提出建議，爲是集的順利刊行和質量保障付出了大量的心血。

此外，業師上海社科院孫琴安研究員與復旦大學陳廣宏教授，以及復旦大學的黄霖老師、鄭利華老師、黄仁生老師、黄毅老師、陳正宏老師、錢振民老師、吴格老師、陳維昭老師、王亮老師、潘佳師兄、張桂麗師姐、田吉兄、湯志波兄、杜怡順兄、姜雲鵬兄、龍野兄、張羽兄、岳欽韜兄、王晴璐師妹、蔡燕梅師妹、徐丹丹師妹、上海社科院的陳伯海老師、張文江老師、沈習康老師、黄江平老師、張煉紅老師、錢澤紅老師、王毅老師、馬學强老師、李亦婷師姐、袁家剛師兄、陸燁兄、曹維剛兄、阮慧平同學、上海藝術研究所的周錫山老師、臺灣政治大學的林志晟兄、上海圖書館的仲威老師、鄒曉燕老師、汪政師兄、華東師範大學的胡曉明老師、上海大學的孫小力老師、石嬋娟學姐、上海市嘉定區南翔鎮人民政府等單位的師友們同樣爲是書的整理出版提供了親切指導與大力幫助，使我受益良多，一并深切致謝。

李柯　壬辰年初春於復旦園

目録

李流芳集卷一 檀園集一

五言古詩凡八十一首

李流芳集卷二　檀園集二

七言古詩凡三十一首

李流芳集卷三　檀園集三

五言律詩凡四十六首

五言排律凡三首

李流芳集卷四檀園集四

七言律詩凡九十首

李流芳集卷七檀園集七

序凡十六首

李流芳集卷八檀園集八

李流芳集卷九檀園集九

行狀凡一首

墓誌凡一首

像贊凡五首

李流芳集卷十檀園集十

祭文凡十一首

李流芳集卷十二檀園集十二

李流芳集附録

李流芳集卷一檀園集一

五言古詩凡八十一首

冬夜書懷

懷人不能寐，起行視天末。風高夜氣爽，空庭貯寒月。落木何蕭疏，縱横影交列。萬籟久逾靜，中懷耿不滅。憶我心所歡，生平矢相結。嬿婉能幾時，一朝悲契闊。前日送我行，攬衣與我訣。期我明月夜，翩然履我闥。將子無愆期，指爲三四屈。莞簟既已安，樽罍亦云設。期逝子不來，音塵望中絶。川塗非渺邈，江河多舟楫。豈不顧前好？或以事羈紲。一心抱終始，懷疑難自決。團團天上月，光輝有時缺。藹藹庭中樹，豈無辭柯葉？新歡與故〔一〕知，恐或異凉熱。引領還入房，垂淚空咄咄。

隴上别

青青隴上麥，離離江邊樹。此地曾别郎，細雨濕歸路。一解。郎亦從此去，儂亦從此辭。感彼路傍人，道儂相送時。二解。不忍與郎别，又不隨郎去。只是牽郎衣，躊躇復不語。三解。斫枝斫連理，折花折并頭。今日非昨日，儂身那自由？四解。一花持伴儂，一花持贈郎。不比花顔色，但比花參商。五解。儂如車脚泥，棄置亦不安。郎如失林翼，孤棲亦不歡。六解。儂自目送郎，請郎莫回顧。恐郎爲儂辛，淚亦爲郎茹。七解。譬如不相識，相會自有期。但願加餐飯，不願長相思。八解。

酒後爲鄭閑孟畫扇戲題

吾愛水上亭，覆以柳如絲。不獨水清淺，春風故來吹。水緑柳鬭青，顧眄明須眉。荒園二三畝，新栽四五株〔二〕。下有沮洳流，上無黄草茨。時亦偕吾友，對此斟酌之。適興聊復爾，點綴亦何爲？

將赴試白下走筆別荃之

憶昔婉孌時，與子有成說。悠悠路傍人，使我意不徹。齷齪不足論，但念子羈紲。人生非鹿豕，豈難相訣絶？不忍區區誠，執手即嗚咽。白門河畔柳，句曲邸中月。維舟復沽酒，與子行相挈。車塵十尺深，關路百盤折。奚囊共結束，蹇衛爭蹩躠。村醪解饑劬，松柴熄煩熱。十年諳客味，夢到魂欲裂。況復與子辭，獨行何孑孑。水行多風浪，陸行畏炎魃。車行虞臲卼，馬行憂蹉跌。世路皆如此，吾生何屑屑。白龍百畝山，嘉木蔭成列。朅來偕吾友，掉頭意已決。永懷向子期，遂陋張生舌。兹遊非本情，聊以當一咉。子如有两意，請與子長別。

題荃之畫蘭

我昔學畫時，意亦頗浩渺。不求工形似，但以寫懷抱。十年弄筆研，自顧尚草草。子真有夙慧，落筆那便好。疏疏幾葉蘭，此意亦難了。墨肥苦無骨，險瘦神亦稿。縱筆傷婀娜，取態失蒼老。不獨煩位置，兼亦貴風藻。看子意有餘，一往何振掉。著花花離離，著葉葉嫋嫋。因風欲翩翻，墮雨故夭矯。開篁颯生氣，嫣然出物表。始知畫有真，俗工徒潦倒。勉旃自珍重，成名不足道。因憶吾友言，惜哉籠此鳥！閑孟遺荃之詩嘗有此句。

燕中歸爲閑孟畫煙林小景有感而作

我行江北路，轉愛江南趣。雖有遠近山，而無高低樹。山枯石欲死，泉涸澗亦痼。平生山水歡，所遇頓非故。朅來揚子邊，望見江南霧。霧中何突兀，金焦與北固。春山一何青，春江一何素。得非筆變化，毋乃墨吞吐。恍如逢故人，此意不能喻。吾家嘐城東，小築溪頭住。春流正環門，夏木將莽互。嘗耽詩中色，兼識畫中句。遊好在所生，毋爲勤遠慕。

登慈雲嶺還訪嚴印持忍公無敕鄒孟陽聞子將於南山小築信宿爲子將題畫作

慈雲何盤盤，崒嵂羅衆致。白石如疊浪，青林若簪髻。落日宜遠山，況與秋爽會。憶昨湖上亭，解后多意氣。感君十年心，發我千里思。江山日待人，突兀爲我輩。從來費夢寐，到此煩應對。奇懷鬱種種，筆墨差遠寄。披襟欲嗒然，相與尋冥契。

苦雨行紀戊申五月事

冬春苦不雨，井竭水值錢。入夏雨不休，出門水接天。咄哉造物功，旱潦何其偏。貧家少生事，俯仰資薄田。平陸成江湖，一望令心酸。二麥既已盡，稚苗不得安。歲功苟如此，何以供粥饘？阿母向我言，汝憂良[三]未殫。且勿計歲功，目前亦艱難。斗米如斗珠，束薪如束縑。瓶中蓄已罄，爨下寒無煙。小婦謀夕舂，大婦愁朝餐。前日雨壓垣，舍北泥盤盤。昨夜雨穿屋，帳底流潺潺。籬落壞不理，衣裳濕難乾。黽勉慰阿母，獨坐窮憂端。海内方嗷嗷，常苦征賦繁。去年北大水，三輔民騷然。司農乏遠籌，往往苛東南。連年稍成稔，額外不肯寬。雖有卒歲儲，傾囊輸上官。吾觀閭左情，豈堪一凶年？惜哉此長慮，誰爲叩帝閽？傳聞四郡間，告荒牘如山。賢侯軫民瘼，步禱良亦虔。庶幾回天心，拯此魚鱉患。褰裳出屋頭，仰視雲根蟠。水鳥立我傍，鳴蛙跳我前。礎石潤欲滴，青燈光不炎。晴占杳難期，雨勢殊未厭。翻思二三子，裹足不到門。何時一相呼，訴此情纏綿。且當冒雨出，弄舟村東灣。遠水正澹蕩，樹色相新鮮。濁酒尚可賒，聊以開心顔。

送座師林先生被召北上三首

男兒生世中，所貴在心期。區區文字間，未足定相知。蹇余好迂闊，賦性不適時。落魄十載餘，一朝生光輝。感彼國士恩，耿耿懷在兹。吾聞昔人言，詘伸各有宜。有懷不得伸，何用相知爲？末俗文貌繁，傴僂效尊卑。相對少真味，囁嚅恐見疑。先生豁達人，容我放言辭。況茲分手路，長當隔雲泥。臨風效微忱，蓄意紛如絲。

梁溪東南衝，自昔稱劇邑。先生脱儒冠，吏治如夙習。下車問疾苦，豪右爭懾息。秋霜比皎潔，春風讓披拂。嘖嘖道路間，口碑豈漫滅？當今服官者，安坐耀朱芾。吾聞先生勤，六年如一日。長官費送迎，簿書苦敦迫。戴星出視事，日旰常不食。永言秉此心，豈但一稱職。天子綜吏治，徵書下南國。異等推先生，循良亦生色。但聞朝署閑，臺諫員半缺。去年得俞旨，至今壅膏澤。擢官仍空銜，毋乃非名實？感時嘆多艱，增我意抑塞。

去年西北饑，今年東南水。極目三吴間，洪濤蕩千里。田稚委陽侯，魚鱉半赤子。更聞邊儲空，司農乏經理。眷焉財賦區，脂膏寧餘幾？嗷嗷溝中瘠，當復虞庚癸。古人喻穫薪，斯言亦有旨。帝閽遠難排，父母幸孔邇。借寇已不再，攀轅詎能已？提攜滿道傍，號呼擁行李。惻愴慈母心，行行且徙倚。徙倚亦何爲？建白從此始。簪筆入承明，抗章上殿陛〔四〕。聖主容直言，痛哭況時事。上言天方難，下言災可弭。沛然發德音，寬恤曁東鄙。道莩庶以甦，菜色行當起。先生弘此猷，蒼生拭目俟。

春日過梁谿偕顧虞工秦圓昔吴巒穉劉彦和遊寶界信宿陳氏山莊翌日將泛湖至華藏寺阻風不果登黿頭渚而還即事有作

梁谿足名勝，春風美遊遨。吾友好事人，載酒呼輕舠。出郭風日麗，山水況相遭。新柳正濯濯，點綴舒夭桃。晴光發野色，遠近匀輕描。言登寶界巔，極目湖天遥。臺榭已零落，松風尚飂飂。山中賢主人，客至愛招邀。牀頭酒如泉，狂叫容吾曹。明發恣幽討，相與尋山椒。山風忽振蕩，湖水方怒呺。華藏渺何許，舟楫不敢操。壯哉黿頭渚，蜿蜒出驚濤。砥柱豈有意？神功一何勞。下穿怪石叢，濺沫聲嘈嘈。奇狀洵不一，閃倏心魂摇。或如怒獸奔，或如劍戟交。或側立若屏，或嵌空若寮。山奴亦不俗，濟勝矜捷趫。往往輕險絶，引我淩最高。吾曹二三子，瞠目但叫號。落日下蘋渚，倒見金光漂。獨山青蒙茸，相望轉泬寥。釃酒酹長風，使我情一豪。境清難久留，歸路翻蕭騷。平生愛奇賞，兹遊愜久要。勿言後期賒，但鬭所得饒。

夫容〔五〕花下獨飲戲柬里中兄弟

愛此夫容〔六〕花，簇簇水之湄。上有竹參差，下有水漣漪。水竹相映發，紅白交光輝。自我牽物役，三年不見兹。前日吴門歸，常恐後花期。家人向我言，花開尚未齊。連朝登樓望，風雨何淒其。恐復花顛頽，徙倚多嗟咨。花神好護惜，留此遲晴曦。今日秋爽佳，轉覺花多姿。過雨著深淺，因風故高低。既耀朝陽色，更與落日宜。一生愛花心，輸寫當此時。何以酬花神？但有酒盈〔七〕巵。自從抱病來，甘與麴蘗辭。對此不快飲，空負看花爲。但願十日晴，兼謝塵鞅羈。客至不出迎，閉門客勿疑。雖有愛花人，不如我情癡。我思古人言，勝事空自知。

己酉春日以看梅到彈山信宿山閣讀壁間舊題如昨日耳而當時共事者徐孺穀張君實與小史荃之皆死矣退之有言人欲久不死而觀居此世者何也愴然興懷爰作此詩

七載閣中人，重來死亡半。巡覽驚孤遊，數往疑夢幻。當年詩酒徒，徐生意何悍。小史最清發，與我情婉孌。張生實同調，時亦偕汗漫。一朝俱灰塵，蕭條空里閈。不見窗中山，突兀猶在眼。不見門前樹，森疏好枝幹。山花向我笑，山鳥自相喚。壁間舊題字，墨跡未漫漶。嗟我同遊人，一逝不復返。曉日充山舟，夕月銅井院。湖波緑欲皺，楊梅紅始綻。曳杖追流雲，浮杯激飛濺。此中樂事多，此日歡情變。低回閱身世，生存靦顔面。西州下悲淚，黄壚發浩嘆。予懷不可道，松風吹獨旦。

西磧看花宿六浮閣上走筆示閑孟兼呈同遊諸子

去年梅花新，愛殺錢家渚。花光與水色，映徹乃如許。我欲作一詩，緒多不能舉。因之發浩想，就此結茆宇。西磧亦曠莽，數畝足容與。朅來尋舊遊，況復多伴侶。信足潭東西，入眥浮四五。山中有潭東、潭西，湖中有五浮。花繁塞遠近，徑折迷處所。或疑雲浮空，復道雪封塢。吾徒好奇者，遇境愛多取。到此徒跌宕，耳目不自主。翻思去年人，重來僅予汝。程龔與髯朱，何意守環堵？清遊信難期，汝乃以予鼓。昨夜懷陰晴，江頭過風雨。入春多佳日，造物豈予侮。茲行偶得遂，予歌汝可舞。興闌更秉燭，相對寒閣語。山風颯然清，似勸手中醑。買山已得計，吾駕不可圉。

登銅井訪三乘上人

盤礴銅井道，舊遊記平樾。褰衣出木杪，坐覺耳目豁。半嶺界湖光，衆山爭出没。湖天西北寬，山勢東南匝。莫釐與縹緲，相望何巀嶪。指顧煙雲間，可以一葦截。山頭石累累，歷亂如積雪。俯視千林花，上下同一潔。山僧出迎我，問姓始相識。誰言三度遊，已作七年別。當時同遊者，眼中異存歿。山川閲來往，笑我老日月。悠悠旦宅人，何乃爲化怛？終當離有漏，就此得真歇。

彈山左阜待月獨飲

尋幽愛獨往，發興因落日。坐眺湖南山，光影互吞蝕。湖中與山外，倒見兩輪絶。暝色下村塢，千〔八〕花發光澤。澄波忽凝練，新月皎然出。初疑琥珀光，俄作琉璃色。依然此石上，變態何恍惚。風細來林香，露涼減酒力。仰觀快澄霽，俯瞰畏深墨。林端見遠火，歸徑迷欲失。

山中喜張魯生至同尋熨斗柄坐湖邊竟日而還偶作

貪遊不知止，足力疲屢試。起晚日當午，偃曝聊自恣。忽聞故人來，發我湖上意。出門何翩翩，兩足殊快利。嘗聞熨斗柄，頗怪此名異。昔年過其下，髣髴已忘記。今日天有風，湖山想奇致。相與歷西磧，山窮見湖勢。沿流正縈紆，撫石得小憩。飛湍擊嘈〔九〕呟，穹壁立贔屭。洗出如削成，斗絶畏崩墜。閃爍絢丹堊，剥落疑文字。傾崖側足過，陰壑緣藤縋。燕磯與黿渚，生平快遊地。遂擬兼勝概，恍惚理夢寐。高歌遏水聲，浩蕩入胸次。吾欲乘長風，悠然向天際。惜哉多舟楫，使我不得濟！

吴門舟中邂逅閑孟自白下歸出予畫卷索題時予方北上走筆見意

我昔燕中歸，爲君作小景。題詩見予懷，遂擬息馳騁。兹行復何爲？相對徒耿耿。人生出處間，一往貴勇猛。愧予懷兩端，疾走以避影。見君風塵色，使我意逾冷。青山與白雲，開卷發深省。終當果此期，無爲嘆萍梗。

閘河舟中戲效長慶體

濟河五十閘，閘水不濡軌。十里置一閘，蓄水如蓄髓。一閘走一日，守閘如守鬼。下水顧其前，上水還〔一〇〕顧尾。帆檣委若棄，篙櫓靜如死。京路三千餘，日行十餘里。迢迢春明門，何時得到彼？長安遠於日，斯言亦有以。人生天地間，所貴適志爾。八極可横騖，風雲屬鞭弭。胡爲動羈棲，縮縮如行蟻？舍〔一一〕彼廣莫鄉，守此涓滴水。哀哉世間人，都爲名利使。韁鎖一著身，事事不由己。請君轉頭看，即此有妙理。觀〔一二〕彼名利人，皇皇赴朝市。當其守閘時，靜躁皆如此。知其無奈何，安心勿妄儗。豈無捷徑路，車馳與馬駛。吾行寧倭遲〔一三〕，君子進以禮。

宿東阿舊縣同張宗曉張伯美小飲村西梨樹下作

搴帷見山色，知是東阿路。不忍驅車行，願言得少住。舊縣好村落，下車日未暮。青山繞村西，桃梨亦無數。花光與山氣，似喜輕陰護。嘗愛岑嘉州，花缺春山句。何意風塵中，乃與賞心遇。爲我傾酒筒，婆娑此芳樹。辛苦十日餘，博此少時趣。三杯洗顔色，陶然得吾故。

鄒縣道中

日出鄒縣東，風清嶧山下。沙路軟於綿，驢蹄滑如瀉。花村一抹過，山勢轉欲罅。澹蕩客子心，勞歌從可罷。

西湖泛舟走筆戲呈同遊諸子

自我别西湖，且復經年矣。譬如心念人，一見真可喜。故人知我癖，置我浮家裏。著意籌雲山，恣情逐煙水。昨夜泊湖心，清月照瀰瀰。今朝向南屏，餘霞乍收綺。城頭日欲上，山腰霧未已。忽然飛雨至，煙雲互迤邐。遥山正一抹，長林滌如洗。坐覺雷峯失，已詑臯亭紫。咄嗟旦暮間，變態紛如此。山光與水氣，相將弄奇詭。平生愛山心，對此即欲死。覓句畏唐突，作圖但形似。不如澆以酒，一笑鏟磈礧。吾友五六人，大半羈城市。可憐兩聞子，喀喀親藥餌。三嚴皆好奇，何爲亦徙倚？良會不再得，參商限尺咫。使我情悵然，人事難具美。舉觴屬同遊，當共惜此晷。

和朱修能蕉雪詩〔一四〕

蕉陰六月中，風前颯蕭爽。夜半孤夢回，時作山雪想。冬寒雪片深，敲窗得清響。庭空碧葉盡，幽意猶惚恍。亦知不相遭，所貴在相賞。達人觀世間，真幻豈有兩？雪中蕉正緑，火裏蓮亦長〔一五〕。

獃僧崖

此是獃僧崖，昔有獃僧住。石上松蕭疏，草間虎來去。香積飯一投，衲衣酒常污。垢淨了無取，何處得恐怖？妙語衝口開，懷哉不可遇。

贈別不了上人〔一六〕

昔我參夜臺，十年懷一喝。何來不了師，灑然得衣鉢。相逢杏花裏，纏我問死活。從來爛葛藤，今朝儗一豁。別我復何往？江路春風闊。

爲子將題夜遊卷

去年別子時，期以秋中至。非我故愆期，人事苦牽繫。故人書頻來，責我意良是。非獨負故人，兼亦負紅樹。風寒臘盡時，忽傳故人意。訪我南郭門，竟以不見去。聞之心怦怦，三夜不能寐。已復連夢子，執手且長跽。彼此更相訴，繼之以泣涕。子嗔我不來，我怨子不遇。怪子何飄忽，念子空〔一七〕勞勩。今朝果見子，恍惚夢中事。情多不能說，示我夜遊記。煙林與月嶂，點綴有微致。野航容兩人，小醆慳一醉。天寒湖水闊，想見子興寄。子應增遠懷，我亦發晝思。平生山水心，所恨不同地。賴此筆墨間，拂拂出生氣。我真說食飽，子無獨享愧。明朝復別子，當以何日會？題詩紀歲月，二月壬子歲。

題畫再送王平仲

我愛燕子磯，怪石吞江勢。昔與伯子偕，蹇驢衝曉至。出山月隱林，到門松映寺。陟巔攬蕭曠，尋徑造幽秘〔一八〕。崩巖訝天開，飛閣疑鬼峙。茲遊屢入夢，蹉跎杳難繼。猶憶風雨過，江急布帆駛。丹壁照眼來，突兀使我醉。推篷一絶叫，咫尺不得濟。君行到白門，勝地誇此最。磯下有洞天，王李曾小憩。相與歌蜀道，江聲不敢沸。君其往酹〔一九〕之，爲我通此意。

靈鷲看紅葉期沈無回不至同吴伯霖鄒孟陽方回嚴印持聞子與

小飲冷泉亭解后邵古庵江邦申分韻得山字

故人紅葉下，頻期來此山。經旬始載酒，惆悵不同攀。解后愜心賞，歡焉開客顔。寒巖愛晚氣，移席臨溪灣。泉光照酒白，木葉上衣斑。況接隱者論，暫令人意閑。

過皋亭龍居灣宿永慶禪院同一濂澄心恒可諸上人步月〔二〇〕二首

歸裝出西湖，問道向黃鶴。黃鶴峯爲皋亭最高處。屢愆桐塢期，偶遂龍居諾。桐塢爲慧文法師結廬處，在皋亭之西。屢期予過彼，竟不果。輕舟淩晨風，遥山滿晴郭。丹林尚可數，寒條紛無託。披松指微徑，聽水捫闇壑。新構爭遠勢，平臺攬搖落。霜餘山容淺，天清海氣薄。暫歇塵勞心，始知寂滅樂。

每多方外遊〔二一〕，見僧即如故。燈明一龕下，夜長愜深晤。不知山月上，千林已流素。出門尋舊溪，愛踏松影路。氣和空宇澄，寒魄如春露。去寺不數武，回矚驚莽互。幽泉洗我心，微鐘杳然度。

初至白嶽宿榔梅庵作

十年夢白嶽，今日始一至。落日捫天門，寒風起枏樹。怪石摩空立，崢嶸有落勢。巨靈亦何意，造物惡瑣碎。闢此偉麗觀，使我心魂悸。白雲千山來，遥空疑海氣。當杯月在酒，清景不可醉。

自齊雲乘筏至落石臺留宿

五里十亭子，下山忘險艱。愛此溪山晴，故作乘筏還。寒沙束回湍，下見文石斑。旭日來映之，浮動水石間。吾徒二三子，坐穩興何閑。方過藍渡橋，復見落石灣。落石勢已奇，況此清流環。松蘿挂絶壁，古色照我顔。前林正丹黄，煙郭粘遠山。我欲留此石，一杯酹〔二〕潺湲。襆被叩上方，待月同躋攀。

豐干寄懷戴天卿

我昨過隆阜，問子人不識。見子因吾友，執手便相得。嗟我閲世多，老眼太青白。如子自不羣，肝腸映顔色。我從齊雲還，留連愛落石。僧廚爨無煙，溪邊學閉息。須臾千村素，猶餘半巖黑。絶叫清景中，不禁酒喉亟。飛書往報子，犯夜旋相即。豈無嚴城限，況復路崎仄。感子欣然來，累累載觴炙。使我獲一醉，陶然共枕籍。別子幾何時，又見陽月易。豐干與隆阜，相望苦相憶。東門李女郎，頗不事妝〔二三〕飾。迎門粲一笑，此意可憐惜。期子重來過，樓頭新月直。

冬日同袁小修王幼度諸君集鍾伯敬邸舍即事

苦寒長閉門，旭日動春意。忽聞故人期，欣然先客至。相知無新舊，解后關情事。楚客談支離，吳儂亦顚頷。百年一夕間，燈深酒難醉。出門限東西，欲別有餘思。且喜寒更長，前街月未墜。

抱疴真歇禪師塔院夜坐偶占

連夜不成寐，雨餘喜得月。中宵起推窗，圓魄湊林缺。灑然濯煩抱，涼意下天末。風泉淆遠聽，飛蚉一何聒。是身本無常，動念即成結。遂令顛倒見，坐臥分勝劣。堂堂塔中人，安閑是何訣？禪師偈云：「老僧自有安閑法，八苦交煎總不妨。」

無隱上人庭中有枯樹根綴以雜花草蒙茸可愛因爲寫生戲題一詩

山中枯樹根，偃蹇蝕風雨。久與土氣親，生意於焉聚。隨手植花草，蕃息如出土。月下垂朱實，春羅剪紅縷。月下紅、剪春羅，皆山中草名。或苔如錯繡，或藤如結羽。紛然燦成致，位置疑有譜。吾畫能寫生，寫生不寫形。此景良可惜，吾手亦不輕。以畫易此景，請言平不平？世人不貴真，貴假貴其名。吾畫能不朽，此景有衰榮。莫言常住物，只許供山僧。

戲示山中僧侣

山居不須華，山居不須大。所須在適意，隨地得其概。高卑審燥濕，涼燠視向背。樓閣貴軒翥，房廊宜映帶。或與風月通，或與水木會。臥令心神安，坐令耳目快。皋亭美林壑，中塔亦稱最。一樓負山立，圭竇如向晦。山僧請余住，余性苦不耐。勸令開八窗，咄嗟變湫隘。前楹布清陰，後户攬蒼靄。玲瓏稱人意，蕭爽出塵界。皭然謂山僧，此中固有解。往往住山人，不知山好在。我昨居新庵，結構亦可怪。居然仇涼風，似欲杜靈籟。古梅如老宿，亭亭使人愛。其下安竈突，柯條半焦壞。悲哉冰玉姿，坐受熏灼害。見之熱五内，如身被桎械。誰當共拯此，移竈出樹外。面南闢小扉，日與香雪對。區區一緡費，功德乃萬倍。吾言不見用，終爲未了債。

三月十三夜同陸大無界待月虎丘得殿字

清遊及佳辰，載酒出芳甸。日落風氣高，晴郊緑初遍。入寺踏清陰，登高攬葱蒨。須臾劍壑暝，素月流紺殿。林影散積雪，石光摇匹練。鼓罷揚清歌，人開出素面。此時人境空，喧寂同一善。低回洵可樂，去留亦無戀。吾儕區中人，蹤跡轆轤轉。今日與明日，時乎會有變。空懷買山期，坐受塵網罥。百年春幾逢，一春月幾見。春月此丘中，契闊共談讌。我唱子可和，滌子端溪研。無界有宋端研，細潤宜墨，可愛。

别友夏同孟陽無敕亦因修之君長過林女郎天素月下聽天素彈琴琵琶因索余詩走筆紀事

西湖别譚子，離緒不可理。載酒覓一歡，美人在湖涘。美人閨中秀，興會託山水。筆墨出生氣，坐覺山水死。清音到絲竹，所貴豈悦耳？初爲彈琵琶，四絃萬緒起。再爲撫七絃，幽懷歷妙指。我攜三絃客，嘈雜亦可喜。新聲世所尚，古調并乃鄙。都生閑止人，琴理協静女。竟彈畢清夜，月落燈未已。百年寡此歡，終悲别譚子。

自皋亭至塘棲舟中寓目有作

山雨驚客夢，曉晴山亦喜。山僧惜我行，送我溪之涘。輕舟如落葉，穩坐宛在水。波紋動雙趺，遥山逐面徙。前林霜葉熟，風來散成綺。丹黄積两涯，時與菱荇抵。不知塘棲路，沿山復幾里？離憂付汗漫，歸興亦容與。

送王屺生歸楚

頃與譚子別，輒作數日惡。歸來不數日，別酒爲君酌。老懷長寡歡，歲晚厭離索。況君胸懷人，相對抉皮膜。離言不敢深，恐爲衆所愕。方今推楚材，紛紛富述作。吾尤愛譚子，真意存澹漠。此賢君所私，冥契應有託。清霜滿歸檣，寒月照旅泊。君其往及之，江邊問青雀。

秋別

黄溪不肯長，白日易云暮。分手只此時，扁舟東西路。送君不能遠，況敢留君住。別淚何可吞，羅衣濕成故。

九日翏翏亭獨坐看花感懷有作

去年桂花時，對花懷吾友。今年見花發，所思人在否？虚亭敞蕭瑟，秋氣變林藪。清暘喜連朝，風物況重九。西湖前月中，花枝已盈手。江鄉花發遲，歸客幸不後。前月賞花人，今朝復何有？悲來不成歡，負此盈尊酒。

述夢

亭亭縞衣人，山頭坐涼月。招手謂我來，咫尺步難越。相憐意分明，相望魂恍惚。夢覺理何憑？煩憂向明發。

訪秦心卿溪上懶園不遇有作

溪上好園亭，君家聞最勝。經過已廿年，今始識三徑。翳然林水間，愛此飛閣映。位置不在多，貴與風物稱。主人意疏豁，事事得真性。我來不相值，維舟柳邊暝。見戴自無須，悠然發孤詠。

南歸詩十九首

天道有晝夜，動息兩不爭。喜晝而悲夜，無乃非人情。嗟余嬰此患，何以處死生？衾裯既已温，莞簟有餘清。人皆樂睡鄉，胡我獨惺惺？自從出門來，十臥九不寧。夜則摇其精，晝復勞其形。常恐大命至，奄忽道無成。公卿是何物，性命乃可輕。學道三十年，此心猶未安。輾轉一夕間，擾擾千萬端。病以愛爲本，憂怖乃相干。物生每徇性，夙習不可刊。順或忘其源，逆則攖其湍。心跡既以違，調伏良亦難。逝將放吾意，俯仰得所歡。真際未可期，庶以澄内觀。右不寐。

不眠苦夜永，待旦情彷徨。傳聞虜渡河〔二四〕，羽書達明光。前鋒已陷敵，大將墮馬亡。健卒三萬人，一朝化犬羊〔二五〕。孤城若累卵，覆車懲遼陽〔二六〕。天子爲動色，羣議紛蜩螗。司馬出守邊，元戎將啟行。當時晝戰守，經撫何參商。曾聞右戰者，未戰已仆僵。至今廟堂間，莫知誰否臧。嗟余孱書生，國恥〔二七〕豈敢忘？十年策不售，何由叫閶闔。委贄未分明，幸可商行藏。一命亦致身，將母或不遑。促裝招吾友，歸耕煙水鄉。右聞警。

驅車出郭門，行行憩逆旅。童僕相爲言，有客馳馬去。云追南行者，昨已請嚴旨。聞之一驚嘆，我罪以何抵？全遼[二八]奄然喪，謀國者誰子？舍彼逋逃臣，苛此章句士。士固各有志，進退綽然耳。不聞盛明朝，羅[二九]士以鞭箠。吾觀長安中，縱横曳朱紫。雲臺逞高議，意氣一何侈。但恃虜[三〇]不來，來亦竟無恃。吾儕藜藿人，敢云肉食鄙？進既不求榮，退則如脱屣。會當翔冥鴻，何乃嚇腐鼠。右出都。

我本疏狂人，不適於用世。當其少壯時，筋力尚可試。摧頽廿年餘，業已甘放廢。黽勉作此來，未免爲貧計。出門即不怡，行止屢跋疐。禄養或可圖，世難偶相值。未能爲親歡，遺之以大慮。絶裾者何人？殆或非吾類。高車易傾覆，況復丁此季。縱令爲身謀，亦豈徒泄泄？寄謝金門友，出處各有爲。同車既好我，周道瞻如醉。

疇昔偕兹役，維子暨汪子。我從中道還，子亦廢然止。汪子行熒熒，念之心欲死。重來復同歸，依然吾與爾。汪子功名人，微尚不在此。去留皆灑然，更覺歸可喜。舉世急功名，吾爾衆所訾。曰此無遠圖，區區效兒女。两人相視笑，吾乃徇譽毁。古來耕釣徒，亦各有其侶。得子已不孤，悠悠何足齒。

我年未四十，已懷退隱圖。俯仰又十年，何〔三一〕爲尚躊躇？經過怯〔三二〕往跡，魂魄識畏途。去來廿年間〔三三〕，道里三萬餘。車〔三四〕裝敝屢更，何況此微軀。所以不自決，豈徒爲饑驅？富貴亦復佳，歲月待我乎？婚嫁幸已畢，余口亦易餬。故山皋亭下，桃李滿村墟。深塢秀泉石，近築〔三五〕静者廬。新梢想出籬，疏泉行繞渠。雙鬓指天目，一勺見西湖。言之病已蘇，況當長久居。息黥補吾劓，造物豈區區？

右途中示子將三首。〔三六〕

春光已强半，冰雪尚如此。雲間寒日輝，不肯照窮子。喜無塵撲面，又苦泥没趾。車馬詰曲行，五里當十里。豈不憚修途？歸途修亦邇。右皋城道中。

北地行欲盡，始覺春萌芽。村柳色已新，藹藹煙中斜。渡河指齊郊，河邊見歸槎。淮徐行在眼，吴會亦匪賒。道路空苦辛，分定勿復嗟。生不愛京華，不如早還家。還家春未暮，及見桃梨花。右德州道中。

曉起占天色，青天無纖滓。占者忌早晴，暫晴亦可喜。曈曨日未舒，同雲復瀰瀰。須臾密雪布，咫尺如萬里。但見雲濤來，茫然失涯涘。去住無所憑，始識汗漫理。天公作此戲，聊戲吾與汝。右遇雪戲示子將。

日暮雪色深，曠野絶行蹤。輿人惑四方，東西視天風。忽然見新月，冉冉來雲中。雪亦能照夜，得月光始通。度彼九曲阪，賴此兩素容。不知城郭近，杳爾聞微鐘。我從天末來，已覺下界空。右雪夜至恩縣作。

客舍東城隅，西山眺望閑。朝見積雪斑，暮見落日殷。平生愛山心，對之了不關。今朝穀城下，春水始一灣。麥畦緑照眼，上有青螺鬟。忽如逢故人，一笑開襟顔。山水只如此，值我歸興閑。歸亦有何好？試問此青山。右東阿道中。

春光無次第，雪後景已暄。愛此沙路平，青山壓晴原。下車策蹇行，并轡相笑言。遠峯翠欲滴，近岫勢屢翻。惜未及花時，指點桃梨村。悠然度溪橋，下有碧潺湲。投鞭一盥漱，爲我洗煩冤。右鄒縣道中。

茲山表徐方，經過屢登眺。偶然尋舊遊，策蹇偕所好。荒亭何蕭瑟，落日春風峭。河山挾霸氣，四顧雄懷抱。嗟此古戰場，豈容隱者傲？緬思放鶴人，無乃非高蹈。不見山下湖，清如眉眼照。河勢欲吞山，湖能益山貌。此中豈有意，河怒湖則笑。右登雲龍山。

粵客自南來，吴儂從北下。解后黃河邊，蹤跡兩相訝。問我歸何遽，問爾行何暇。同是公車人，不及公車罷。此時長安客，闐隘舉子舍。豈知風波間，有此閑晝夜。於彼爲桎械，於我如放赦。難進而易退，聊用解嘲駡。右黃河紀遇。

江淮十日晴，似爲歸人貺。濁河亦霽顔，平瀾容月漾。今朝廣陵路，春氣轉駘蕩。邗溝日已斜，瓜州潮未漲。滯舟江城邊，朅來江城上。櫻桃淡多姿，楊柳緑無狀。江水媚春曉，開此好圖障。怪我思江南，請君試一望。右瓜州曉望。

十年渡揚子，狎此如衽席。今始識風波，呼吸投不測。舉世皆駭機，避就本無益。不死亦偶然，餘生真可惜。不然此春光，遂與成永隔。出險心已夷，聊共子遊息。望中指北固，沿溪花的的。言詣山之陰，仰觀快奇壁。偉哉鐵柱峯，嵢岈疑斧劈。傍有衲子居，幽洞秘〔三七〕丹碧。洞中少寒暑，龕燈伴朝夕。嗟余風波民，何由得此適？幸已脱魚腹，復爾耽旦宅。稽首禮大悲，終然度苦厄。右渡江遭風，幾覆，泊潤州閘口，同子將步至北固山後，禮觀音洞，觀石壁。

北固行坦迤，平岡若修塍。江山出两腋，羣物無遁形。顧眄〔三八〕收金焦，迢遥控層城。城中起炊煙，山氣相與凝。日色射遠江，躍冶光晶熒。天水上下同，微波不能興。翻思弄舟好，失我向所驚。下山尋花溪，落日噴朱櫻。花亦愛晚妝〔三九〕，高低衆態生。穿花藉草坐，歸路香冥冥。右登北固下，并甘露港還舟，夾港多櫻桃園。

吾愛陶彭澤，出處皆草草。動必求其全，俗人自纏擾。吾爾廿年交，知子如余少。愛子無俗情，俗情亦自好。口常説隱淪，身復戀温飽。蹉跎两不遂，此意各能了。兹遊計百日〔四〇〕，日日同傾倒。鼙鼓聲動天，風濤勢翻島。寢食閑談諧，賴以忘病惱。不知分手路，只此閶門道。經過雖有期，别懷亦悄悄。子歸及桃花，六橋踏清曉。别業在龍泓，泉石真可老。我歸百無歡，燒筍聽春鳥。秋風從子遊，松閣爲我掃。右吴門别子將。

伯兄性寡營，生理日蕭條。兩弟皆食貧，汲汲度昏朝。爲農力不任，課兒亦無聊。餘潤或望余，自顧無脂膏。今當遂長往，念此中心焦。勉謝諸兄弟，此非人力邀。吾宗自薄祜，先達皆早彫。從兄與仲氏，當年踵登朝。至今同籍人，秉樞冠百僚。逝者倘可留，翩然亦雲霄。大命既有制，露電安可饕？我雖老風塵，壽命較已牢。與其夭斧斤，寧以樗散逃。傷彼泉下人，憫我道路勞。兄弟更相慰，烹蔬傾濁醪。婆娑阿母旁，此樂何陶陶。富貴有此否，何乃爲我驕？天倫豈世情，菀枯同所遭。但當崇令德，愼勿望門高。右抵家〔四一〕。

龔廣文應民偕仲和見過分韻得蕭字

前日故人來，遺我酒一瓢。開之冰雪香，獨醉安敢饕？扁舟繫門前，好客不待招。空庭多落葉，秋老風蕭蕭。缺月呼未出，燭光青迢遥。此時不快飲，何能待來朝？

又得支字

我本寂寞人，幽憂不可支。出門寡所歡，不如守茆茨。感子惠然來，愜我心所期。貧家雖乏供，幸有酒盈巵。形跡既已略，言笑两不疑。人生行胸懷，不醉復何爲？

壽龔翁行之

龔翁古端士，而尤愛氣類。余昔稚且狂，友之折行輩。高才不用世，乃爲後起賴。翩翩三鳳毛，出匣露光怪。翁爲古稀人，我亦知非歲。看翁尚矍鑠〔四二〕，顧我已衰邁。相與成老友，頽景各自愛。惜非山水鄉，放脚若有礙。節物有時佳，詩酒亦堪在。從翁杖屨遊，或作州閭會。日月從此長，驟劇何足悔。

送張子石北上

衰柳不堪折，煙霜留舊容。毿毿揚子岸，猶惹渡江風。馬首初向北，不知關路重。黄河冰連山，燕〔四三〕臺塵蔽空。路難良可嘆，汗漫思無窮。我昔事馳騁，臨老萬事慵。貴交久削跡，一丘息微躬。長安尺一書，十年不復通。當今誰愛士？此道如盲聾。知子徒有心，致身竟何從？子實慕風節，非獨文采豐。遇合亦尋常，壯夫豈苟同？去去勿復道，行子〔四四〕慎秋冬。

送張宗在偕其伯兄宗自之官晋安

君家有仙吏，栽花晋安縣。十月發吴江，千山樹如茜。知子重友于，兼亦愛遊翫。相攜山水鄉，壎箎何婉孌。子於季孟間，鼎足名夙擅。晚成自有時，涉歷乃益練。賢兄豁達人，剸割豈不慣。操刀或躊躇，旁觀子亦善。熏風榕樹下，秋氣芳蘭畔。猩紅荔子盤，雪白江瑶饌。閉門但加餐，勿使鄉心亂。

夜泊斜橋同王與游顧子貽諸君步至靈巖小飲而下〔四五〕

胥江罷風雨，陰晴攪遊思〔四六〕。落景靈巖下，維舟識所詣。入村山路近〔四七〕，疏松表塔寺。遂登山之椒〔四八〕，選石得小憩〔四九〕。已出青雲〔五〇〕端，攬彼〔五一〕遠湖勢。呼酒敵北風，新〔五二〕月排雲至。溪橋横歸路，似欲併幽趣〔五三〕。尋山亦偶然，造適焉取醉？

舟發斜橋至虎山喜晴一路看花作

旭日在船窗，睡起喜欲旋。推篷望諸山，山山如曳練。我來政及時，千林開已遍。花亦愛客來，天應爲花眷。先教雨洗妝〔五四〕，復遣晴開面。幽尋足未試，一覽目先眩。商量花近遠，次第遊方便。庶作十日留，答此花繾綣。

自青芝看花至茶山憩山頭石上感舊

緣山數十里，步步入香徑。看花宜輿行，神逸目始定。茶山不數仞，登覽撮其勝。襟湖帶長岫，高下目無剩。衆花爭獻態，卷石似得柄。大千觀掌現，世界琉璃淨。昔來我獨賞，近乃遊者競〔五五〕。廿年懷卜築，貧老苦奔迸。愧此五浮丘，後期猶可訂。

同與游諸君遊玄墓余肩輿先至錢家坎感舊有作

肩輿背同遊，興以懷舊發。遥見坎上花，高低素屏列。柔條愛紛披，細路憐曲折。花光自照耀，況與湖天切。瀲灎爭晴空，皎如花得月。隨山意未已，戀樹心欲歇。再遊迷昨夢，一往笑回轍。百年真悠悠，過眼何可掇？

夜攜榼至司徒廟古柏下已復篝火尋花劇飲花下

看花晝不足，尚擬乘夜遊。花光宜月色，林香應更幽。輕雲亦有意，遂我秉燭頭。登木學巢飲，歌放不可收。笑語同遊人，尚有明日否[五六]？

謀。酒闌更攜尊，選樹隨淹留。愛此荒祠柏，千年挺蒼虬。黯黮迷園花，懸燈照枝

題畫贈聞翁

閏夏鬱殘暑，園居如甑中。卻思好林泉，無過舊龍泓。深路入篁竹，溪流漱松風。葱翠日在眸，清涼變塵容。偶然弄筆墨，意與泉石通。如聞溪閣響，似見林霏濃。龍泓老神仙，七十顔猶童。往往攜我畫，竭來登此峯。我欲往祝之，道遠不可從。寄此侑千觴，挂壁煙濛濛。

次韻答子將見招

平生事汗漫，遊跡紛難紀。臨老負春期，戢足守窮里[五七]。西湖二月天，啼鳩喚人起。六橋泫花露，兩堤夾錦水。有時山出雲，墨花潑素紙。蓬[五八]艇盡日牽，

藜杖終朝倚。愛山誰如予，愛畫誰如子？會當淩煙霄，暫爾混廛市。相期刷羽翰，孰肯護瘡疻？我老甘放廢，雞肋如脱屣。看子意崢嶸，猶思角旗壘。要之胸懷真，掇皮終見髓。古來功名人，可憐浪生死。悠悠風波中，吾道有涯涘。未敢妄呈身，庶以懲刖趾。寧爲不材樗，勿羨成谿〔五九〕李。子書前月來，誇以湖山美。予方務内觀，老圃將〔六〇〕竊比。荷鋤登秋〔六一〕畦，釋此當〔六二〕安徙？壘石或栽花〔六三〕，所謂聊復爾。待子買山深〔六四〕，相攜〔六五〕白雲裏。西湖如沸羹，豈以此易彼？時方建魏璫祠於湖上〔六六〕。

正月晦日雨霽同歸文休張沖善少謙集顧子貽齋中聽祖印上人譚禪分韻得里〔六七〕字

客愁殊未央，春日去何駛？樂彼幽人招，快此風雨止。移舟轉近郭，着屐尋舊里。鄰園梅蕭疏，城上山迤邐。伊蒲出香飯，開士同法喜。歸子平生歡，契闊情具邇。二張臭味人，傾蓋可爾汝。豈徒浪詩酒，會欲了生死。去年狂飲徒，奄忽喪予美。傷仲從也。悠悠百年中，刹那安可恃？空華豈眼見，標月非手指。庶以目擊存，窗風吹破紙。

送無際北上三首

夜長不能寐，念子當遠行。吉夢爲子來，夢中占其祥。如子韞文采，其道當輝光。晚達豈不佳？服官猶壯强。將子奮功名，毋爲嘆參商。

昔我與子交，發言即同趣。讀書不恥貧，固欲行其意。及乎赴功名，子前我輒疐。心知不能同，豈復敢爲異？子今揚天庭，我終守衡泌。子將爲其難，我亦安爲易？出處各自量，苟同竟何濟。

送子金閶道，高闕何嵯峨。笑彼誇者〔六八〕子，高危當奈何？丈夫自有懷，衆人鮮不波。廟堂方鼎新，一朝蕩羣魔。四海頌太平，考槃亦寤歌。況此詔公車，彌天恢網羅。束身事聖明，豈不愛濯磨？直言望吾子，毋徒貴詞科。

校勘記

〔一〕「故」，崇禎本訛作「古」，據康熙本、四庫本改。

〔二〕「株」，四庫本作「枝」。

〔三〕「良」，康熙本、四庫本作「長」。

〔四〕「陛」，康熙本作「階」。

〔五〕「夫容」，四庫本作「芙蓉」。

〔六〕「夫容」，四庫本作「芙蓉」。

〔七〕「盈」，四庫本作「滿」。

〔八〕「千」，四庫本訛作「十」。

〔九〕「嘈」，四庫本作「噌」。

〔一〇〕「還」，李流芳題《行書自作詩》軸（紙本，墨筆）作「常」。

〔一一〕李流芳題《行書自作詩》軸（紙本，墨筆）「舍」下衍一「此」字。

〔一二〕「觀」，李流芳題《行書自作詩》軸（紙本，墨筆）作「如」。

〔一三〕「倭遲」，李流芳題《行書自作詩》軸（紙本，墨筆）作「遲回」。

〔一四〕「和朱修能蕉雪詩」，李流芳題《行書五言詩》扇面（灑金箋，墨筆）無此七字。
〔一五〕李流芳題《行書五言詩》扇面（灑金箋，墨筆）「長」字下有「蕉雪詩爲朱修能題畫作呈元初大兄博笑弟流芳」二十字。
〔一六〕四庫本無此詩。
〔一七〕「空」，四庫本作「恐」。
〔一八〕「秘」，崇禎本原訛作「祕」。
〔一九〕「酧」，四庫本作「酬」。
〔二〇〕「過皋亭龍居灣宿永慶禪院同一濂澄心恒可諸上人步月」，李流芳題《楷書五言詩》扇面（金箋本，墨筆）作「龍居禪院步月作」。
〔二一〕「遊」，李流芳題《楷書五言詩》扇面（金箋本，墨筆）作「緣」。
〔二二〕「酧」，四庫本作「酬」。
〔二三〕「妝」，崇禎本原訛作「粧」，據四庫本改。
〔二四〕「虜渡河」，四庫本作「多警急」。
〔二五〕「化犬羊」，四庫本作「血沙場」。

〔二六〕「懲遼陽」，四庫本作「且相望」。
〔二七〕「國恥」，四庫本作「隱憂」。
〔二八〕「全遼」，四庫本作「邊陲」。
〔二九〕「羅」，四庫本作「罪」。
〔三〇〕「虜」，四庫本作「敵」。
〔三一〕「何」，李流芳繪《山水》手卷（紙本，水墨）題詩作「胡」。
〔三二〕「怯」，李流芳繪《山水》手卷（紙本，水墨）題詩作「怪」。
〔三三〕「問」，四庫本訛作「問」。
〔三四〕「車」，李流芳繪《山水》手卷（紙本，水墨）題詩作「衣」。
〔三五〕「築」，李流芳繪《山水》手卷（紙本，水墨）題詩作「結」。
〔三六〕「右途中示子將三首」，李流芳繪《山水》手卷（紙本，水墨）題詩作「南歸言懷似伯安兄正流芳」。
〔三七〕「秘」，崇禎本原訛作「祕」。
〔三八〕「盼」，四庫本作「盼」。

〔三九〕「妝」，崇禎本原訛作「粧」，據四庫本改。

〔四〇〕「日」，四庫本訛作「口」。

〔四一〕「右抵家」，崇禎本無此三字，據四庫本補。

〔四二〕「躒」，四庫本作「鑠」。

〔四三〕「燕」，四庫本作「金」。

〔四四〕「子」，四庫本作「矣」。

〔四五〕「夜泊斜橋同王與游顧子貽諸君步至靈巖小飲而下」，李流芳題《靈巖詩》行書册（安徽省博物館藏，紙本，墨筆）作「同與游子貽諸君步屧至靈巖作」。

〔四六〕「攬遊思」，李流芳題《靈巖詩》行書册（安徽省博物館藏，紙本，墨筆）作「牽客思」。

〔四七〕「山路近」，李流芳題《靈巖詩》行書册（安徽省博物館藏，紙本，墨筆）作「向山徑」。

〔四八〕「遂登山之椒」，李流芳題《靈巖詩》行書册（安徽省博物館藏，紙本，墨筆）作「不覺登山樹」。

〔四九〕「得小憩」，李流芳題《靈巖詩》行書册（安徽省博物館藏，紙本，墨筆）作「共言憩」。

〔五〇〕「雲」，李流芳題《靈巖詩》行書册（安徽省博物館藏，紙本，墨筆）作「林」。

〔五一〕「攬彼」，李流芳題《靈巖詩》行書册（安徽省博物館藏，紙本，墨筆）作「貴得」。
〔五二〕「新」，李流芳題《靈巖詩》行書册（安徽省博物館藏，紙本，墨筆）作「初」。
〔五三〕「趣」，李流芳題《靈巖詩》行書册（安徽省博物館藏，紙本，墨筆）作「意」。
〔五四〕「妝」，崇禎本原訛作「粧」，據四庫本改。
〔五五〕「兢」，四庫本作「競」。
〔五六〕「否」，四庫本作「不」。
〔五七〕「里」，四庫本作「理」。
〔五八〕「蓬」，四庫本作「篷」。
〔五九〕「谿」，四庫本作「蹊」。
〔六〇〕「將」，張氏石刻作「行」。
〔六一〕「秋」，張氏石刻作「春」。
〔六二〕「當」，張氏石刻作「將」。
〔六三〕「壘石或栽花」，張氏石刻作「栽花或壘石」。
〔六四〕「深」，張氏石刻作「成」。

〔六五〕「相攜」，張氏石刻作「移家」。
〔六六〕「時方建魏當祠於湖上」，張氏石刻無此九字。
〔六七〕「里」，四庫本作「理」。
〔六八〕「者」，四庫本作「奢」。

李流芳集卷二　檀園集二

七言古詩凡三十一首

春雪有懷龔三仲和兼訊劉長卿張荃之

去歲以是日至武林，大雪。又嘗值冬雪，偕長卿、荃之泛舟至石岡，阻冰，步歸城南。石岡，仲和別業也。

去年此日西湖曲，積素千山亂晴旭。今年此日雪復驕，排空匝野欺春條。山樓四望何泬寥，思君遥遥不可招。城南一櫂衝寒路，水抱山圍石岡暮。酒醒風歇凍不行，著屐歸來賞君句。只今春花半含綺，晻[一]映山椒復何似？花開雪落不相待，我愁君病徒爲爾。人生發興真偶然，吁嗟張生與劉子。

重題荃之畫蘭

秋風蘭若長干客，叢樹陰陰小窗碧。千里間關遲子來，殘燈細語爲誰劇？當時子畫我作詩，今日開看已陳跡。我昨送子寒城東，荒草茫茫掩阡陌。腸摧淚竭無奈何，手澤相誇竟何益。吁嗟乎！人生不死空有情，慚愧傍人知愛惜。

畫松石爲翁吾鼎母夫人壽兼題長句

翁君彳亍何所適，手持素縑長三尺。屬余吮筆爲作圖，圖此青松與白石。翁君有母孀居三十年，青松比貞石比堅。恩勤育子誠可憐，感君使我情潸然。男兒不能安輿列鼎爲親歡，雖有菽水徒迍邅。白頭廚中苦辛者，誇數聖善何有焉？翁君翁君慎勿迂，東西奔走將何須？江寒木落歲云徂，倚門之望不可孤。入門一笑慈顔舒，春酒春盤次第敷。高堂素壁挂此圖，君當亟歸勿踟蹰。吾聞君有仙人不死之術可以奉阿母，何如此樂真良圖。

與仲和期潭西看花仲和云當至洞庭已聞滯虎丘走筆寄嘲

我貪花月潭西住，君愛煙波洞庭去。還向潭西望洞庭，指點雲峯是君處。春晴山閣花無那，十日尋花雙屐破。輸君縹緲更軒豁，歸應誇我峯頭坐。張生曉發吴門來，傳君猶滯生公臺。千場紅粉亦快意，萬頃琉璃安在哉？我昨期君訪舊遊，掉頭別我神何遒。知君未慣風波色，且伴鶯花穩一丘。

過郎當嶺口占示汪無際

去年汪生到雲棲，相戒莫翻郎當嶺。今年我與翻郎當，始知此山實奇穎。是日風雲氣變幻，兼之巖壑勢雄猛。雲移日影千山來，風入泉聲百道冷。愛此盤旋忘阻折，足雖郎當意馳騁。吾生浪跡詎可量？太華終南有絶頂。兹山郎當未足道，誰爲此名乃予儆。汪生汪生幾誤君，使我臨風發深省。

秋風行送張子崧之白下

秋風水緑秦淮里，香閣珠簾映淮水。隔岸倡樓十萬家，日日笙歌醉羅綺。吾儕酒徒老亦狂，不論文飲紅裙强。闈中就草日未落，脱帽急走青樓倡。曲頭小姬歌擅名，雙鬟倚酣徐發聲。風生月出夜將半，掉頭曲罷鍾山青。人生此樂豈常有？送子江干重回首。男兒富貴自有時，但遇風流莫相負。燕臺漠漠塵紛紛，天寒路長愁殺人。我今别子且欲往，爲子先驅多苦辛。

南歸戲爲長句自解

人言債多能不愁，我今真作隔夜憂。天生吾舌尚可用，况有薄技供遨遊。但恐饑寒命所注，縱有衣食非人求。一家嗷嗷三十口，老母弱子將焉謀？我欲賣卻百畝田，不堪持作三年羞。不然計且無復之，請屏所愛不一留。先賣几頭子石研，不愛墨花繡澀春雲流。次賣商尊父丁篆，不愛寶色剥落夔龍糾。次賣西山梅花二十畝，不愛春湖草閣臨青浮。最後賣卻山雨之飛樓，不愛松風梧月芙蓉秋。如此不足辦吾事，天實爲之吾何尤？人年四十老將至，譬如已死亦即休。

潘克家蔣韶賓邀遊善卷寺酒後偶成〔二〕

我生好遊天作緣，昨日風雨今晴川。泊舟遥愛松際寺，入門稍覺風中泉。恍然便與幽意〔三〕愜，何況突兀巖崖前。咄哉兩洞大〔四〕奇絶，使我心神猶宕跌。雲端仙掌殊可辨，四壁煙霞〔五〕互〔六〕明滅。石牀丹竈亦宛然，鹽堆米積〔七〕何纖屑。卻思造物有底意〔八〕，爲此形模〔九〕巧施設。仙人已去山鬼來〔一〇〕，虎豹疾走蛟龍迴。吾欲上下窮〔一一〕兩崖，水深可泝闇〔一二〕可開。褰裳濡足亦徒爾，胡不久留但裴回。君不見祝娘遺跡今荒臺，當年讀書安在哉？寺相傳爲祝英臺讀書處，今有臺尚存〔一三〕。三生因果亦茫渺，虚堂寂歷松風哀〔一四〕。寺爲唐丞相李蠙所創。至宋，李綱、李遵伯復新之。或以爲一姓三生，故寺有三生堂云〔一五〕。嗟我何爲墮塵趣，十年不踏荆溪路。張公玉女入夢頻，聞誇善卷空復妒。今日何日果此緣，山僧地主欣相遇。經時未豁塵土腸，一朝欲向山靈訴。洴洌蔣、吴區潘，蔣居洴洌，潘居吴區，皆近善卷寺〔一六〕。二子知我我不謾。百年易盡歡不足，胡不買山偕盤桓？子今有山不肯居，我今無錢欲買難。待

我有錢知幾時，蹉跎離墨與銅官。〔一七〕

壽方孟旋母鄭太夫人

去年方子就我別，荷風疏疏送餘熱。執手欲話燕路長，低頭倚閭心已折。今年春風失意歸，別子又見秋風飛。遥知秉燭情相似，欲寄壺觴伴綵衣。俄聞介壽當兹辰，願言持此稱千春。山川悠悠隔吴越，雖有懷抱無繇伸。翻思燕市擊筑時，與子心期豈爾爲？陶母廚中正辛苦，區區升斗猶參差。男兒變化未可料，安能屈首甘常調？由來菽水亦自歡，朱門粱肉徒誇耀。我懷此意私吐吞，非子莫敢相爲論。亦知阿母自聖善，不至河漢吾此言。倚雲山頭卜築成，千頭木奴繞宅生。陽溪百仞清見底，夾岸朱實丹霞明。美哉風土神仙居，阿母保之樂有餘。爛柯日月長不老，回看塵土將何如？

送程孟陽遊楚中

我昨勸君爲楚遊，喜君翻然即掉頭。今日置酒與君别，見君行色我始愁。平生心知两莫逆，人言君癡我亦癖。村扉城郭嫌疏索，那能别此長爲客？去年送我揚子湄，焦山落日江逶迤。豈意今年復送君，楚雲湘水勞相思。君家書閣秋山中，千山萬山松入風。我亦買山梅花裏，誅茆卜鄰期子同。惜哉此意不得遂，連年飄泊徒西東。人生萬事常相左，饑來驅人欲誰那？君今新得賢主人，相將且拽寒江舵。江月山花遠趁君，詩囊畫本留貽我。

小築看荷花偶成

白公堤畔煙湖空，四月未盡荷花紅。两湖蕩槳無一朵，小築已見千花叢。昨日梅雨天多風，風翻雨打花龍鍾。今朝日出方照曜，半晴半陰態愈工。君不見雷峯倚天似醉翁，霧樹欲睡紛朦朧。此花嫣然向我笑，怯怯新妝〔一八〕出鏡中。新妝〔一九〕美人正可喜，笑而不來情何已。且拼一斗酬醉翁，此翁情澹如煙水。

蓴羹歌〔二〇〕

怪我生長居江東，不識江東蓴菜美。今年四月來西湖，西湖蓴生滿湖水。朝朝暮暮來采蓴，西〔二一〕湖城中無一人。西湖蓴菜蕭山賣，千擔萬擔湘湖濱。吾友數人偏好事，時呼輕舠致此味。柔花嫩葉出水新，小摘輕淹雜生氣。微施薑桂猶〔二二〕清真，未下鹽豉已高貴。吾家平頭解烹煮，間出新意殊可喜。一朝能作千里羹，頓使吾徒搖食指。琉璃碗成碧玉光，五味紛錯生馨香。出盤四座已嘆息，舉箸不敢爭先嘗。淺斟細嚼意未足，指點杯盤戀餘馥。但知脆滑利齒牙，不覺清虛累口腹。血肉腥臊草木苦，此味超然離品目。京師黄芽軟似酥，家園燕筍白於玉。差堪與汝爲執友，菁根杞苗皆臣僕。君不見區區芋魁亦遭遇，西湖蓴生人不顧。季鷹〔二三〕之後有吾徒，此物千年免沉錮。君爲我飲我作歌，得此十斗不足多。世人耳食不貴近，更須遠挹湘湖波。袁石公盛稱湘湖蓴菜美，不知湘湖無蓴，皆從西湖采去，以湘湖水浸之耳。蓴菜初摘後，以水浸之，經宿則愈肥，凡泉水、湖水皆可浸，不必湘湖水也。今人但知有湘湖之蓴，又因石公言，謂非湘湖水浸不佳，皆耳食者耳。

西湖走筆贈雪嶠上人渡江尋雲門山

雲門山，渺何許。送君行，隔江渚。十年雙鬌今何如，千山萬山同逆旅。西湖㱩人我亦留，君胡不留掉頭去？我嘗愛君機鋒如劍鋩，君亦愛我筆墨如風雨。多生與君數相見，此日分攜何足數。空山無人雲作主，猿狐悲啼虎豹怒。衲衣綻盡蒲團空，何必樂邦乃我土。

泊百花洲寄孟山人於紫薇村

百花洲上髯翁宅，幾度維舟就君客。城頭古臺橫月明，臺下胥江向城白。落日曾迴曙塢船，秋風屢挂橫塘席。喜君好事瓶罍賒，喜君幽居門巷僻。一朝到門主已非，池塘柳色空依依。嘆息此翁無住著，十年九徙何時歸？山中雲物知好在，舊日酒徒〔二四〕應到稀。自笑無家猶畏徙〔二五〕，跼蹐里中徒忍饑。不如放浪從君去，愛殺村翁住紫薇。

婁江舟中題畫送王平仲遊南雍

黄姑灣頭黄梅雨，複岸重岡映村塢。布帆遥爲故人開，一片離心寄江滸。金陵悠悠隔煙樹，故人指日金陵去。男兒會當有知己，三十成名未云暮。桃葉渡頭小槳迎，雞籠山下蹇蹄輕。勝事因風向予説，舊遊何處不關情？

贈鶴石翁

十年不見鶴石翁，舊日酒腸今在否？當年名飲推吾徒，豈意參商成白首。我今且老何況君，惜哉當年臂鷹手。每憶君家壓手杯，一飲千杯不停口。酒後瀾翻説古今，目睛煌煌爛如斗。年來沉飲但閉門，我來叩門亦不有。卻思結客少年時，變滅白衣與蒼狗。我嘗許君贈一言，不覺蹉跎廿年後。如君沉溟古所無，我欲名君君不受。常恐心期卻負君，喜君六十猶抖擻。匡牀擁膝晚未起，秋光熒熒照蓬牖。壯士且復能飲乎？酌以大斗祈黃耇。

嚴太夫人生日歌

我愛西湖三嚴子，生長西湖山水裏。兄酬弟唱情性真，詩腸酒德堪驅使。板輿時曳兩峯煙，畫舫常浮三塔水。天生兄弟皆好奇，日奉慈幃多燕喜。我生區區貴適志，富貴不來來亦去。羨君神仙不易得，君猶對我嗟不遇。自言高堂常寡歡，令我稱觴爲大言。我今落魄更可笑，窮苦之言安足存？憶昨東歸意逼側，入門强笑無顏色。忽聞慈母慰遊子，此意吞聲杳何極。男兒逢世知己疏，欲決不決何躊躇。青鞋布襪掉頭得，念此尸饔兼倚閭。咄咄三嚴子，與君相知數年矣，豈不知子心中事？人生免俗固難爾。借子樽中酒，上子阿母壽。莫論富貴與窮愁，過耳悠悠皆不有。君不見雲棲古佛今導師，說法平等無參差。前年吾母往頂禮，旋聞阿母同皈依。團圞且説無生話，捧檄聯翩自有時。

友人吴瑞生嘗患腹痛自言遇小不平輒發以酒澆之則止酒醒復然余聞而異之爲作此歌不敢望枚生七發聊用廣瑞生意耳

袁生嘗有言，人不可無癖。天下難醫是俗病，往往奇人有奇疾。吴郎灑落風流人，何事捧腹常呻吟？自言此中多磈礧，遇事輒發誰能禁。初如車輪轆轤攪，繼乃干戈劍戟擾。但得一醆春融融，無那酒醒愁渺渺。余聞此言三嘆息，此症未許庸醫識。余老世途屢折肱，請爲放言代草檄。君不見此中空洞自本來，何處崎嶇得荆棘？會當笥經卷五千，兼可容卿輩數百。有時五嶽起立江河奔，有時青天萬里雲無跡。紛紛冰炭徒滿懷，摩娑〔二六〕祇供一笑劇。勸君不用純灰三斛洗，世間亦無中山千日醴。酒不爲功亦非祟，但請皈心向慈氏。爲君鏟卻人我根，到處常得輕安體。

戲贈吴鹿長

去年逢子西湖曲，新妝〔二七〕綺疏映湖緑〔二八〕。一曲千杯笑不停，燈下酡顔勝紅玉。今來豐干子出迎，訝子形骸太瘦生。自言脾病連三月，齋廚冷澹如枯僧。吁嗟別子曾幾時，昔時豪華今爾爲。吴郎吴郎我知子，子病可療癖難醫。自古鍾情在我輩，僕本恨人諳此味。風流老卻夢已陳，劍古〔二九〕悠悠猶有氣。桃葉渡頭望眼賖，秦淮月對白門斜。朱絃罷弄烏絲濕，我聞斷腸況子耶？我嘗愛子胸懷真，少許卻勝多許人。但恐君情猶未至，情癡未足爲君累。縱令黑瘦來清虚，不似肥癡擁渣滓。況子貌枯神轉腴，高譚燁燁〔三〇〕雙眼珠。豈有此人爲情死？終看夢覺成栩蘧。

贈別吴正子

華屏山頭月初上，喜子能來共村醽。河西橋外雪片飛，愁子衝寒匹馬歸。憶昨豐干初見子，向我喃喃情不已。欲扶風雅回波瀾，不爲區區念桑梓。君不見豐溪村中十萬家，朱門粱肉紛如麻。吴生閉門守四壁，百城萬卷徒相誇。囊空不肯留一錢，好客時時沽十千。腰間湛盧脱手贈，匣裏自保朱絲絃。我今别子行復東，扁舟直下隨飛鴻。新安江清釣臺矗，此時念子心忡忡。吁嗟乎！吾儕意氣豈輕擲？一腔雖丹雙眼白。君看世路皆悠悠，别後頭顱好珍惜。

洞庭看梨花柬别王淑士

與君期看盤螭花，忽漫乘風洞庭去。洞庭十萬梨花村，村村花發當湖曙。石公山西龍渚灣，毛公壇下包山寺。幽奇秀特天下無，臨風絶叫何由寄。生平小别無三月，相思累累動盈札。自從升沉隔雲泥，江波渺渺吴天闊。别君三年一見君，簡書催君行復發。君不見城東歲暮雨窗西，兩度幽懷不能説。白門洵佳麗，何如故山好。清遊尚難同，況乃期汗〔三二〕浩。知君買山懷遠志，笑我干時戀小草。他年出處兩茫茫，長使青山看人老。

盤螭山訪覺如上人不遇

三年十月盤螭路，石脚紆回矮松樹。誰開絕凹香茅宇，四壁圍丹門漾素。重來春濃山正午，湖光欲曙花將暮。兩度尋僧僧不遇，小憩幽窗覺禪趣。庭中殘桃自送迎，湖面浮峯無去住。君不見六浮山閣今非主，六浮居士居無處。欲乞一單終餘年，坐對青山參活句。

余買一小丘於鐵山下登陟不數十武而盡攬湖山之勝尤於看梅爲宜蓋踞花之上千村萬落一望而收之久欲作一小閣名爲六浮六浮之名遂滿人耳而閣竟不就友人鄒孟陽見余嘆息每欲代爲經營今日始引孟陽至其地亦復叫絕不能已余因爲作六浮閣圖兼題一詩冀孟陽無忘此盟時丁巳八月十八日也

十年山閣不得就，卻負青浮日夜浮。故人一見豁雙眼，何日三間銷百憂？冰花琪樹亂檻外，銀山雪屋排檐頭。百年有錢作底用？一朝卜築偕行休。君家西湖我震澤，往經冬夏來春秋。十千到手即可辦，非我求君君自謀。

虎山踏月行示同遊鄒孟陽張魯生

靈巖脚下斜橋路，一路橫拖山水去。秋風秋月幾度來，風月關心舊遊處。穹窿欲盡湖山開，落日閃閃青煙來。虎山橋頭山色闇，明月遲我猶徘徊。凭橋東望遮山立，明月正向遮山出。遮山遮月不遮光，陸離寶氣初離室。須臾山尖露半彎，突兀捧出黄金盤。四山蒼然一水白，玉刻橋梁銀作欄。吁嗟乎張生！昔年與汝橋上行，虎山十年月再明。同遊幾人復誰在？鄉月照我空多情。吁嗟乎鄒子！子今真見虎山矣，虎山煙月竟何似。當年畫出虎山時，橋上之人吾與汝。子兮子兮奈此良夜何？磯頭夜深風露多。遊人欲歸殘酒醒，試聽中流踏月歌。

西湖喜遇譚友夏賦贈

誰言譚郎貌似我，執手問人還似無。寸心明白已如此，區區形似終模糊。我昔知子因子詩，曉月殘雪風鳴枝。境清音寥意飄忽，《虎井》數篇猶可思。吴江楚嶠两遼闊，期子不來空歲月。西湖煙水我爲鄉，豈知此中有譚郎。十年相求始相得，停車下船各嘆息。欻然魂魄化爲一，異者衣裳與巾舄。城中兄弟情好偏，非我與子神不全。两山紅葉正相待，子詩我畫交無嫌。我家震澤梅花裏，湖氣花光三十里。留子共度梅花時，且待春深上湘水。

風雨吟〔三二〕

風風雨雨江頭路，多少離人從此去。欲將别淚寄黄溪，昨日黄溪在何處〔三三〕。歸〔三四〕帆一挂〔三五〕不可收〔三六〕，西泠橋邊人倚樓。獨酌孤眠不成夜〔三七〕，又教風雨伴儂愁。

題畫贈潘子方孺

吾聞泰山五大夫之松，干雲礙日摩蒼穹。廿年奔走燕齊道，無由扣嶽攀虬龍。考之所聞及傳記，此松不復仍秦封。松壽千年亦常耳，况此神物間氣鍾。帝王褒崇萬靈護，不夭斤斧誰能窮。樹猶如此人則那，長生久視安可逢？吁嗟乎潘子！與汝同庚吾先汝。相看同是知非翁，弱冠論文今老矣。當年意氣凌雲霄，不貴不去真可恥。四十九年成一往，百年强半能餘幾？擬將末後見先師，莫漫隨流稱蕩子。君不見此五松圖，意長楮短可奈何？干雲礙日空想像，横柯接葉聊婆娑。吾儕屈折亦如此，歲寒自保應無他。

送汪君彦同項不損燕遊兼呈不損

汪生昨自檇李還，忽然向我譚長安。自言指日長安去，及此春深花事闌。嗟乎汪生何太迂！少年不肯守牀幃，因人遠役將何爲？我是長安舊遊人，三年一度長安春。如今怕說長安道，送子忽忽傷心魂。長安城中有何好，惟有十丈西風塵。人畜糞土相和勻，此物由來無世情。貴人逢之亦入脣，其味不減庖〔三八〕廚珍。别有高梁橋下水，柳色一灣塵似洗。從此沿流向玉泉，湖山亦有江南意，充君畫本差可耳。君不聞京師畫工如布粟，閩中吳彬推老宿。前年供御不稱旨，褫衣受撻真隸畜。此事下賤不可爲，君但自娱勿干禄。吾友重瞳之孫氣食牛，萬金散盡圖千秋。一朝掉頭出門去，爲我問之何所求？君應朝夕進苦口，勉之閉門發策勿妄侈交遊。

江南春 次倪元鎮韻二首

錦繃簇簇東園筍，宿雨初收池面靜。柳條欲織畫檐絲，花枝爲寫疏簾影。寒食風來山店冷，轆轤聲杳胭脂井。山前日暮鳥銜巾，繡陌香泥鬧麴塵。鶯聲遲，花信急，裛露穿花羅袖濕。常恐春歸歡不及，飛紅盡處千林碧。不見花洲舊吳邑，洲上要離冢〔三九〕猶立。楊花滿洲生緑萍，百年易度胡營營？

天平山頭石如筍，松陰落日遊人靜。射瀆千帆曳練光，背山萬水留寒影。響屧廊空屐痕冷，館娃舊事沉宮井。鴟夷歸來裹角巾，吳臺越榭皆煙塵。春水生，春潮急，西泠渡頭莎岸濕。我欲渡江潮已及，對岸千峯萬峯碧。闔閭勾踐空城邑，男兒功名幾時立。眼看身世如漂萍，驅車策馬將何營？

題葉熙時空香閣

我昔名齋以六香，其中空香亦居一。香本着物非從空，以空名香非其質。曰空無相諸塵生，謂空無香義亦失。香塵之體本來空，空中諸塵熾然出。葉子構空閣，獨愛聞空香。豈徒屏除沉水與檀麝，奇茶妙墨皆無當。酒亦不能馨，花亦不能芳。凡彼有相皆有壞，此香乃始名真常。雖然更有說，此義非究竟。空香若爲聞，爲復有聞性。聞性若不空，香塵豈能淨？空無駐香體，香不與空緣。鼻非往空處，空非來鼻邊。空香閣中人，謂此然不然？

校勘記

〔一〕「晻」，四庫本作「掩」。

〔二〕「潘克家蔣韶賓邀遊善卷寺酒後偶成」，李流芳繪《觀山圖》軸（紙本，設色）題詩作「庚戌四月過陽羨同年潘克家蔣韶賓邀遊善卷洞酒酣山僧出紙索書畫爲圖小景兼題長句」。

〔三〕「意」，李流芳繪《觀山圖》軸（紙本，設色）題詩作「興」。

〔四〕「大」，李流芳繪《觀山圖》軸（紙本，設色）題詩作「太」。

〔五〕「煙霞」，李流芳繪《觀山圖》軸（紙本，設色）題詩作「丹青」。

〔六〕「互」，李流芳繪《觀山圖》軸（紙本，設色）題詩作「半」。

〔七〕「積」，李流芳繪《觀山圖》軸（紙本，設色）題詩作「堆」。

〔八〕「有底意」，李流芳繪《觀山圖》軸（紙本，設色）題詩作「豈有意」。

〔九〕「爲此形模」，李流芳繪《觀山圖》軸（紙本，設色）題詩作「誰爲此形」。

〔一〇〕「來」，李流芳繪《觀山圖》軸（紙本，設色）題詩作「哀」。

〔一一〕「窮」，李流芳繪《觀山圖》軸（紙本，設色）題詩作「穿」。

〔一二〕「闇」，李流芳繪《觀山圖》軸（紙本，設色）題詩作「暗」。

〔一三〕「寺相傳爲祝英臺讀書處，今有臺尚存」，李流芳繪《觀山圖》軸（紙本，設色）題詩無此十五字。

〔一四〕「哀」，李流芳繪《觀山圖》軸（紙本，設色）題詩作「來」。

〔一五〕「寺爲唐丞相李蠙所創。至宋，李綱、李遵伯復新之。或以爲一姓三生，故寺有三生堂云」，李流芳繪《觀山圖》軸（紙本，設色）題詩無此三十三字。

〔一六〕「蔣居洴浰，潘居吴區，皆近善卷寺」，李流芳繪《觀山圖》軸（紙本，設色）題詩無此十三字。

〔一七〕李流芳繪《觀山圖》軸（紙本，設色）題詩「官」下有「六浮道人李流芳」七字。

〔一八〕「妝」，崇禎本原訛作「粧」，據四庫本改。

〔一九〕「妝」，崇禎本原訛作「粧」，據四庫本改。

〔二〇〕「蓴羹歌」，李流芳繪《西湖采蓴圖》手卷（紙本，水墨）題詩無此三字。

〔二一〕李流芳繪《西湖采蓴圖》手卷（紙本，水墨）題詩「西」下衍「城」字。

〔二二〕「猶」，李流芳繪《西湖采蓴圖》手卷（紙本，水墨）題詩作「尤」。

〔二三〕「鷹」，崇禎本原訛作「膺」，據四庫本、李流芳繪《西湖采蓴圖》手卷（紙本，水墨）題詩改。

〔二四〕「徒」，康熙本訛作「徙」。

〔二五〕「徙」，康熙本訛作「徒」。

〔二六〕「娑」，四庫本作「挲」。
〔二七〕「妝」，崇禎本原訛作「粧」，據四庫本改。
〔二八〕「綠」，四庫本作「淥」。
〔二九〕「劍古」，康熙本、四庫本作「古劍」。
〔三〇〕「熚熚」，四庫本作「烱烱」。
〔三一〕「汙」，康熙本、四庫本作「汗」。
〔三二〕「風雨吟」，李流芳《詩畫合册》（紙本，水墨）無此三字。
〔三三〕「風風雨雨……溪在何處」，李流芳《詩畫合册》（紙本，水墨）題詩無此二十八字。
〔三四〕「歸」，李流芳《詩畫合册》（紙本，水墨）題詩作「孤」。
〔三五〕「掛」，李流芳《詩畫合册》（紙本，水墨）題詩作「去」。
〔三六〕「收」，李流芳《詩畫合册》（紙本，水墨）題詩作「留」。
〔三七〕「不成夜」，李流芳《詩畫合册》（紙本，水墨）題詩作「無意緒」。
〔三八〕「庖」，康熙本作「天」。
〔三九〕「冢」，崇禎本原訛作「塚」。

李流芳集卷三　檀園集三

五言律詩凡四十六首

病中柬徐孺穀將有白下之役

疏疏庭欲雨，花落闇高梧。月氣昏三伏，天涼無一娛。病將愁共到，人與夢俱徂。心怯丹陽道，知君好去無。

除夕癸卯

除夕人猶病，挑燈思惘然。夢魂驚隔歲，雨點入新年。笑爲小兒劇，酒因慈母顛。生涯兼世路，只有且隨緣。

石岡園池同仲和泛舟作

共道春園好，偏宜泛一尊。輕陰低竹塢，落日駐花源。水動魚迎櫂，人歸鶴候門。相看無限意，愁殺近黄昏。

除夕甲辰四首

愁事殊不了，如何已歲除。千門宵鼓後，半榻佛燈初。性癖甘從笑，交貧或易疏。隨緣吾未得，世路正躊躇。

三十等閑過，行藏定若何？年華隨樂盡，風雨逐愁多。小妹初離閤，故人仍抱痾。關懷今夕事，不獨嘆蹉跎。

村酒不復醉，殘燈影漸移。家無終歲計，人有隔年期。骯髒知難遇，浮沉意已衰。笑憐兒繞膝，黽勉慰家慈。

忽憶去年夜，苦吟猶病中。但令身健在，且莫怨途窮。野萼今將發，清尊幸不空。只愁難免俗，明發又匆匆。

春盡同仲和泛舟溪山堂

雨晴春又盡，忽忽信舟輕。松嶺雲不定，柳塘風易生。出波雙浴鶴，隔竹一啼鶯。何意林芳歇，幽懷得共傾。

讀書仲和郊居寄懷孺穀

相對忽相憶，春山不見君。飛花何太急，啼鳥故成羣。癖似嵇生懶，知慚鮑叔勤。昔年題壁處，寥落隔松雲。

贈涵上人

未識涵師面，新詩已競傳。竹間開卷帙，屋外迥江天。山雨一相見，風塵意豁然。欲隨師卜築，瀟灑共安禪。

白門七夕感懷

舊日維舟處，懸情獨柳條。秋風又京國，客思正江潮。長路有時到，歡期難再邀。裴徊望牛女，愁絶向中宵。

贈别洞庭葛實甫

我懷洞庭月，欲醉莫釐峯。幽意久不愜，高人今乍逢。新詩正堪把，歸櫂阻相從。卻羨秋山下，丹黄已萬重。

九日風雨泛舟石湖

客思逢重九，來尋雨外山。未能凌絶頂，聊共泊西灣。茶磨風煙白，薇村木葉斑。誰言落帽會，不醉復空還。

送龔三仲和就試白下三首

送子白門去，因之感舊遊。挂帆江月曉，問寺竹風秋。藜杖臺前路，紅妝〔一〕水面樓。風流知好在，遠想日悠悠。最愛清涼寺，朱門緑樹開。晚風齊策蹇，落日每登臺。雨外江光白，城邊石勢隤。涵公禪室近，還與共裴回。同病憐羈旅，山風想對牀。相看愁去住，豈敢問行藏？鹵莽吾猶遇，飛騰子詎量！煙寒郭臺畔，貰酒正相望。

清河道中柬同行宋上木

漠漠黄河岸，荒荒落日風。鄉關雁影外，客路水聲中。吾道只如此，心期偶得同。寂寥佳節近，忍負菊花叢。

黄河九日寄懷家中兄弟二首

去年重九日，風雨石湖中。屈指登高處，三年無一同。亦知懷遠道，且復信飄蓬。阿母秋園裏，應憐萸酒紅。

江路寒仍晚，重陽候未回。遥知新酒熟，不待菊花開。郊北秋宜眺，村東客好來。河流向天際，難覓一登臺。

黄河夜泊

明月黄河夜，寒沙似戰場。奔流聒池響，平野到天荒。吴會日以遠，燕臺路正長。男兒久爲客，不辨是他鄉。

舟中雜興二首

辭家兩見月，兀兀閘河邊。長路難計日，逆流如上天。扶攜幸相得，宴坐亦翛然。始識浮家意，仲鈞擬釣船。推篷殘卷後，秋爽正相宜。飯燥香粳鉢，羹勻玉糝匙。飽餐無一事，翻憶在家時。多少風塵子，天涯長苦飢。

任城舟中得家報述懷二首

聞道家鄉水，秋來又殺禾。正愁生計少，其奈薦飢何？阿母廚中意，賢兄杜下歌。天涯一回首，不敢畏風波。

自笑逢時懶，兹行亦偶然。爲貧無不可，患得敢爭先。溝壑吾生事，簞瓢可送年。寥寥故人意，三復贈行篇。

遊任城南池

塵土經時面，南池一豁然。城孤朱閣外，亭小緑荷前。望迥蒹葭水，秋高楊柳天。猶傳杜陵句，幽意至今憐。

太白樓

斯人不可作，秋望轉蒼蒼。濟水東流直，梁山北去荒。千年同客路，一醆即吾鄉。尚想登臨處，當時號酒狂。

荆門舟中見菊偶成

江路重陽月，荒城菊未花。一枝今始見，小摘向人誇。研水添生意，鄉心對物華。遥憐開爛熳〔二〕，濁酒過鄰家。

清淵逢鄉人南還

君整南歸櫂，予隨北上船。他鄉一相見，故里色依然。只覺還家好，都忘失意憐。平安仗傳語，早晚下江天。

移舟入荷池同孟陽方回小泛

風池弄小艇，偃仰芰荷叢。葉與遠山碧，花將落照紅。衣裳散香澤，樓閣擬虛空。漸覺離塵世，來遊淨土中。

爲楊讖西題斷橋小景

十里西湖意，都來在斷橋。寒生梅萼小，春入柳絲嬌。乍見應疑夢，重來不待招。故人知我否？吟望正蕭條。

新安江中有懷玄度伯昭諸子

對酒半輪月，隨舟兩岸山。碧潭寒見底，怪石巧當灣。自覺勝情愜，誰言客路艱？别歸臨歲晏，秪愴故人顔。

西湖小築次韻答子與

不是我頻到，安知君病多。如君好神氣，且莫厭沉疴。山澗經時雨，樓香四面荷。還應思小築，稍健即來過。

疊前韻重寄子與

嵐氣不出户，南山朝雨多。烹茶甎水色，持此滌煩疴。有客衝林靄，維舟傍芰荷。隔溪欲相唤，或恐是君過。

次韻答西生上人見寄

小閣溪風夜，至今來夢中。近聞添結構，坐卧在空濛。多病成予懶，新詩見子工。遥看翠微路，幽意若爲通。

戲柬湯吾狂於靈隱精舍

靈隱蓮〔三〕峯下，飛泉六月涼。相望隔煙雨，欲往復傍徨。晚霽紅半閣，蕉陰綠一牀。愁聞湖上鳥，終夜叫吾狂。湖上有鳥，其聲曰「吾狂」，徹夜不已。

雨中喜蓮壑自朗至

朝爽在羣木，焚香對南山。颯然飛雨至，靄爾翠微間。孤詠無所寄，林僧來叩關。不知蓮壑裏，高興幾時攀？

西湖寄沈無回於黄巖二首

台蕩古名勝，但言心已馳。一氈難穩坐，雙屐好相隨。去郭聞尚遠，出遊知幾時？因風須示我，妙畫與新詩。

長安攜手日，去住各踟蹰。念子胸懷闊，如予生計疏。不知山縣裏，風物竟何如？但願少人事，還能讀我書。

靈隱次穎法師韻

往來白雲社，坐臥丹楓林。齋飯經未罷，應門僧屢尋。出寺不覺遠，向山情轉深。前溪正落日，去住亦無心。

殘臘

殘臘尚幾日，新〔四〕晴暄氣來。遥知早梅意，欲傍歲朝開。十載青芝路，千山白雪堆。扁舟繫門柳，獨往興悠哉。

寄胡仁常民部二首

春明一回首，動隔十年期。楚水日東下，燕雲常北馳。夫君美無度，畏壘有遺思。國士終何報？悠悠愧所知。懷抱偶然合，何云出處閒。雲霄既已遠，丘壑豈徒閑？海國餘黎在，飢年賦額慳。回天竟誰力？凋瘵一時還。

二月五日自虞山還文休遲予於鹿城同張冲善少謙顧子貽幼疏步屧山間因過幼疏夜飲限韻得村字

故人遲我至，一笑玉山原。有酒便須去〔五〕，忘形豈待言。花疏能照夜，月細已橫村。莫怪常深坐，應非戀一樽。

次日同文休子崧靜之子貽幼疏集冲善齋中限韻得燈字〔六〕

書齋梅未落，過雨態猶勝。會以花時數，詩因客興增。濕雲晴不去，春氣酒能淩。醉覺衝泥怯，船窗迴一燈。

夏華甫水亭邂逅甬東朱漢生已載酒重過與漢生集別

作合此亭中，忘機愛野翁。無多成水石，隨意得房櫳。雨氣先梅到，風光隔竹通。重來興方洽，尊酒莫匆匆。

題半塘陸仲子新居其兄伯子所居鄰比，兄弟皆善絃歌。

好是幽人宅，偏於水木便。天然松障子，宛在竹窗前。晚照留僧閣，茶香到客船。壎篪方比舍，曲罷又聞絃。

五言排律凡三首

皋亭送張爾完東歸爾完從慧法師聽講彌陀疏鈔初受五戒

相近不識面，相逢恰稱心。亦知文筆妙，不謂道情深。得共蓮花社，遠來祇樹林。飛泉初雨後，落日復松陰。幽賞正未已，玄言殊可尋。別君何草草，歸路慎浮沉。

寄無際於會稽兼訊張使君宗曉〔七〕

夢中與無際同遊賦詩，有「樓亦生霞思」之句，因爲續之〔八〕。

故人前月去，言訪雲門蹤。此地美林壑，爲懷況秋冬。碧淙雲外細，丹葉霧邊濃。樓亦生〔九〕霞思，山尤愛雪容。蘭亭跡已謝，剡曲舟靡從。張緒如相見，知予老更慵。

春筍詩

春園風物好，二月筍生時。愛此錦綳子，參他玉版師。嫩休論菜甲，滑可比蓴脂。酒辣偏相稱，茶清更不疑。味存甘苦外，質與剛柔宜。上番看何意，平安報有期。此君真不俗，少具出塵姿。

校勘記

〔一〕「妝」，崇禎本原訛作「粧」，據四庫本改。

〔二〕「熳」，四庫本作「漫」。

〔三〕「蓮」，四庫本訛作「蓬」。

〔四〕「新」，李流芳題《草書五言詩》扇面（金箋本，墨筆）作「雨」。

〔五〕「去」，四庫本作「酌」。

〔六〕「次日同文休子崧靜之子貽幼疏集冲善齋中限韻得燈字」，張氏石刻作「冲善招集書齋同文休靜之子崧子貽幼疏少謙限韻得燈字」。

〔七〕「寄無際於會稽兼訊張使君宗曉」，李流芳題《行書五言詩》軸（紙本，墨筆）作「寄無際於山陰兼柬宗曉使君」。

〔八〕「夢中……續之」，李流芳題《行書五言詩》軸（紙本，墨筆）無此二十一字。

〔九〕「生」，李流芳題《行書五言詩》軸（紙本，墨筆）作「增」。

李流芳集卷四檀園集四

七言律詩凡九十首

春江寓目

西日欲墜江村涵，淺汀深莎相映藍。垂楊滚絮不戀地，柔藤落花穩住潭。白頭天涯自無主，朱顔明鏡誰爲憨？思君不來春易老，令人腸斷偏江南。

除夕乙巳

壯心咄咄漸成灰，前路茫茫轉欲催。已斷葷腥過百日，將抛麴糵只三杯。不愁歲向今宵盡，且喜春從昨日回。先一日立春。聞道西山梅早發，故人期我放忙來。與仲和、淑士有鄧尉看梅之約。

出都門答伯美見慰

勞君爲我費嗟吁，不道逢時我自迂。每愛偷閑銷歲月，兼因多病惜身軀。莫教枉卻文章祟，只合償他車馬逋。生計漸貧親漸老，行藏欲決更踟躕。

東阿道中

騰騰兀兀逐塵行，忽似春山爲解酲。高下故隨人意繞，逶迤偏覺馬蹄輕。誰教柳色毿毿映，不分梨花處處生。愛殺穀城山下路，風光況復是清明。

西湖答家兄茂初見寄

辭家正是薔薇時，又見薰風菡萏池。慣別自輕千里道，愛遊偏與五湖期。緑勻堤樹朝煙歇，紫入山樓莫塔垂。可惜西湖好詩料，弟酬兄唱各參差。

豐干得孟陽廣陵歸訊兼聞淑士從白下奉使南還率爾有作

維揚歸客尺書來，白下仙郎千騎回。欲話吹簫明月夜，還思落木雨花臺。新詩點撿尊前出，秘簡從容燭下開。殘臘過君能幾日？關山留滯使人哀。

別鮑谿甫程公亮二子

新安山水是吾鄉，頭白歸來宅半荒。乍見清溪如故舊，每譚黄海欲飛揚。未能共蠟登山屐，忽漫思隨下水航。臨别愧君情太厚，衝寒徒步遠相將。

別汪伯昭

别君長鋏不須彈，作客方知行路難。舊里豪華人競爽，貧交風味自相歡。嚴冬忽已十二月，歸櫂其如三百灘。總爲黄山與君在，掉頭時復憶新安。

訪慧法師於皋亭桐塢作

不見皋亭慧法師，每勤書札慰相思。蹉跎又作三年別，慚愧終無一往時。忽憶虎溪成舊社，且尋茅屋賦新詩。闞門短櫂衝炎去，黄鶴峯頭月上遲。

贈城南夏君君善種樹作小景盆盎中疏密掩映頗有畫致

每到城南訪隱淪，一灣江岸草鱗鱗。比鄰竹色當門緑，傍檻荷香出水新。貧向交遊誇好事，巧於林壑見天真。看君杯酒飛揚意，結客場中少此人。

雨中喜山僧摘楊梅至

一望山坳紅紫堆，皋亭五月熟楊梅。家家火樹垂千纈，日日冰盤薦百枚。尚擬趁晴看飽去，卻憐和雨摘將來。莫論風味如西磧，齒軟還須嚼幾回。余買山西磧，其地産楊梅，味甘，遠勝武林諸山所産。

次韻答李九仙山中見寄

從誇日帽與天杭，獨享知君且愧予。道力未能甘混俗，野情終是愛幽居。已諳世上悠悠態，不學空中咄咄書。早晚黄溪營五畝，堂連梧竹水環蕖。時九仙欲爲予卜居黄溪村中。

次韻酬沈雨若見寄

寥落花間一草堂，喜看舟楫到江鄉。春潮送客渾無信，寒菊懷人尚有香。十五松齋容嘯傲，雨若園居有十五松。三千塵路費商量。時予將北上。憑君莫問行藏意，世事於今正渺茫。

錫山夜别閑孟子薪彦逸及從子宜之兒子杭之二首

十日追隨意未傾，一朝言别若爲情。秖憐對酒成高會，無那挑燈是送行。家累關心難共語，功名垂老不堪評。便應撥櫂從東下，十畝閑閑尚可耕。

撩亂鄉愁一夕生，燭殘酒醒奈深更。隔船安穩歸人夢，前路迢遥去客情。江月又催征櫂發，寒雞不待寺鐘鳴。十年分手梁溪路，但覺衰頹負此行。

除夕白門喜比玉攜榼至寓舍同子將無際升父無我守歲伯敬復遣人餉酒戊午

經年不見意何如，且喜他鄉共歲除。久客便應爲地主，遠遊隨處即吾廬。留人正惜春泥重，得酒何愁夜燭虚？此際慈幃最蕭瑟，不禁歡罷一欷歔。

元旦枕上口占己未

一夜無眠徹曉天，不知今日是新年。年因底事成添换，情亦無端起變遷。已是客中重作客，何勞緣外强除緣。安心如此能安否？愁病公然到枕邊。

元日偕子將無際過比玉居停主人費節卿爲置酒竟日節卿好武時鼓掌説劍比玉有家藏端硯甚古至是始得觀

客路愁聞節序來，老懷還向故人開。到門雨氣如相候，入座[一]春盤不待催。頓覺雄心隨説劍，且拌[二]長日送深杯。愛君匣裏端溪色，更遣燒燈試墨回。

滁州道中見梅感賦二首

春回忽忽到新年，江北梅花也爛然。野店一枝看欲絶，家山千樹見何緣？窺窗曾與人留別，照水還將雪鬬妍。拋卻風流逐塵去，空教心折馬蹄前。

辜負看花又一春，百年强半幾年身？未能徇性難違性，且復隨人苦畏人。昨日明朝江北路，千盤萬折隴頭塵。如癡如醉還如夢，漸覺騰騰欲任真。

旅宿滁州同子將無際步屧至龍潭山憶丙午偕羽明受之〔三〕來遊已一紀矣

龍潭樹密晚煙勻，豐樂亭空野望新。舊日經過餘十載，重來朋好亦三人。勝情老去渾無恙，遺跡追思已半湮。自是風塵易顛頷，形神於此一相親。

濠梁道中別子將無際南歸六首

可惜春光半滯霪，青泥汩汩水涔涔。途經千里歸猶近，病覺三分治未深。欲去尚看童僕面，相留秖愧故人心。驚魂怕問前頭路，老馬驅馳已不禁。

同心難得復相攜，不道中途有別時。去路愁君初索莫，病軀憐我獨支離。當杯畜意渾無語，上馬回頭各背馳。未免有情那遣此？元來不及有情癡。

日日思歸又戀君，今朝決意與君分。情懷和病如春雨，踪跡無心似嶺雲。好去煙霄須自致，得歸麋鹿亦能羣。谿來出處元同調，俗耳悠悠未許聞。

出門各自抱深情，豈爲懷居與噉名？我覺途窮應退步，君知道廣即前程。秖如白下來尋舊，兼作濠梁遠送行。去住隨心無不可，莫因去住又心生。

春寒花事未蹉跎，西磧西溪正好過。自有閑人能作伴，從教多病不成魔。高梁橋外千行柳，淨業門前十頃波。屈指長安行樂地，其如無夢逐君何？

歷落嶔崎三十年，寧教人笑不教憐。一腔熱血猶堪灑，半片寒氈也有緣。貧賤已知安骨相，功名端合讓才賢。遠公蓮社還依舊，且放心頭得悄然。

南歸途中述懷三首

綻盡儒冠未肯離，從今應草責頭詞。摧頹漸少風雲氣，落拓空慚市井兒。貧自生來何足怪，病從心起即難醫。得休便覺真休矣，豈待功成名遂時？

飢寒未必解相驅，衣食天生定有無。量腹齏鹽猶可辦，遮形繒綺亦何須。還思心累非貧賤，卻爲身安長惰愚。苦行家風窮活計，大都節約是良圖。

獨有親恩欲報難，人間簪帔亦榮觀。尸饔已自長齋慣，列鼎何如啜菽安。每憶臨分增涕淚，應憐歸到得團圞。相依只説無生話，名利真同糞土看。

登潤州玉山亭子感懷

廿年江上玉山亭，來往經心似送迎。陡覺層欄增爽豁，試臨落日尚崢嶸。閑鷗逐浪仍東下，鳴雁隨帆故北征。自笑勞勞頭半白，依然飄泊一書生。

元夕虎丘有懷閑孟子薪諸子

隔年殘月虎丘看，只記歡悰忘别顔。共道翩翩日邊去，那知冉冉月中還。遥傳急鼓千燈外，獨立寒雲片石間。此夕此山無此況，對君難説此登山。

南歸後六日偕閑孟子薪家茂初無垢集魯生園亭梅花下次家茂初韻

頻年不到此花中，喜見花枝壓路通。近坐繁香如殢酒，當杯落瓣尚禁風。朝光已逐輕陰變，晚氣遥隨積靄空。贏得閑身共歡賞，莫將開謝比飄蓬。

雨中泛舟南郊聽江君長絃歌次家茂初韻

箜篌箏阮變新聲，韻入三絃分外清。遣病每思君一曲，停杯偏覺我多情。纏綿未敢施銀板，掩抑還宜合鳳笙。彈向船窗亂風雨，闇泉驚瀑一時鳴。

寶尊堂看杏花次從子宜之韻

愁病經春未有涯，除非對酒并看花。疏枝乍見含煙吐，獨樹偏憐傍屋斜。不共梅妝矜似雪，已分桃暈欲成霞。婆娑古幹南村下，尚擬新晴過陸家。南村陸載道家有古杏花，時常載酒往看。

婁塘過楊婁南故居感賦婁南爲先君舊識有崑山巧石尚藏余家今其地已半屬他姓且別構園亭矣

曾侍先人説舊遊，漫尋遺跡到林丘。婆娑老樹猶堪蔭，清淺迴塘已不流。當日交情留片石，誰家新構起飛樓。百年興廢尋常事，眼底傷心又白頭。

過積善庵悼雙林長老

郭外輕陰爽氣多，風光縠雨近清和。新林遥指花宮出，舊侣曾陪竹院過。一路野芳紅似錦，幾灣春水碧於羅。到門啼鳥渾相識，遺墨空房涕欲沱。

雨中集侯雍瞻東園

無邊水木此城限，恰稱飛樓四面開。雨點到池偏淅瀝，煙絲著樹故徘徊。泥深畏踏盤盤路，酒渌難拋灩灩杯。襆被未能辜秉燭，且留高興待重來。

重至西湖柬孟陽子將諸兄弟

老見湖山尚欲狂，舊遊重憶使人傷。曾穿鷲嶺丹楓路，幾醉孤山落月航。竹閣書題應漫漶，雲棲原草欲荒涼。浮家得似誅茅穩，春塢桃花興不忘。

西湖寄懷閑孟子薪

鄉書一把一欷歔，見説秋風病未除。酒醆可仍隨伴去，花畦能復課人鋤？貧年生事知何在？老境交情忍向疏。不肯離家來作客，少愁少病得如余。

久客湖上家兄以詩見寄次韻答之

歸裝欲理又裴〔四〕徊，三月思家只夢回。滚滚湖頭人盡去，剛剛秋半月將來。能抛山色如眉淺，忍放歌聲似玉哀。叢桂料應難共把，登高猶及菊花開。

集魯生藹齋次比玉韻

每愛君家修竹林，虚齋終日貯清音。殘花欲盡猶堪嗅，嫩草初生正耐尋。酒滿底須乘月去，絃長時復應風吟。微茫歸路黄昏後，亂眼春條雪半岑。

送忍公都試白下

廿年遊處憶長干，送子秋風白露溥[五]。湖市荷風初動槳，曲阿林月欲隨鞍。爭先自信無餘子，競爽人誇有二難。此日飛鳴知已後，功名路窄子心寬。

送吴西音之楚

吾衰已分老滄洲，念子因人作遠遊。吴墅鶯花三月賞，楚江煙樹一帆愁。高情久欲參雲嶽，浪跡何妨逐海鷗。聞説買山將卜隱，大都不用有心求。

送同年陳公虞司理被召北上

徵書昨日下錢塘，仙吏乘春指建章。柳色西陵歸騎緑，桃花婁水去帆香。于公陰德高閥閲，仲子昌言著廟廊。獨有素心常不改，世途炎熱自清涼。

送項不損之燕

十年長路客心驚，此日春風送子行。汶上梨花飛雪盡，濟濱楊柳著煙輕。逢時豈必因楊意，對策還應學賈生。一往三年彈指過，故人拭眼看飛鳴。

壽陳士遠七十

麥風梅雨近端陽，喜見晴曦麗草堂。榆柳圍窗成翠幙，葵榴照眼勝紅妝〔六〕。同歡荆樹三株老，益壽蒲觴九節香。鶴髮如霜顏似玉，疑君肘後有丹方。

送張宗自之任晉安

晉安文物表閩鄉，試宰懸知治劇良。馬首江郎千丈碧，船頭黯澹百灘長。牀琴半入幽蘭韻，家醖新添荔子香。他日政成民不擾，風流何必數河陽。

次韻招孟陽出郭看梅

門外春風應候來，扁舟還擬去尋梅。山僧每訝多年別，遊侶方欣久客回。草閣一枝先破蕚，村園數樹已生苔。余家山雨樓前一樹花開最早。又西山梅花幹上皆生緑苔，纁澀可愛。此中無此種，獨三老園數樹皆然。只今步屧堪乘興，新醞還期待子開。

海上和孟陽觀伎詩次韻

但能取醉莫論文，春色闌珊已十分。海上楊花空作雪，西陵松樹〔七〕藹爲雲。出船素面如纖月，倚檻紅芳學茜裙。堪〔八〕恨風流不同賞，斬新詩句亦輸君。時公路、君美家牡丹方開，共爲酒社，予以滯海上不得與〔九〕。

靈雨詩次公路韻四首

占魚空復詠無羊，其雨朝陽已映牆。澤國沾濡行欲盡，旻天仁覆故難量。纔聞步禱過三市，忽見甘霖沛四鄉。一路農歌間漁唱，練祁西望彩虹長。

郊原日夕下牛羊，蓑笠經時不過牆。蟻欲出封應有兆，月將離畢可能量。誰翻東海蛟龍窟，復見西風禾黍鄉。共道神明回造化，歌功詠德一無長。

窮檐久已嘆牂羊，次第焦枯到荔牆。百畝如雲且休矣，一牀涼雨可思量。洴澼忽借風爲陣，霶霈仍教水作鄉。秋至江湖催放權，蓼汀葭渚興何長。

何時得雨一相羊，拄杖看雲自出牆。銀竹光中森可數，碧荷葉上瀉難量。縈簾澹月迷鮫室，欹枕涼風到蝶鄉。賴有新詩撑倦眼，底須何物引杯長？

壽金子魚八月四日

午潮新漲月初生，雲物高秋望轉清。好對庭蘭開酒醆，更穿叢桂鬭棋枰。經懷舊事惟供笑，入耳新聞不受驚。容我疏狂稱小友，行藏亦擬似吾兄。

壽閔明卿八月十四

陵谷滄桑會有期，人間涼熱不須疑。百年交態君應見，二老風流我亦宜。對酒呼盧常咄咄，當歌起舞尚傚傚。桂黄月白秋如此，若更言貧罰百巵。

九日泛舟次伯氏韻時方從公路飲歸〔一〇〕

有酒相呼定不違，休論城闕〔一一〕與村〔一二〕扉。佳人門外初停槳，令節風前已授衣。寒水荒灣秋澹蕩，疏簾新月夜熹微。猶嫌未盡登臨興，良飲厭厭肯放歸？

贈謝明府生朝〔一三〕是日爲九月十九日，先一日立冬。

萊蕪塵滿訟庭空，秖見公堂祝華封。候轉昨朝冬已立，節過旬日九還重。千村稌黍彌寒望，一路謳歌問夕春。籬菊正黄楓又紫，百年初度幾人逢？

壽孫青城山人山人好蓄古器書畫，扁舟往來吴越間。

梅疏竹瘦小庭妍，擁絮朝陽殢酒眠。留客茶煙常出屋，乘春花氣漸迎船。蜼文獸面看如活，鳥跡蟲書蠹欲穿。動是商周與秦漢，知君壽在上皇〔一四〕前。

四月二日同諸弟過夏華父水亭小飲

四月二日天清和，夏家亭子熏風多。扁舟出郭興無限，三杯草酌顔先酡。向夜蛙聲閙深竹，中池星影牽微波。歌殘酒盡人不醉，篷底獨眠愁奈何。

夏氏水亭次朱漢生韻

池上茅亭似柳洲，城南一過一來遊。林疑無際陰常合，水未生瀾屋已浮。秖許老夫時曳杖，敢邀嘉客共維舟。别君知有秋期在，應到西興舊渡頭。

吳門送徐令公攜家白下

南州喜見後人賢，文彩風流信有傳。相送閶門斜日裏，攜家淮水亂雲邊。推篷梅雨新晴候，挂席江風欲曙天。若到清涼臺下寺，老僧應解説當年。

題人新齋

夷門别業在西郊，新築高齋對泬寥。樹好牆陰常冉冉，竹深檐籟日蕭蕭。尋花路僻過橋去，留客燈昏帶雨燒。共愛幽棲真率意，門前時見有停橈。

朱修能見訪聞予方葺檀園以詩枉訊次韻答之時修能將至茸上

七年不見喜重過，共指生涯素髮多。池上新庵仍署泡，階前舊壑已名蘿。泡庵、蘿壑，皆在檀園中。畏人小築猶難就，對客高吟豈易哦？便欲相留同結夏，扁舟峯泖奈君何。

送徐克勤試京兆

玉韞珠藏出有期，子今行矣復何疑。文章價定無容論，富貴時來不厭遲。曉月正臨揚子渡，晚風遥愛後湖湄。天公也助人行色，預遣涼颸掃赫曦。

送人遊南雍

秦淮新月待君過，婁水涼風送客多。燕子濤聲秋澒洞，鐘山晴色曉嵯峨。詩名入社高珠玉，樂事當筵豔綺羅。桂白萸紅期又近，巷無飲酒欲如何？

閔伯先過里中晚泊溪頭不肯叩門翌日以詩見投次韻奉酬

柳濃溪漲可維舟，人未能幽宅已幽。但肯攜尊來見訪，何妨秉燭與同遊。題門有字君應識，見戴無須我亦愁。直待來朝方握手，不知晚泊若爲留。

伯先偕徐女揚諸君見過留飲檀園別後伯先以詩見寄次韻

新知舊好兩相攜，來看初蓮聽晚鸝。池上熏風先客至，林端缺月爲誰稽？酒懷爛熳猶輕敵，詩興蕭疏已怯題。不醉其如吟思苦，因君亦遣白頭低。

寄韓孟郁國博

不見韓兄六七年，須眉磊落在吾前。詩成只用三叉手，酒到先浮十滿船。擬向崆峒倚長劍，卻來國子坐寒氈。白門佳麗曾遊否？何日緘題寄一篇。

秋日喜子魚孟陽君美仲和過檀園宿留即事

長日郊居少送迎，喜聞客至啓柴荊。百年潦倒諳交態，廿里過從見故情。涼雨洗塵秋院靜，飛蟲遠燭夜堂清。休論舊事增惆悵，醉起巡廊繞月行。

伯氏有作次韻再呈諸兄

床頭瓮滿不須賒，池上秋涼尚有花。數畝正當風檻緑，三間新帶月廊斜。清言吾輩還多味，高枕從來便是家。莫怪相邀仍簡略，知君愛酒不嫌茶。

仲和次韻見投復用韻奉答兼訂後期二首

秋入吾廬景物賒，一簾新月半欄花。風迴水葉翻翻白，雨壓檐枝恰恰斜。宅比柴桑多種柳，門通苕霅可浮家。客來隨分能供具，掃籜煨鐺與試茶。

練祁南下水村賒，一路秋風吉貝花。到市鐘聲知寺近，過橋柳色逐門斜。貧能好事無如我，老解求閑有幾家。若肯重來留十日，不辭淡飯與粗茶。

用前韻呈諸道〔一五〕友

少壯輕拋歲月賒，老來那復戀空華？逢場已覺童心盡，攬轡其如急景斜。不向竿頭思進步，何時浪子得歸家？趙州底事勤行脚，我欲扳他喫碗茶。

再次前韻柬孟陽仲和

小庭風月近來賒，更築陂陀種雜花。日出梧陰摇几淨，霜前柚實壓欄斜。耽書漫學過難字，愛畫終慚對作家。老懶惟思閑伴侣，齋厨自可辦瓜茶。

種花用前韻

爲園數畝未言賒，鑿沼疏泉手灌花。花欲疏疏仍密密，枝須整整復斜斜。漸看節序皆芳候，不放風光到别家。最愛南榮冬日暖，蠟梅一樹映山茶。

小葺檀園初成伯氏以詩落之次韻言懷

短築牆垣僅及肩，多穿澗壑注流泉。放將蒼翠來窗裏，收取清泠到枕邊。世欲何求休汗漫，我真可貴且周旋。一龕尚擬追蓮社，不用居山俗已捐〔一六〕。

用前韻呈諸道友

破衲蒲團只一肩，飢尋芋栗渴求泉。的無長物爲吾累，豈有玄機在汝邊？興到偶吟同梵唱〔一七〕，狂來起舞學胡旋〔一八〕。風光似較些些子，任意拈來信手捐。

再用清字韻呈諸道友

來去溪山似送迎，捫崖越壑踐榛荆。爲參知識求心要，豈愛幽閑助道情？夜後溪聲連屋動，曉來山氣捲簾清。方知不用從師覓，悔作盲人悵悵行。

秋日臥痾西音以詩枉訊次答二首

秋來懷抱向誰開，三徑雖成任草萊。短髮欲梳因病廢，新詩一笑爲君回。庭空始覺風生樹，石潤偏憐雨上苔。遲暮年光悲轉促，漸看林葉變條枚。

一丘安穩且徘徊，掩耳誰知蟻穴雷。已覺懶隨衰共至，何妨閑與病俱來。難拋舊習惟詩句，可壓新愁是酒杯。鷗鷺欲親鳩鷃笑，行藏遮莫受人猜。

再次前韻柬西音兼呈孟陽仲和二首

柴扉寂寞枕江開，久擬逃名學老萊。白髮經秋看更短，衰顏得酒怪能回。爲臺欲待生新月，掃徑仍教護舊苔。老覺耽詩終漫興，故人才或似鄒枚。

懸車束馬路徘徊，倒峽崩崖吼萬雷。底事奔波衝險去，何如抖擻出塵來。籬邊秋老千花片，溪上煙寒一酒杯。抱瓮真同灌畦叟，更無機事可相猜。

贈沈公路二首

高齋夏木愛扶疏，閣有懸花沼泛蕖。窈窕一丘堪庾賦，蕭閑十畝類潘居。千秋鳥跡搜奇字，四海蟲天播異書。聞道尪羸多壽考，已無渣滓礙清虛。

園林風物喜秋晴，水檻山廊貯遠清。詩思不因多病減，道心應以得閑生。婆娑老桂花將綻，指點高天月漸盈。初度更逢佳節近，百杯端擬爲君傾。

再贈夏華甫

幽居非郭亦非村，獨木爲橋槿作垣。已構虚亭延夏爽，又開曲室納冬暄。栽花未長先成徑，喂鶴防飢不出門。囊底欲空尊自滿，貧能似爾復何言？

送謝明府入覲二首

吴江木落月初圓，仙吏衝寒到日邊。天遠雲端看去舄，春濃花裏望回船。垂裳快見龍飛會，肯構新瞻鳥革前。明年爲崇禎元年，時三殿新成。自愧無能偕奏計，莫言中野有遺賢。

三年清節照冰霜，百里謳吟徹帝傍。治績自應推第一，聖朝不次待循良。御筵初醉宫花側，天語親聞玉殿香。可道留恂正辛苦，攀車欲別復傍徨。

元夕雨邀里中諸君小飲檀園燈下次伯氏韻

花邊樓閣月邊廊，更愛繁燈照夜光。雨氣無端先客到，檐聲應爲和歌長。城頭結綺人俱散，村裏迎神鼓不忙。且盡一杯酬令節，泥深門外亦何妨。

十六日諸君載酒重集寶尊堂次伯氏韻

索笑檐梅日幾巡，良辰樂事肯辭頻。燈宵自是難兼月，酒伴何須更覓人。是夕，主賓十人，皆昨夕所集也。時序百年真可惜，歡娱一瞬已成陳。眼看花發多風雨，狼藉春園萬樹銀。

校勘記

〔一〕「座」，康熙本作「坐」。

〔二〕「拌」，康熙本、四庫本作「拚」。

〔三〕「受之」，四庫本作「孟陽」。

〔四〕「裴」，四庫本作「徘」。

〔五〕「溥」，四庫本訛作「溥」。

〔六〕「妝」，崇禎本訛作「敉」，據四庫本改。

〔七〕「樹」，張氏石刻作「柏」。

〔八〕「堪」，張氏石刻作「卻」。

〔九〕「時公路、君美家牡丹方開，共爲酒社，予以滯海上不得與」，四庫本作「時公路言其家牡丹方開，共爲酒賞之，余滯海上不得與」，張氏石刻無此二十二字。

〔一〇〕「九日泛舟次伯氏韻時方從公路飲歸」，張氏石刻作「九日王姬邀泛次伯氏韻時方從公路飲歸」。

〔一一〕「闕」，張氏石刻作「中」。

〔一二〕「村」，張氏石刻作「郊」。

〔一三〕「朝」，四庫本作「日」。

〔一四〕「上皇」，四庫本作「羡門」。

〔一五〕「道」，四庫本無此字。

〔一六〕李流芳題《草書園居詩》扇面（金箋本，墨筆）「捐」下有「園居近作三首」六字。「園居近作三首」指「長日」、「床頭」、「短築」三首。

〔一七〕「唱」，四庫本作「唄」。

〔一八〕「學胡旋」，四庫本作「快迴旋」。

李流芳集卷五檀園集五

五言絶句凡二十七首

爲宋比玉題畫

歲暮不可留，送子山城下。别意如寒泉，哀聲咽難寫。

題畫二首

木落秋氣多，風高水痕捲。人徑疑有無，山容自深淺。山色青不已，湖光白欲來。虚亭正瀟灑，一櫂撥煙回。

宿法相爲吴伯霖題畫

夜半溪閣響，不知風雨歇。起視晻靄間，悠然見微月。

將别西湖諸君夜雨小飲清暉閣爲方回畫扇口占

山樓風雨急，别意杳無據。對酒增渺茫，推篷是何處？

和憨山師菩提庵八詠

平野垂四周，陡然横一丘。菩提無種子，莫向去來求。菩提山。　一灣漾清淺，千葉競紛敷。試問寶池内，花開得似無？蓮花灣。　累累千萬顆，顆顆説阿彌。何煩更采擷，百八手中持。槵子樹。　雖無版築功，屹然堅可憑。兹有真如理，故名不壞城。翠城。　漚生大海中，生滅海漚共。是名窣堵波，爲有縫無縫。漚生塔。　有情有生死，生死長憎愛。斗水亦區區，施以法無礙。放生池。　今人不如古，像設亦如是。若云真大士，去之乃千里。古觀音像。　古松如古佛，落落自隨緣。因何號羅漢？翻似小乘禪。羅漢松。

爲陳維立題畫十首〔一〕

桃花與流水，一往隔千春。畏向外人道，如何重問津？桃源。　乞食未足恥，折腰真可憐。若止愛一醉，還應戀秫田。柴桑。　醉鄉既可居，東皋亦逆旅。不能學河汾，長當友河渚。東皋。　沉冥竟何意，興會亦偶然。竹林緬高風，繼軌得此賢。竹溪。　郎官名亦好，賀監更風流。人皆營一曲，名可得千秋。鑑湖。　吾愛華子岡，輞水流日夕。如何舍此去？傷心賦凝碧。輞川。　吾〔二〕怪元道州，山水亦吾之。峿臺臨浯溪，漫浪良可思。浯溪。　樂天作草堂，勝絶擬〔三〕終老。出處不自決，徒爲泉石道。廬山。　繪雪著堂中，坡翁署堂義。繪堂著雪中，安知非坡〔四〕意？雪堂。　未能無所寄，養鶴復栽梅。鶴亦太多事，高飛候客來。孤山〔五〕。

和西生上人山居雜詠次韻四首

一脉同澄湛，分流到各家。竹爐新火活，甌面乳生花。引泉。　雨過纔移種，風來已滿林。庭空還汛掃，留著貯清陰。種竹。到此無俗客，何妨款竹扉。山花能作供，林月送將歸。客至。林裏光初出，湖中氣欲來。好隨松影去，且放竹扉開。步月。

校勘記

〔一〕「爲陳維立題畫十首」，李流芳題《行書五言詩》鏡心（紙本，墨筆）無此八字。
〔二〕「吾」，李流芳題《行書五言詩》鏡心（紙本，墨筆）作「我」。
〔三〕「擬」，李流芳題《行書五言詩》鏡心（紙本，墨筆）作「儗」。
〔四〕「坡」，李流芳題《行書五言詩》鏡心（紙本，墨筆）作「翁」。
〔五〕李流芳題《行書五言詩》鏡心（紙本，墨筆）「山」下有「孤山題畫十首似子將兄正流芳」十三字。

李流芳集卷六檀園集六

七言絶句凡九十八首

無際遊句餘將便道參雲棲走筆送之

六和塔前潮水渾，西興渡頭山色昏。歸來且莫翻天竺，一路沿江到梵村。

爲宋比玉題畫二首

盤螭山外太湖明，萬頃堆銀五點青。我卜新居開小閣，松風梅雨愛君聽。　君畫蒼蒼帶雨松，我圖冉冉出雲峯。他時相憶還開看，雲樹平添幾萬重。

曉發鄮縣

城邊沙路淨無塵，殘月穿林欲趁人。似向江南何處見，春光曉色一時新。

滕縣道中[一]

山欲開雲柳乍風，杜梨花白小桃紅。三年三月官橋路，策蹇經過似夢中。

雲龍山

雲龍山頭石皚皚，遥接孤城戲馬臺。春風一醆有何恨[二]，不見黄河天際來。

寶應道中

來時楊柳尚依依，歸去青青又滿枝。可憐寶應湖中水，照見行人來去時。

雨中看梅西磧即事十首

記得橋邊石路迴，春風初發小山梅。柴門老樹渾如昨，落日寒陰客又來。湖畔泥深屐齒稀，春蘿寂寂亞山扉。人來犬吠梅花下，坐久經聲出翠微。虎山橋邊急雨横，虎山橋外春湖平。两度梅花一宵月，每將清景憶平生。　灧灧湖光澹澹山，密雲疏雨梅花斑。扁舟欲向花源去，遥指人家楊柳灣。　山頭白雲自往來，山腰白雲團不開。共道山腰雲更白，不知卻是梅花堆。　溪頭一夜雨喧豗，添得泉聲萬壑哀。花事摧殘君莫問，只如元爲聽泉來。　雨打風吹可奈何？眼看花事漸蹉跎。人今欲去花還好，偏道花時風雨多。　村園門巷逐花低，藤蔓桑條咫尺迷。花底泉聲認歸路，沿流直到石橋西。　屐痕處處穿花入，不惜衣沾惜花濕。强欲别花且遠看，虎山橋頭帶雨立。　靈巖山下雨綿綿，香徑琴臺雲接連。忽憶秋山黄葉路，松風水月夢中禪。

題畫

定香橋畔青煙路，落日故人從此來。和墨寄君山雨後，爲儂遥傍冷泉開。

送汪伯昭遊白門伯昭將自京口至棲霞寺因憶舊遊走筆得四絶句

款段橋邊路欲岐，龍潭驛口日將西。揮鞭遥指山如繖，一路江帆亂馬蹄。棲霞寺，在攝山，又名繖山。

紫藤峯下麓公房，松户陰陰嶺月涼。若到都門宜曉騎，姚坊廿里稻花香。余嘗居棲霞兩月，有蒼麓上人山房，最勝。

雞籠山閣舊居停，曲檻迴廊幾度經。最是城陰秋望好，覆舟遥接蔣山青。覆舟山，在雞籠之前。

鼓樓岡下路高低，處處蘿牆映竹畦。記得清涼留宿夜，香燈貝葉雨窗西。丙午，余與仲和寓清涼寺，伯〔三〕昭自雞籠策蹇相訪，值雨宿留。

同子將渡江題扇頭小景

怕向江南渡江北，還從江北望江南。潤州城外春風滿，一點金山水蔚藍。

徐州雪後題畫贈李生長題

黄河曲裏又新年，指點京華欲到天。喜君眉目如春雪，忘卻彭城是客邊。

燕中爲李玄問題畫

著處春風縱馬蹄，客心愁見柳如絲。芒鞋斗笠溪橋路，記得江南二月時。

寄答吴巽之兼訊沙宛在張泠然二女郎二首

湖頭風雨夜回船，細語如絲水拍天。不信别來春又暮，花期酒約兩茫然。聞道蕭娘病欲蘇，畫船日日傍西湖。南屏一路春陰緑，只少當年舊酒徒。

西湖有長年小許每以小舠載予往來湖中臨行乞畫戲題

常在西湖煙水邊，愛呼小艇破湖天。今朝畫出西泠路，乞與長年作酒錢。

自新安江至錢塘舟行絶句十二首

纔過草市溪邊舍，復轉岑山月下礲。維舟直傍灘聲宿，要使鄉心一夜空。

峯迴灘轉石玲瓏，傍楫隨篙詰曲通。正是貪奇心不定，輕舟直下去如風。

待邀山色樽前住，不放灘聲枕上過。看山聽水推篷坐，其奈寒天霜月何。

水面奇峯雲作幃，波心文石錦成堆。篙師下瀨莫容易，遲我停橈飽看回。

猿虎無聲鳥不棲，千峯迴合夜灘低。正愁深黑迷前路，忽見峯頭月照溪[四]。

喜看沙鳥迎人立，怕見山猿連臂來。聞道三聲催客淚，此中[五]客淚不須催。

五里潭連七里潭，下灘船壓上灘船。米灘險急三灣隘，飛渡危崖亂石顛。

界口東來水勢寬，山夷水遠到淳安。溪船泊處鄉音改，愁聽敲篷夜雨寒。

曉發嚴州七里瀧，萬山雲霧一溪風。釣臺直上三千尺，何處江潭有釣翁？

桐廬山下吕公亭，古井猶傳仙酒名。若得逡巡沽一醆，不愁帆底凍雲生。

薄雲寒日澹山暉，連夜東風作雪飛。臘意匆匆歸櫂懶，富春江上客帆稀。

富陽天豁一江明，江上青山縱復橫。早晚隨潮下三折，六橋寒樹遠含情。

任城舟中題畫

過卻風波兩月程，又拌〔六〕車馬逐塵行。無端試寫秋山看，勾引閑心一夕生。

燕邸題畫〔七〕

折盡長安禿馬鞭，不知塵外有何天。今朝一向春風笑，柳色高粱似舊年。

湖上題畫次比玉韻二首

閣雨牽雲湖不流，遥憐琴酒在山樓。客中亦有閑愁思，但見湖山便不愁。朝看雨脚暮看晴，山半昏沉湖半明。昨日風光今又變，眼中譜熟手中生。

泛舟湖市爲孟陽題畫

城隅小艇入荷花，桑樹陰陰殿角遮。一路香風吹到市，落星巖上石頭斜。

題畫贈人

梧桐樹下見秋還，風葉穿籬滿地斑。折得黄花杯在手，不知世上幾人閑。

爲子與題畫

郭外湖山似畫中，楓林策策葉將紅。亦知病骨因秋瘦，不礙湖山月與風。

初宿法相夢與雲棲先師劇譚枕上作一詩紀之

一到山房夢亦清，空林殘月話分明。曉鐘未動窗櫺白，聽得風敲椽子聲。

玉岑閑行口占

玉岑山脚水瀠洄，寒日暉暉下稻堆。穿過松岡尋法相，滿空黄葉打頭來。

十月十五夜同印持子將諸兄弟自靈隱步月至上天竺口占

泠泉亭畔樹初明，百道寒光水面生。松月似留人住住，溪聲卻唤我行行。

王與遊新廊夜飲題壁

小築回廊傍桂花，玉山燈火暮煙遮。巡廊題罷人初醉，時有琴聲雜煮茶。

次慧法師山居詩韻同忭中上人李九仙張爾完賦五首

松栝爲門石作林，飛泉百道磴千尋。雲中雞犬無遺響，獨有頻伽演法音。溪光嵐翠故相媚，細草疏花只自幽。上方月出鐘初動，乞食僧歸鳥下投。寒潭捲石一泓深，策杖時時試一臨。愛聽潺湲隨水去，不知落日在松林。一龕無暑亦無寒，樹下溪邊任意安。忽捲蘆簾見山色，不知忘卻舊疑團。不耽〔八〕塵俗戀煙霞，誰道山僧別有家。春色十分將八九，杏花開盡又桃花。

題畫送無際

不到長干已十年，風流遥憶使人憐。闌干明月秦淮上，夜半歌聲過酒船。

塘棲道中題畫將寄九仙

東來步步逆風行，暫借東風半席輕。明日〔九〕見君成一笑，兩峯晴色早相迎。

爲子將題畫

千重萬疊澗中山，山翠林霏空色間。怪得燈前誇潑墨，徐村昨日看山還。

徐村遇潮

千帆影裏練光開，白玉城摧動地雷。故傍淺沙鞭馬去，卻驚飛沫濺衣回。

小築清暉閣晚眺

林岫生煙水起風，湖山一抹隱雷峯。吳歌四面漁燈亂，坐到南屏罷晚鐘。

同西生上人泛舟兩堤題畫〔一〇〕二首

不向〔一一〕蘇堤即白堤，輕舠〔一二〕隨意六橋西。秋林欲畫〔一三〕無人愛，邀得山僧共品題〔一四〕。

茶熟香微冷竹爐，芙蓉的的向人孤。誰能蘸筆西湖裏，貌出孤山寶石圖。

扇頭見林天素詩畫因次其韻

沙邊柳色已知秋，多少琳宫在上頭。曾向金陵門外望，莫愁湖水不勝愁。

雨中獨坐翏翏亭看桂花得張子崧書問兼懷孟陽四首

雖無千樹小山叢，愛著繁花水榭東。十日花時連日雨，眼看狼藉欲隨風。門外泥深客到稀，花開不肯待晴曦。煙籠霧鎖疑增態，況復香風不斷吹。張家亭子玉山隈，毬子花開錦作堆。試問摧殘緣底事，風吹雨打未爲災。故人萬里不歸家，我亦三年不見花。帶雨獨看應有意，欲題高興寄天涯。

六月十九日雨後風氣蕭爽聞宗曉自山陰來將訪之吴山下呼兜輿自錢王祠入清波門下上吴山歷十廟而下遥見江光如銀在冶江上越山翠色欲滴還登瑞石穿紫陽繞雲居則湖光如匹練來撲人眼率爾口占

湖白江紅一望間，江山晚翠勝湖山。兜輿便作江湖主，買得山頭亦等閑。

無題五首

白堤涼雨打荷花，妾未回船郎到家。郎醉不如儂醉劇，憐儂濕透絳裙紗。　閣上彈琴江上聽，松風江月若爲情。酒闌重向溪橋坐，怪鳥驚啼虎欲行。　風入溪流月在橋，低回難負此良宵。樓頭夢醒江聲發，唤起開門看夜潮。　相期百遍總能過，一日愆期可奈何？妾自尋郎郎不見，段家橋外畫船多。　郎意匆匆妾意長，贈郎微物亦思量。金花梨子能消渴，怕道生離不敢將。

題畫送鄭彦逸之西湖

湖光只在斷橋頭，雨髻煙鬟一望收。我是當年舊遊客，試憑楊柳説風流。

西湖邂逅山陰俞不仝連日歡飲席上口占四首

九年不見此髯公，十日西湖九日同。待縮九年爲九日，君歸何事苦匆匆。輕寒微靄養花天，十里桃堤似錦纏。花事未闌君且住，酒船今在六橋邊。百年節序喜清明，不負花時有幾人？雜板新腔歌百遍，深杯臘酒飲千巡。千巖萬壑不曾看，一水悠悠欲渡難。與子相期仍未定，不如且盡眼前歡。

甲子元日試筆作畫兼題二絶句示家弟無垢是歲予五十將攜家至武林有别業在臯亭桃花塢中山水佳處也

買得桃花一塢深，清泉白石久盟心。今朝便是知非日，一往仙源何處尋？

黄村橋頭樹色深，遥憐入竹向山心。能添草閣山腰裏，李徑桃蹊不用尋。

為孫山人題畫〔一五〕

每愛疏林平遠山，倪迂筆墨落人間。幽人近卜城南住，寫出春風水一灣〔一六〕。

閶門即事

江上涼風已似秋，客中歌吹亦生愁。金閶門外冶遊子，燈火回船不自由。

題畫

虞山紅樹昔遊時，每到秋冬入夢思。今日巴城又同櫂，畫中霜氣最先知。

題畫送平仲

老去詩腸唤不應，分無麗句壯君行。江頭日日黄梅雨，為寫煙波柳外城。

有僧欲禮清涼而未決來索予詩戲書四絶句

榔栗横肩衲挂身，芒鞋踏遍萬山雲。若逢婆子山前問，驀直從來不誤君。聞道邊風最苦寒，風頭起處欲行難。中臺積雪深無路，處處封門不出看。我昔曾參老夜臺，冰寒鐵瘦石生苔。捨身入海聞還出，君到清涼試問來。文殊何必住清涼，大地何曾不放光？自是凡夫心執著，登山涉水費資糧。

送徐陵如朱爾凝北上八首

黄河木落見征帆，莫道風寒去路難。一曲琵琶刀酒辣，西山迎馬雪中看。獻歲趨朝玉殿開，垂裳親見聖人來。懷中三策無因獻，直待臨軒對御裁。相如詞賦自淩雲，狗監誰言可致身！聖世只今無忌諱，上書流涕是何人？時崔、魏二逆尚未有處分。江左才人冀北羣，一朝顧盼〔一七〕重風雲。知君別欲傳衣鉢，聊借光輝燭我軍。二月風光在柳條，高粱流水石欄橋。杏園宴〔一八〕罷春遊遍，叱撥銀鞍一路驕。隨地流泉萬斛多，棘圍春暖墨生波。會須力挽江河勢，莫負飛龍第一科。臚傳唱徹九霄清，三殿雲高五色明。此日承恩多氣象，玉階先曳錦袍行。每將齷齪陋前人，得意休誇浩蕩春。期子功名上鐘鼎，看余丘壑亦天真。

題畫似雪嶠師二首

千峯〔一九〕頂上只通雲，一水人家別有村。直到前山蘭若路，清鐘落日不逢君。
遠公一別又三年，寒雨俄停雪上船。尚有當年餘習在，從師參取畫中禪。

校勘記

〔一〕「滕縣道中」，李流芳題《行書七絶》軸（紙本，墨筆）作「天啓癸亥春日三月既望客滕陽同宗李公寓舍奉退谷先生閣下」。

〔二〕「恨」，四庫本作「限」。

〔三〕四庫本「伯」上有「時」字。

〔四〕李流芳題《行書七言詩》扇面（金箋本，墨筆）「溪」下有「舟行二首書呈勳孟兄」九字。「舟行二首」指「喜看」、「猿虎」二首。

〔五〕「此中」，李流芳題《行書七言詩》扇面（金箋本，墨筆）作「由來」。

〔六〕「拌」，康熙本、四庫本作「拚」。

〔七〕「燕邸題畫」，四庫本無此四字。

〔八〕「耽」，四庫本作「眈」。

〔九〕「日」，四庫本作「月」。

〔一〇〕「同西生上人泛舟两堤題畫」，李流芳繪《西泠放艇圖》軸（上海博物館藏，紙本，墨筆）題詩、李流芳繪《西湖秋色》手卷（綾本，水墨）題詩、李流芳《詩畫合册》（紙本，水墨）無此十一字。

〔一一〕「向」，李流芳《詩畫合册》（紙本，水墨）作「是」。

〔一二〕「輕舠」，李流芳繪《西泠放艇圖》軸（上海博物館藏，紙本，墨筆）題詩、李流芳繪《西湖秋色》手卷（綾本，水墨）題詩作「孤舟」，李流芳《詩畫合册》（紙本，水墨）作「輕舟」。

〔一三〕「欲畫」，李流芳《西泠放艇圖》軸（上海博物館藏，紙本，墨筆）作「畫出」，李流芳繪《西湖秋色》手卷（綾本，水墨）題詩作「盡處」。

〔一四〕李流芳繪《西泠放艇圖》軸（上海博物館藏，紙本，墨筆）題詩「題」下有「乙丑秋日畫并題舊作李流芳」十二字；李流芳繪《西湖秋色》手卷（綾本，水墨）題詩「題」下有「甲子夏日寫於錢塘寓中并書舊句李流芳」十七字。

〔一五〕「爲孫山人題畫」，李流芳繪《疏林遠山圖》軸（美國克利夫蘭藝術館藏，紙本，水墨）題詩無此六字。

〔一六〕李流芳繪《疏林遠山圖》軸（美國克利夫蘭藝術館藏，紙本，水墨）題詩「灣」下有「戊辰春日作此圖因題舊句李流芳」十四字。

〔一七〕「盻」，四庫本作「盼」。

〔一八〕「宴」，崇禎本訛作「晏」，據四庫本改。

〔一九〕「峯」，四庫本作「山」。

李流芳集卷七檀園集七

序凡十六首

壽汪母謝太夫人七十序

予有同里閈之友三人，曰羽王吴子、方孺潘子、叔達汪子。叔達，今字無際。叔達於吾黨年最少，交最後。予既不及登堂拜其尊人，而獨習其太夫人之賢。蓋予與叔達皆有母尸饔，其讀書自喜落拓，不屑世故，大略與叔達同，而叔達失怙更早。太夫人偕其二姬，相守十餘年。家貧，弱子幼女，婚嫁未了，朝夕拮据以須叔達之成。太夫人之所處有獨難者，吾是以知其賢過人遠也。

雖然，太夫人今年七十，春秋既高矣。而叔達方偃蹇不逢，文憎其命，將圖所以奉太夫人之歡，而不可得。即二三子圖一言爲太夫人壽，而佐叔達以奉太夫人之歡，亦且奈何？

夫士固唯所自命耳。古人學書、學劍，不成，輒棄去，其傑然之意有必不可羈靮者。今士非科舉之業不足以致身，至於父母之所以教子與子之所效於父母者，終其身以名相籠，而不既其實，即至於自失而不悔。余嘗以此戒二三子矣。余往時以試事至都下，與老母别三月，老母念子，往往成疾。及失意而歸，欣然秉燭相對，恐其復去也。嗟乎！此亦爲人父母之情矣。

然則太夫人之所期於叔達，豈必如世所爲高等秀才、舉人、進士者，而後爲樂哉？吾以爲自今以往之年，有可以奉太夫人之歡者，則叔達之所圖也。蓋余又嘗與二三子約矣。天下事尚可爲，倘一發不售，則盡徙其故業，爲農、爲商，視其力之所至以奉老母。爲通邑大都、高山深谷，惟其鄉里族人之所不到而休焉。使囊有錢，廩有粟，尊有酒，几有肉，陸有車馬，水有舟船，奔走有僕妾，如是終其身。毁我、譽我之言不入於吾耳；得意、失意之狀不交於吾目；可喜、可厭、可疑、可畏、可悲、可憤之事不亂於吾心。當是之時，太夫人樂乎？

請無言其遠者，先是叔達以失偶爲太夫人憂，今復有其室家矣。先太夫人生辰三日，爲叔達合巹之夕。夫叔達且得與新婦捧觴，太夫人之喜可知也。

麗麓汪翁偕金孺人六十雙壽序

麗麓翁之商南翔也，三十年於兹矣。余從二十年前則已識翁，蓋翁之寓舍與余比鄰，而翁子伯昭隨翁讀書里中，翁率伯昭拜先子，因交於余兄弟。

當是時，伯昭與其師祁門張子覺之偕。張子能爲新建之學，伯昭暨其叔爾思、弟仲升、從祖玄度，皆師張子，翩翩皆總角少年。授經之餘，歌詩習禮，有儒者風。余見而愛之，時過從伯昭館中，與張子談，風清月白，更長燭明，麗麓翁輒爲余設酒，留連極歡而罷。

翁長大拳勇，衷懷坦洞，重然諾，樂緩急，人居市廛而不屑屑爭什一之利，以是貲漸落。伯昭以文干有司，輒不售，去遊成均。仲升棄書學賈，亦往往多折閱。翁遂與二弟廢箸居，而向所張質庫里中者竟廢，而業𪓐。又數年，𪓐之息微，而翁累漸重，益不支，且棄南翔而歸。蓋二十年間升沉聚散，予所目睹於翁者若此。

翁之行，二三兄弟方謀所以祖翁者。而是歲十月，翁與孺人偕老，先後稱六十初度矣。二三兄弟曰：「是又不可無一言以爲翁及孺人壽，當以屬李子。」李子曰：

「夫余所爲目睹翁之升沉聚散於二十年間者也，余且以祖翁者而壽翁。夫祖以言別，壽以志祝，別之旨辛，而祝之詞侈。今且敍今昔感慨之情於稱觴舞綵之側，其謂何哉？雖然，無傷也。人世之升沉聚散、憂喜悲樂，此必不能相無者也。達生者亦恃其中之不有而已矣。吾固知翁之曠達，視之猶一吷也。如是，即稱之何傷？」

憶比歲，余還豐溪，禮白岳，訪翁於石硊之里，爲淹留彌月。朝夕供具皆出金孺人手，久而靡倦，真有陶母之風。而翁之族長老、子弟在石硊者，余皆習之。每嘆桑梓之間，俗侈而浮，與前輩所稱説不同，似不可一朝居，而獨石硊敦朴退讓，猶有古風。余蓋低回不能去云。翁故善酒，御杯引滿，輒造酣暢。家雖中落〔二〕，尚有負郭數十畝，種秫釀泉，可以一醉。石硊當休、歙之交，土厚水清，山夷野曠，古城、落石之勝，皆在數里内，可居、可遊。聚族而居，歲時伏臘，子孫繞膝，歡笑滿堂，可以相樂。伯昭之爲人也，澹而通，坦而密。其孝友姻睦，常拮据以佐翁之所不及，翁可以無後慮。余與伯昭交二十年，驩如一日，每見伯昭，如對道民釋子，不覺俗念都盡。伯昭雖不遇乎，使天果老其才而大發之，其用於世必有不同者。翁尚壯强，可以待。由此觀之，目前之升沉聚散又何足以當翁之一吷哉？

翁行矣，楓丹菊黄，巵酒盈緑，是翁與孺人燕喜之日也。余雖不得從伯昭兄弟後，登堂稱萬[二]年之觴，然新安山水，夢想見之。他年尚欲以青鞋布襪隨翁杖屨於天都、黄海之間，尋軒轅、廣成之蹤，談逍遥、無爲之業。人世修短苦樂，真不足復計也。於是，二三兄弟觴而祖翁，翁爲滿釂而别，而余序其言以爲壽。

程翁震泉賢配朱孺人七十壽序

新安，予故土也。予族黨散處休、歙間，而槐塘之李則與程并著。余往時過槐塘，與諸程往還，習知其俗。其男子皆閉户讀書，或經營四方；女子勤績絍女紅，里巷寂然，無復膏飾而行於道者。蓋風俗之厚如此。余每爲故舊道之，輒嘆息不置。

槐塘之程在海陽者有震泉翁，偕其配朱孺人并享高壽，稱古稀矣。震泉商於瞟，又與予居止相近，因得識其嗣冲虚甫。冲虚，恂恂退讓，被服儒者，余見而嘆曰：「嘻！此槐塘士人之風也已。」又得朱孺人之生平於冲虚甫。及孺人之倩吴君存禮，稱孺人之賢。孝於尊章，順於夫子，和協於上下。有雞鳴之勤，樛木之仁，小星之惠，鳲鳩之平。有椎髻之樸，舉案之恭，與夫丸熊之慈，斷織之明，截髮挫薦之慷慨。則余又作而嘆曰：「嘻！此槐塘女士之風也。」

余嘗觀於天人感應之際，蓋有渺茫而不可爲據者。然而，君子則道其常焉耳。彼夫勤生而侈匱，惠吉而逆凶，仁壽而暴夭，豈非理之斷然而不爽者哉？今以孺人之壽考、樂康合之孺人之生平孝敬、儉勤，而因以睹於天人之故，其可以爲世勸也已。余所稱槐塘之程，自宋迄今，數百年繁衍，貴盛蟬聯不絶，豈非其俗之敦素節讓有以持之也乎？今歙之鄉，有男侈女遊，動以豪貴綺靡相高，不旋踵而覆敗在目前者，合而觀之，其可以爲世戒也已。若是，則孺人之得天而獲福也，有不止於是者，其又奚疑焉？

余既不文，而又不能飾世俗之辭以爲孺人壽，唯是孺人之子若壻之意不可以已也。請爲歌以侑孺人萬〔三〕年之一觴，歌曰：

陽月兮小春，設帨兮兹辰。月初生兮令方新，菊黄花兮楓丹林。解萸囊兮開樽酒〔四〕，招近屬兮呼比鄰。清醑進兮雜俎陳，祝阿母兮且加餐。飲此醑兮無後艱，顔欲酡兮日將曛。今不樂兮復何言！

又歌曰：古城嵯峨兮落石崢嶸，岡巒常峙兮溪水常清，阿母萬〔五〕年兮眉壽無傾。鼓瑶瑟兮吹玉笙，躋高堂兮稱兕觥，舞婆娑兮綵服輕。

又歌曰：齊雲之溪兮蒲可以俎，松蘿之陽兮荈可以漿。采九節兮烹旗槍，益視聽兮和温涼。阿母服之壽且康，陋還丹兮笑休糧。

仲嫂沈夫人壽序

是歲二月二十九日，爲仲嫂沈夫人六十初度。先是里人士列上夫人之節行，請於縣大夫，將聞之監司、直指，奏〔六〕之於朝。縣大夫旌其廬曰「貞壽」。四方之交於從子宜之者，咸奮其詞藻，揄揚聖善，以佐夫人萬〔七〕年之觴。

於是，某色然以喜，已而愯然以思，愀然而語宜之曰：「汝知而母夫人之得有今日乎？當中秘之坳於官，夫人抱四歲孤，扶櫬數千里而歸，拊心摧膺，呼天泣血，欲絶者屢矣，豈自意有今日乎？夫人自稱未亡人以來，含蘗茹荼三十餘年，内撫藐孤，外持門户，皇皇拮据，匪朝伊夕，又豈易有今日乎？汝終鮮兄弟，夫人之命懸於一綫。三十年中所謂顧汝復汝，教誨汝，以玉汝於成，微夫人得有今日乎？夫人歸中秘時，適先君家中落，食貧者數年。中秘驟貴而夭，一時公私所費皆取諸債家，不能盡償，徵索者時時及門。夫人與余兄弟廢箸居，所分甌脱數十畝而已。然廿年以來，使汝不知有饑寒之憂，至於娶婦嫁女、奉師傅、供賓客、施於宗黨，不敢告匱，微夫人得有今日乎？夫人與吾母陳太夫人并出於崑，家世親厚，其事太夫人不啻所生。而夫人至余家，余方髫齔〔八〕，視夫人猶母也。今日知年愛日之誠，固當不後於汝。又嘗奉中秘之遺言，思一自奮於時，以補中秘未竟之業。既老而惰，甘於無聞以没身，而汝自少能讀父書，推排人間二十許年，冉冉踰壯，尚不能博一第以慰藉夫人。夫人少而操作，以佐中秘肆力於文史，竟不沾一命之榮，其冰蘖之操，旦晚當聞〔九〕於朝，褒崇顯融。顧余汝皆賤，不能朝疏夕下，猶將有待。此余所以捧萬〔一〇〕年之觴而色然以喜，復愀然以思也。」

雖然，余所以觴夫人則更有說於此。莊生《逍遥》、《齊物》之旨，大都不以有待者攖其無待。夫富貴福澤，懸之於天，此有待者也；名節道義，修之於人，此無待者也。立其人而置其天，在豪傑之士猶或難之，況於爲女子從人者乎？今夫人相夫而貴，不以夫顯，訓子而才，不以子顯，貞操苦節，卓然自樹於宇宙之間，此豈猶有所待者耶？竊以爲自今日以前，其無待者，夫人業有立矣；自今日以往，其有待者，則後人之責也。夫人曷與焉？余鈍惰不才，復以病屢罷公車。有勸駕者輒援先中秘以自解，以謂功名富貴如石火電光，不堪把玩，不若樗散之得逃斧斤而終天年。夫人聞而韙之，其智識明達如此，吾知其不戚戚於有待也決矣。

夫人比長齋學佛，將從太夫人於燈龕之下，晨鐘夜梵，共話無生，則夫法喜禪悦，其樂無量，又有出於《逍遥》、《齊物》之外者矣。敢以此爲夫人壽。

徐思曠制義序

丙午之秋，始識思曠於白門。去年，在鹿城過思曠，寓舍談良久，頗洽，知思曠非常人也。往時見思曠之文，輒心許之。願與思曠交者，十年於茲矣。予於舉業之文無所喜，而獨喜思曠，有以知思曠之爲此，蓋三變焉。其始蕭條高寄，有泠泉幽石之思。既而爲演漾緜邈，則江海之觀，而大林丘山之勝也，稍縱矣。已乃斂而爲精微妍妙，物色生態，經營委至，如縮萬里於盈尺，而構變化於毫端，其巧極而工錯者乎！

才如思曠，固有天縱，顧十年揣摩以至於此，思曠之心亦苦矣。然吾聞思曠以此干世，人或和或咻，何也？豈思曠之爲此與吾所以知思曠者，皆謬耶？夫世所爲富貴人之文，吾與思曠亦略見之矣。今思曠之文太工，毋乃其實有致窮之具乎？予嘗語吾黨兄弟曰：「吾之所好者，未必世之所知也。而世之所知者，又非吾之所好。吾將奚從？如不可求，從吾所好而已。」願思曠無惑焉。

適在山中，花事爛漫，彌望如雪。從元晦得思曠之文，映花而讀之，每盡一篇，舉一大白，輒叫絶不能已。又念思曠侘傺，不適逢世，欷歔欲泣也。古人有言：「勝事空自知。」予今日之賞且不能使思曠知之，思曠之於世復何尤乎？走筆報元晦，其爲我告思曠，以爲何如也？己酉花朝前二日，書於西磧之六浮閣。

從子緇仲庚辛草序

年來多病習懶，舊業荒廢。每見新貴人行卷，甲乙紛紜，目眯心眩，幾不可了，自嘆於此道漸遠，絶口不敢復談。而猶子輩時時以此相商，予無以益之，而又不能强其所不知者，則以所嘗聞先輩之論告之。

猶子宜之性頗慧，獨能知其解。其近所爲文且漸抑其少年自喜之習，而就於法，予亟稱之。然文至於法而難工也已。有意於法而不能工，則反不若鹵莽無顧忌者得以才力自見於世，是故利鈍分焉。夫文至於法，而其中之甘苦疾徐，言之甚微，非知者不能言，而非操之熟者不能至也。予蓋知之而不能至者，惟其不能至而言之，故其言亦有所不能盡。吾懼兒輩之執吾言，而不能通於言之所未盡，則予言適足以誤之也。

於是，刻其近草若干篇以就正於四方之高明者。是兒四歲失怙，幸漸成立，能讀父書。每自愧頹惰不能爲率，恐以此負亡兄於地下。倘其文可教，凡吾同志其無靳焉。王長史云：「吾家門户，所謂素族，自可隨流平進，不須苟求。」方今少年，標榜成習，至飾羔雁，自媒干進，災木不已，固不願兒輩效此也。辛亥冬日。

鄒方回清暉閣草序

余往來西湖者數年，得同調之友六七人，鄒方回其一也。方回爲人，文弱可愛，坦衷直腸，而遇事慨慷，樂緩急人，殆世之有心者焉。

客歲，孟陽館余於小築，子將、方回讀書澄懷閣，輒移榻就余清暉閣，商略藝文，旁及歌詠、書畫。朝暾夕嵐，山水氣變，輒命觴相對，酣暢而後罷。有時載花月港，拜石紫陽，采蓴湖心，結荷池上，未嘗不與方回共之。

余性不喜舉業之文，而時時代以書畫，方回喜詩畫，顧獨時時以舉業之文代之。方回之文，霞舉玉映，望之飄然瑩然。每一藝成，示余，讀未竟，輒叫絶不能已，如見陶韋詩、米家山水。余雖不喜舉業，而不能不喜方回之文，如方回不作詩畫，而喜余詩畫。蓋两人之所以自娱而相得者如此。

既别方回數月，人事參商，忽焉改歲。山中故人方責以愆紅葉之期，而西溪梅信且復見報矣。適方回近刻寄至，展之，什九皆清暉閣上所見也。懷往道故，不覺娓娓，遂書貽方回，綴之簡末，使讀方回之文者，知非獨其文而已也。夫余之詩與余之畫皆在焉。雖然，此可使方回知之而已。

徐廷葵燕中草序

余與廷葵稱同籍者十年。虞山、瞜水，相去二百里，會晤頗疏。丙辰之役，同寓顯靈道院，比鄰往還，無間朝夕，始習廷葵之人與其文。廷葵外渾而中朗，其文之清堅沉厚亦如其爲人。冬寒夜長，時與廷葵擁爐，篝火相對，論文，旁及身世之事，刺刺不休，或至申旦。所居宫中有兩傑閣，每雪後朝曦，輒攜酒登眺，攬西山之秀色及大内宫闕之壯麗。偶有名酒，必相呼對飲，不醉無歸。蓋余得廷葵，不覺身之在遠，而廷葵亦謂比來幽憂之疾，得余始爲豁然，遂能日進一斗，斯言不虚也。

無何，兩人俱被放。廷葵先出都，余棲遲邸中，舊歡都盡。每出，見新貴人雜沓長安道中，輒自念生平好尚迂闊，於公車之業不肯細意，入夢青山便當終以自保。廷葵廿年苦心，其人與文，清堅沉厚，皆合福德相，而作此寂寂。人事無定，豈復可論乎？

方今世人，眼孔如豆，附羶逐臭，賢者不免，友人方孟旋嘗與余相顧感憤。今年孟旋既得雋，且盡收氣類中下第者，得數十人之文，刻之都門。而句曲張賓王每下第後，輒定爲元魁名家索新貴人文，竿牘遍長安，紙爲增價。兩人意致相反如此。嗟乎！余與廷葵之文欲以何向耶？

余不能定廷葵之文，迴環再過，但覺往時寒風密雪，擁罏高飲，光景颯沓紙上。

是不可以無序，遂序而歸之。丙辰六月立秋日。

徐陵如制義序

徐陵如，海上異人也。文章詞賦，走馬擊劍，無所不通。居恒大言：「入金門，上玉堂，東靖遼氛，西平黔孽〔一〕，此須眉男子指顧間事，安能作此寂寂然？」而骯髒不逢，冉冉踰壯，始得一薦，又以常調見收，陵如意弗屑也。猶憶往歲，陵如訪余槎上，支離憔悴，不勝感憤，欲棄家學道，遊於方外。余止之蕭寺，久之，氣平而去。已試海上，不利，轉而試嘉定，又爲豪家所齮齕。自暨陽失意歸，余爲置酒，相對嘆息，意不自聊，又欲棄書而學劍，余慰之曰：「以子之才，何憂不遇，功名遲早，得失會有命耳。讀書談道，君子亦盡其所可爲者而已矣。今子欲跳而之於世外則不能，欲徙業而之他，則安往而非命乎？」陵如頷之。又三年而遊於庠，五年而舉於京兆，雖不能盡酬陵如之才，然漸齒遇矣。

方今時事多艱，乃〔一一〕國家需才之際，此非伊吾向窗，帖括干時者所能辦也。陵如慷慨丈夫，遇事感發，須髯戟張，其志意不可一世。又推排人間二十許年，未嘗以困頓少自挫辱。吾知其用世必有卓然自立，而不妄從人者矣。陵如之師徐元扆先生，今之所謂經濟偉人也。陵如學有本源，而又其才氣足以配之，久困積學，足以煉而老之。吾是以慶陵如之遭，而爲之喜而不寐也。若夫陵如之文，余老且荒矣，夫何足以定之？甲子冬日，題於檀園劍蜕齋。

沈雨若詩草序

去年中秋，待月於西湖，因流連兩山間，至紅葉落而還。雨若後余至而先余去，在湖上不數日，又初病起，扶杖躄躠而行。然兩高、三竺諸名勝無幽不探，無奇不詠，日得詩數十篇。余遊跡所至，不能道一字，僅題畫走筆數篇而已。見雨若之詩，畏其多而服其工，不敢出而示之。雨若乃欲余序其詩，余又何敢哉？

猶憶與雨若看潮六和塔下，酒後并肩輿而行於虎跑山間，相與論詩甚洽。雨若似以余爲知詩者。雖然，余不知詩而能知詩人之情。夫詩人之情，憂悲喜樂無異於俗，而去俗甚遠，何也？俗人之於情，固未有能及之者也。雨若居然羸形，兼有傲骨，孤懷獨往，耿耿向人，常若不盡。吾知雨若之於情，深矣。夫詩者，無可奈何之物也。長言之不足，從而詠歌、嗟嘆之，知其所之而不可既也。故調御而出之，而音節生焉。若導之使言，而實制之，使不得盡言也。非不欲盡，不能盡也。故曰無可奈何也。然則人之於詩而必求其盡者，亦非知詩者也。余嘗愛昔人鍾情吾輩之語，以爲不及情之於忘情，似之而非者也。必極其情之所之，窮而反焉，而後可以至於忘，則非不及情者能近之，而唯鍾情者能近之也。由此言之，雨若其將有進於詩者乎？請以此質之。甲寅九日。

蔬齋詩序

愚公《蔬齋詩》凡三刻矣，余嘗爲序其二集。別二年，而愚公之詩復滿篋中。出以示予，其格益工，益能達其所欲言者。余曰：「子之爲此，將以爲名乎？抑有不得已於是者乎？」杜子美云「語不驚人死不休」，而白樂天詩成，欲使老婢讀之皆能通其意，兩人用心不同，其於以求工一也。然余嘗有疑焉，以爲詩之爲道，本於性情，不得已而詠歌、嗟嘆以出之，非以求喻於人也。激而亢之而使人驚，抑而平之而使人通，豈復有性情乎？曰非然也。夫人之性情與人人之性情，非有二也。人人之所欲達而達之，則必通；人人之所欲達而不能達者而達之，則必驚：亦非有二也。然則求工於詩者，固求達其性情而已矣。詩之傳也久而且多，凡爲詩者，不求之性情，而求諸紙上之詩，掇拾餖飣而爲之，而詩之亡也久矣。

愚公有詩之性情者也。生於山水之鄉，有園廬、僕妾、舟車、琴酒、書畫、玩好之具可以爲樂，而終日袖手而哦，其樂之殆似有過於他好者。此必以爲性情之物，不得已而出之，而非徒求工以爲名高者也。其可以語於此乎？愚公有所幸姬人，好畫能詩，愚公自序其集，行之。夫愚公又能以其所好者喻諸其人，斯亦性情之效也已。

沈巨仲詩草序巨仲，今字彦深。

今年夏，與巨仲同舟至吴門，往返者數日。舟中無事，朝夕相對，當杯展卷，各盡所懷，蓋與巨仲交十年來未嘗有此樂也。

會巨仲刻其《懷閣詩草》，而屬余序之，余見巨仲詩亦已十年於兹矣。巨仲十年於詩，何憂詩之不工哉？雖然，詩非能爲工之爲工也，能爲工而不必工之爲工也。今巨仲之詩具在，令與世之詞人矜多而競靡，似未足也。若夫興會所寄，一往而深，擊節扣舷，摩挲自得，則巨仲已有餘矣。今天下人風雅而家騷壇，吾不以巨仲易之也。余往時情癡，好爲情語，有無題詩數十篇，嘗自命曰「僕本恨人，終爲情死」，至取二語刻爲印記佩之。無何，而自笑其癡。今遂如昨夢，不復省矣。豈余之道力進耶？亦世故耗之也。巨仲浮沉十餘年，風情不減，讀其詩，春風穆然，使寒芽欲茁。嗟乎！何巨仲之多情也。夫情者，數變之物也。巨仲之情，十年而不變，巨仲之天全矣。

余與巨仲交，愧不能盡巨仲，乃今始知之。昔人有言，以真率少許勝人多許。巨仲之詩如其人哉！如其人哉！甲寅重九後二日。

謝明府入覲詩〔一三〕序

天子皇極懋建，元辰聿新。太歲行次於執徐，寶曆初頒於太素。迨夫開雲瑞節，上日吉晨，六服畢臻，四海來假。蘧車麕至，互聽蒼璧之鳴除；鄭履鸞鏘，共矚香貂之拜衮。曰惟課歲，詔彼稽功。於是，百里之侯，九州之伯，計會道里，奔走京師。水陸三千，想燕吴之契闊；寒暄九十，閲往來於冬春。次第選舟，後先赴闕。

若夫教成而士習其化，政善而民詠其休。户憶幃褰，人思轎擁。還切輿人之祝，去邀才子之詩。如明府謝父母者，蓋襲黄再莅於東朝，召杜復生於南國者矣。

明府德精降祉，河宿垂芒。跡亞機雲，文參屈宋。攀安提萬，家傳正始之音；匹粲似雄，學擅羲皇之譜。是以鬱爲時棟，先此人英。儗拖紫艾於天庭〔一四〕，俄拂黄絁於海甸。朗情徽性，仍兼治賦之才；智刃神機，豈擇撥煩之任？明鏡弗疲於屢照，惠風無憚於頻噓。手可移晴，心能造福。佩犢帶牛有禁，桑枝麥穗成歌。織罕嚬眉，商無裹足。臥惟單席，膳減雙雞。嘉績遂徹於皇〔一五〕扃，睿獎欲通於巖夢。更屬殷同之會，因爲報政之行。

然而，士戀君師，民依父母。爭塗忘遠，輕〔一六〕齎千里之糧；瞻漢何高，遥借二天之庇。重以霜芬積嶺，冰路在江，野水隨痕，清音滿櫂。長謡極睇，青緹偕紅蕊俱寒；結鼻凝唇，緑字與彩霞同散。忍閣離前之筆，空含别後之毫。

正雅等古舌無煙，舊心有血。質奇荃蕙，文麗虹霓。而明府蔭以白月之輝，昜以丹霄之價。是用封緘骨髓，剪拭羽翰。預思玄度之清風，競賦子荆之零雨。某雕龍已倦，藏豹非堅，賤實無求，貧唯可賀。茹芝餐菊，并不閑九穀之書；履筍簪蒲，幸不失四民之令。蒙呼隱士，甘作外臣。庶幾冠冕巢由，詎敢弟兄元愷？乃從末客，輒枉奇交。穉榻獨懸，詡〔一七〕牀每坐。裁蟲書於約扇，捐鶴奉於嬰居。襲譽凝歡，不止感一言之意氣；連情奮藻，每欲托千載之風期。至於子愧琳琅，姪慚蘭樹，亦辱非倫之賞，偏承似叔之褒。恩等兼金報無，累璧縱復。濁醪華饌，詎换離心？

大句狂言，曷勝别緒？且結楊溝之送，如逢上洛之迎。所悵者，淮檣不留，吴闗漸邈。囑雁倘緘北訊，開魚莫寄南吁。柳篋題箋，未許彤騶之出禁。松根署詔，遥憐花綬之縈墀。算月屢圓，占星弗驗。願以且千之頌，聊紓借一之忱。詩不宣衷，敍以廣意云爾。

白嶽遊紀序

友人徐聲遠詩云：「向平五嶽無一字，其名亦自垂千秋。」予每讀而壯之，舉以爲遊者勸。及遇山水佳處，嗒然無言，有知之而不能以告人者，又自恨才不逮情，則聊舉聲遠之言以自解。乃今讀閑孟《白嶽遊記》，而予殆有不能解者焉。

夫人之情與才，固有兼之如閑孟者。閑孟與余談，不能勝予，而予所不能言者，閑孟之筆皆足以發之，其才真有過我者矣。往時與閑孟泊真州，風濤際天，噴薄萬里，予低回留江口不去，而閑孟顧欲入城一覯其土風民俗之盛，蓋閑孟之不能忘情於世如此。故其爲紀遊之語，不盡得之於山水，而遇事輒發，縱横古今，其磈礧騷屑之意亦可以想見矣。

予嘗再遊武林，無一語紀其勝。白嶽，吾故土，先人墳墓在焉，冉冉踰壯而不得一往。閑孟乃能先之，又其所著撰若此。予甚妒且愧焉。雖然，吾聞黄山三十六峯，插青天而垂曠野，其勝在白嶽之上，閑孟遊齊雲而不能兼有黄山，又至武林，出没於靈隱、天竺之間，而不得一參雲棲，此皆閑孟未了公案。閑孟倘有意乎？予請執筆而從閑孟之後矣。乙巳竹醉日。

閑家具序

往時，友谷老人駐錫槎上，余屢得參承。辱師開示，拳拳引爲忘言之契。亡何，師去而之泖上，又去而之長水。道風漸邈，每用慨然。壬子，余北上，師自長水操舟來送予，提誨之言，至今在耳。今年春，聞師示疾，作書問訊，方訂握手之期，而師已化矣。壬子一晤，遂成永訣。悲夫！

師化後數月，其徒某某等，及檀越麟水沈氏兩居士奉師遺骨，塔於雲棲，而以師生平所著述示予，予得拜而讀之。曰《閑家具》者，師所自署也。師於世間文字未嘗屑意，乃衝口而出，妙義熾然。集中談禪、談教、談淨土，皆直下洞宗，非世之影響勦說者。其於詩歌偈頌、本地風光，逗漏不少，至於警策開悟之語，雜之從上祖師語録中，不復可辨。此豈可以文字相求之，而顧以爲「閑家具」也哉？師意度宏遠，居恒韜晦，外若悶然泛然，而扣之小大立應，此亦其一斑已。

余與師周旋三載，茫無所得，如遊江海，莫測其淺深。夫紙上之言，又惡足以盡師？所謂與其人俱往矣。悲夫！此師之所自署曰《閑家具》也夫。

侯氏世略序

家譜之立，蓋以教厚也。溯其所生之自，雖千百世而上，杳渺惚恍，而水源木本，了然可知。下而至於疏屬子姓，親盡服絶，而要之於所生，則皆爲一體。如是即欲不厚，不可得也。譜之壞，起於俗之貴貴而尚文。夫欲顯其宗以有聞於世，此亦仁人孝子之用心也。而其流乃至於借華冑以爲重，又重而文之，以矯誣世之耳目，而宗法亂矣。今之爲譜者蓋曰不貴不必譜也，不文不能譜也。傳者不必信，而信者不必傳，不知其文之而適以壞之也。故譜者，一家之書，而非行世之書也。世其職者，取其足以記姓氏、行第而已，焉用文之？吾讀《侯氏世略》而因之有感也。

吾邑僻在海濱，其土瘠頑，無山林陂澤之勝。其人往往椎魯少文，以務本力穡世其家。其爲士者，讀書好古，不嫺於干時〔一八〕之學，以故科第之目獨遜於他邑。以我所見，仕宦而至三世者，鮮矣。夫固其風氣之薄，而富貴者所爲，大都能舉其先世之澤而斲而喪之，以此望久長，得乎？

侯氏之先有隨南渡至疁者，逆知胡運當昌〔一九〕，戒其子孫力耕勿仕。其高節遠識固卓然爲古人之所難，而要其所以貽之子孫者，亦已厚矣。今其耳孫之爲此譜也，以爲富貴不足恃，而欲託之於文以傳，亦猶其祖之遺意乎？雖然，知輕富貴矣，而不能無意於文。夫文者，名實之間，不可以不慎者也。侯氏之先世，高節遠識，至今令人追而慕之。此其人豈無文采足以表見於後世？而併其姓名不傳，此非譜之失也，有譜之而不得者也。身與名俱隱矣，而焉用文之也哉？夫當時之榮與没世之稱，其得失固未易較也，是以達者兩去之。吾觀於侯氏家世，自農而賈，自賈而儒，固將大顯其宗，舉其先世所醖釀者而發之，不獨文之而已也。所謂富貴者殆將逼焉，則其子孫何以處之？亦無失其厚者而已矣。

校勘記

〔一〕「落」，崇禎本訛作「葉」，據康熙本、四庫本改。

〔二〕「萬」，四庫本作「延」。

〔三〕「萬」，四庫本作「延」。

〔四〕「樽酒」，四庫本作「酒尊」。

〔五〕「萬」，四庫本作「延」。

〔六〕四庫本「奏」上有「以」字。

〔七〕「萬」，四庫本作「延」。

〔八〕「齔」，四庫本作「齡」。

〔九〕四庫本「聞」下有「之」字。

〔一〇〕「萬」，四庫本作「延」。

〔一一〕「東靖遼氛，西平黔孽」，四庫本作「指揮貔貅，建績疆場」。

〔一二〕「乃」，康熙本脱，據四庫本補。

〔一三〕「詩」，四庫本無此字。

〔一四〕「庭」，康熙本、四庫本作「廷」。

〔一五〕「皇」，四庫本作「皋」。

〔一六〕「輕」，四庫本作「同」。

〔一七〕「詡」，四庫本作「栩」。

〔一八〕「時」，四庫本作「世」。

〔一九〕「逆知胡運當昌」，四庫本作「目擊風俗漸偷」。

李流芳集卷八檀園集八

記凡九首

留蘅閣記

是歲，余客崑山張子崧家。所居海日樓三楹，與子崧共之。四旁居人雜沓，笑語甚譁，子崧意常不愜，思得蕭寥無人之境卜築，下帷其間，而未能也。會予以病東歸，三月，復過子崧，則子崧已構高閣於東城〔一〕之隅。軒窗闌楯，翼然一新，爽塏温涼，備有其致。鄰多喬木美蔭，閣跨其上，盡撫而得之，交柯接葉，晻〔二〕映几案。其陰則遠眺玉山，紅樓翠嶂，突兀於萬瓦鱗次之上，朝曦夕暾，薄陰殘雪，其變態可挹也。

張子曰：「予以所居湫囂，不足以留賢者，閣成，將與子從容嘯詠其中，而歲且暮矣，子尚能爲十日留乎？請遂以『留蘅』名閣。」李子曰：「有是哉？張子之意則厚矣，顧予何足以當之？」今歲方大祲，道莩相望，萬突不煙，張子之爲是舉也，毋乃有非時之譏，是故〔三〕張子之所不敢居也，予何德而居張子之所不敢居者？無已，請遂成張子之名，可乎？ 吾聞張子先後相師友如予所識瞿星卿、顧朗仲、王弱生、平仲，其人皆賢者也，而予之來獨與兹閣會。夫予之名固無能爲兹閣重也，而張子留賢之名則可以不朽矣。昔人謂齊雲落星之高，井幹麗譙之華，而止於貯妓女、藏歌舞，爲有道者之所不取。若兹閣者得與《緇衣》、《杕杜》之意并傳之於無窮，使千秋萬世而下皆知有好賢如張子者，不亦休哉？

雖然，張子之名美矣，請進而求之於實，則予與張子共有責焉。夫謂之賢者，未有無益於世而以浮沉取容而已也。今世之好賢者，或浮慕其名而不急其實，泛泛然於身心之際，將有過不加聞，而有善不加進，則雖有賢者日與之俱，而不能效其尺寸之益。彼賢者終不肯爲無益之留也，則有掉臂而去之耳。

今張子天性愷悌，坦衷直腸，使人人得盡〔四〕言於前而無所忌，故雖以予之不敏而時得效其狂瞽焉。今且别矣，願更以三言益張子，曰：嗇以奉天，巽以合倫，斷以制慾。張子倘能用予之言而推之，以鞭其所及而廣求益焉，挾爲善之資而加勤之以學問，使賢者日益親，而不肖者無所參於其間，則予之爲張子留，豈有既哉？作留蘅閣記。

劍蜕齋記

劍蜕，志夢也。往余暱孺穀、小史荃之，情好方洽。忽夢荃之過予，袖中瑟瑟若有物，出之，一蛇蜕也。其長盈丈，捉而投於予榻。余懼，拔劍擬之。覺而占之，曰：蜕者，化也；劍者，割也。彼且爲幻化，而吾以慧鍔割之，余與荃之之好，其不終矣。因顔其齋曰「劍蜕」以識之，兼題東坡二語於壁曰：「事過始堪笑，夢中今了無。」

然余之暱荃之也，愈甚。衆皆笑之，弗顧也。亡何，而荃之以瘵死，孺穀亦暴亡，一慟而悟夢始驗矣。始孺穀以八分書齋額，歲久蠹壞，今年小葺齋屋，爲重書之，而敍其事以爲記。嗟乎！所謂荃之者，十年以來已不復入吾夢矣。當時綢繆繾綣，所爲求致其情而不得者，自今思之，余亦自笑其癡，而況於人乎？方余之夢也，固已知其爲夢也。知其爲夢而不悟，必至於死而始悟，余之劍亦不利矣。雖然，豈無之死而不悟者乎？夫今夢昨夢，皆夢也。余其悟而不復夢，斯可以説夢也已。余故記之以自儆，并以告世之尋夢者。

虎丘重修浮圖天王殿記

虎丘僧正元住持山中，值浮圖、天王殿先後告圮，元慨然任之，募材鳩工，五年而功竣，屬余爲之記。

余曰：「上人之功偉哉！夫浮圖、天王殿，两者虎丘之表也。虎丘高不二十仞，由閶闔門邐迤而西，騁望天末，有矗然秀出於青林碧瓦之上者，則浮圖爲之表。入山門，裴回於生公講臺，層樓複殿，瞻矚未已，而有翼然晻〔五〕映於高柯修磴之間者，則天王殿爲之表。二表墮，則丘之觀撤矣。今一朝而二廢舉，上人之功偉哉！」

於是，元感然曰：「余何敢爲功？余求免於咎而已。余之爲此舉也，夫亦鑒前之覆轍，而凜凜於因果錯謬之戒。一錢之入，不敢不注於籍也。一人之施，不敢不登於石也。然而謗言狎至，余唯是不克，終事是懼，而敢自爲功乎？」

余曰：「思深哉！上人之不伐己。夫因果之說，佛氏之粗者也。然精而求之，其灼然而不昧者蓋寡。今之剃染出家秉佛之教者，瓶鉢粥飯皆非其出於己者也，而欲私之以爲有。偶舉一事焉，又獵檀信之貲而乾没耗散之。此所謂稗販如來，罪之大者也。若上人者，其知免夫。嗟乎！凡今之任事者，苟求免於咎而不妄爲功，則天下之事其亦可爲也已矣。」

元之言又曰：「浮圖高而易墮，大約三十年一修，天王殿五十年一修。記之，使往者有所鑒，來者知所勸。」噫！是不可無記也已。

是役也，始於萬曆四十六年戊午，成於天啓二年壬戌，爲材之費若干，埏埴之費若干，丹堊工匠之費若干，損貲首倡及以文字爲法施者爲廷尉毛公、侍御凌公、王公、余友徐君仲容、陳君古白。五年乙丑元夕前三日記。

遊虎丘小記

虎丘，中秋遊者尤盛。士女傾城而往，笙歌笑語，填山沸林，終夜不絶，遂使丘壑化爲酒場，穢雜可恨。

予初十日到郡，連夜遊虎丘。月色甚美，遊人尚稀，風亭月榭間，以紅粉笙歌一兩隊點綴，亦復不惡。然終不若山空人静，獨往會心。

嘗秋夜與弱生坐釣月磯，昏黑，無往來，時聞風鐸，及佛燈隱現林杪而已。又今年春中，與無際、舍姪偕訪仲和於此，夜半月出無人，相與趺坐石臺，不復飲酒，亦不復談，以静意對之，覺悠然欲與清景俱往也。

生平過虎丘纔兩度，見虎丘本色耳。友人徐聲遠詩云：「獨有歲寒好，偏宜夜半遊。」真知言哉！

遊石湖小記

予往時三到石湖，遊皆絶勝。乙亥，與方孺冒雨著屐，登山巔亭子，貰酒對飲，狂歌絶叫，見者爭目攝之。去年，與孟陽、弱生、公虞尋梅到此，遍歷治平僧舍。已，登郊臺，至上方絶頂，風日清美，人意頗適。

九日，復來登高，以雨不果登。放舟湖中，見煙檣雨楫雜沓而來，舉酒對之，亦足樂也。是日秋爽，伯美、舍弟輩俱有勝情，由薇村至上方，復從郊臺、茶磨取徑而下。路傍時有野花幽香，童子采擷盈把。落日，泊舟湖心，待月出。方命酒，孟陽、魯生繼至，方舟露坐，劇飲至夜半而還。蓋十年無此樂矣。

遊虎山橋小記

是夜，至虎山，月初出，攜榼坐橋上小飲。湖山寥廓，風露浩然，真異境也！居人亦有來遊者，三五成隊，或在山椒，或依水湄。從月中相望，錯落晻〔六〕映，歌呼笑語，都疑人外。予數過此，愛其閑曠，知與月夕爲宜，今始得果此緣。

因憶閑孟、子薪、無際、彦逸皆貪遊好奇，此行竟不得共。閑孟以病挾子薪、彦逸俱東。無際雖倦遊，意猶飛動，以逐伴鞅鞅而去，尤可念也。清緣難得，此會當與諸君共惜之。

遊玉山小記

二十五日，抵〔七〕京口，飯後步銀山，小憩玉山亭子。遥見伯美自山麓施施而來，遣童呼之。亭下皆絶壁，瞰江，有巨石獨立江渚，上夷而下鋭。涉而登，可坐數人。

丁酉春，留滯京口，暇即來此，或攤書獨坐竟日，或與家兄輩載酒劇飲。值驚風怒濤，澎湃震蕩，水激其下，坎窾鏜鞳，如東坡之所謂石鐘者。江豚亂起，帆檣絶跡，飛流濺沫，時落酒醆中，亦一時快事也。

癸卯，偕孺穀過白下，登亭子小飲。丙午，復偕仲和至此。皆值秋漲，石没水中，每懷昔遊，爲之憮然。不意今日得還舊觀，與伯美盤礴石上，不能去。適有漁舟過絶壁下，遂呼之，泛至金山，登紫霞樓坐眺，久之而還。

遊焦山小記

二十七日，雨初霽，與伯美約爲焦山之遊。孟陽、魯生適自瓜洲來會，亟呼小艇共載到山。訪湛公於松寥山房，不遇，步至山後，觀海門二石。還登焦先嶺，尋郭山人故居。小憩山椒亭子，與孟陽指點舊遊，孟陽因誦湛公詩「風篁一山滿，潮水兩江多」，相與賞其標格。尋谿小徑至别山、雲聲〔八〕二庵，徑路曲折，竹樹交翳，闃然非復人境。有僧號見無，與之談，亦楚楚不俗，相與啜茶而别。尋《瘞鶴銘》於斷崖亂石間，摩挲久之，還飯於湛公房。孟陽、魯生遂留宿山中，予以舟將渡江，勢不可留，怏怏而去。

孟陽、魯生與山僧送余江邊，徙倚柳下。舟行，相望良久而滅。落日注射，江山變幻，頃刻萬狀，與伯美拍舷叫絶不已。因思焦山之勝，閑曠深秀，兼有諸美。焦先嶺上一樹一石，皆可徬徨追賞。其風濤雲物蕩胸極目之觀，又當别論。且其地時有高人道流如湛公之徒，可與談禪賦詩，逍遥物外。觀其所居，結構精雅，庖湢位置，都不乏致，竹色映人，江光入牖，是何欲界有此淨居！孟陽云：「吾嘗信宿兹山，每於夕陽登嶺眺望，落景尚爛於西浦，望舒已升於東溆，琥珀琉璃，和合成界，熠耀恍惚，不可名狀。」嗟乎！苟有奇懷，聞此語已，那免飛動？

予自丁酉來遊，未皇窮討。人事參商，忽忽數年，始一續至。又以羈紲俗緣，卒卒便去如傳舍然。不知此行定復何急，良可浩嘆。自今以往，日月不居，一誤難再。賦歸之後，縱心獨往，尚於兹山不能無情。當擇春秋佳日，買小艇，襆被宿松寥閣上十日夕，以償夙負。滔滔江水，實聞此言！

遊西山小記

出西直門，過高粱橋，可十餘里至元君祠。折而北，有平堤十里，夾道皆古柳，參差晻〔九〕映，澄湖百頃，一望渺然，西山匌匒，與波光上下。遠見功德古刹及玉泉亭榭，朱門碧瓦，青林翠嶂，互相綴發。湖中菰蒲零亂，鷗鷺翩翻，如在江南畫圖中。予信宿金山及碧雲、香山，是日跨蹇而歸，由青龍橋縱轡堤上，晚風正清，湖煙乍起，嵐潤如滴，柳嬌欲狂，顧而樂之，殆不能去。

先是約孟旋、子將同遊，皆不至，予慨然獨行。子將挾西湖爲己有，眼界則高矣，顧穩踞七香城中，傲予此行，何也？書寄孟陽諸兄之在西湖者一笑。

疏凡六首

募造真聖堂石橋疏

自嘉定城南達南翔二十餘里，爲橋而跨於横瀝者七，曰古墅溝橋，曰留光寺橋，曰許家橋，曰石岡門橋，曰姚浜橋，曰馬陸橋，曰真聖堂橋。橋惟馬陸以石，餘皆以木，而姚浜之易木而石，則林上人募成之，不數年耳。墅溝、石岡皆欲石之而不果，惑於形家言也。

横瀝通南北，舟船往來，橋不得不高，高而木易圮，不三年而修，不十年而易，不如石之永利也。然而，民不可與慮始，又有説以惑之，功是以難也。馬陸居道里之中，自邑而之馬陸，十里而五橋，自馬陸而之南翔，十里而獨聖堂一橋，故聖堂之橋尤急。其往來於橋者尤多，則橋之圮尤易。其易木以石也，尤不可以已。余嘗舟而過於橋下，見行者摇摇焉震於厥衷，飄風甚雨則東西隔絶而不敢渡，輒仰而嘆曰：

「顧安得姚浜林上人者起而倡之乎？」

無何，有緇衣而踵門者曰：「吾將尋林上人之功，乞子爲之疏。」余曰：「子毋易言之也。千金之費，非易辦之緣也；萬夫之工，非易集之事也。林上人父子相繼祝髮出家以從事於勸募，而幸有成功。子能發此勇猛心乎？」曰：「吾業已棄家而壞服矣。」則又問之曰：「林上人父子拮据十年，中間沿門請乞之勞，躬親畚築之苦，與夫銖積寸累，早作夜息，寒暑無間之勤，渠子能辦此堅固心乎？」曰：「吾已矢之神明，死生以之，不再計矣。」余合掌而作曰：「有是哉？以此聚緣，何緣不集？以此辦事，何事不成？余不云乎？聖堂之橋急於姚浜，則子之功易於林上人也決矣。夫人之營福田利益也，如建祠宇、崇經像，種種諸緣皆不急於百姓，而以爲能植後生之福，故汲汲焉破慳囊而爲之。橋梁以通往來，便行旅，一境之所急，其利在目前，而福田善果又植之於無窮。子倡之，而人有不樂赴者乎？子第持吾言而告之。」遂書之以爲疏。

重建五方賢聖殿疏

五方賢聖者，不知其爲何神。吴越之間，廟而祀之者，所在皆是，而尤著於吾吴之楞伽山。山去郡十里，禱祀無虚日。相傳以爲石湖一片水爲神所據，舟行不敢遺穢濁湖中，犯之者禍立至。吴中祀神皆設聖母、五侯、五夫人位，潔粢盛陳，歌樂婆娑累日夕。其讚神之詞敍置始末甚詳、甚異，不知何所本，大要巫者傅會之耳。以五月十八日爲神之誕辰，其期輒盛儀從、鼓樂以迎神，謂之賽會，而獨吾槎里爲尤盛。里中往時，富賈輻輳，競爲珍異結束，以相誇耀。今且日就凋弊，而此風猶相沿不絶。每會出，旌旗、隊仗、輿服、歌吹，費以千計。四方觀者，舟車闐隘。親朋高會，酒食宴樂之費，復以千計。每歲節而省之，可以爲一境備荒之儲。而愚民不可以慮遠，予又不敢以不尊、不信之言而户説之，徒有嘆息而已。

古者謂：「先成民而後致力於神。」夫事神之禮，固不可廢也。要以無民而神何依？則夫竭民以事神，神亦何利焉？且民之所以敬事神而不敢違也，夫固謂神之聰明正直，有靈於人者也。今有疾痛冤抑，而不得控於君上官長者，則號呼鬼神而求其應，此以神爲何如者乎？及其所以媚神而事之以非禮者，乃即以其欺君上官長者施之。豈今之爲神者，亦皆攬權勢、作威福、喜諂佞，而不恤下民之私，不凛上帝之鑒者乎？則吾不得而知之也已。

去年，廣濟胡侯來宰吾邑，期月而政清，鋤豪剔奸，鄉閭懾息。故事賽神，主事者先期醵金既具，而後舉事。至是，懼以淫祀靡民財、干賢令君之神明，相戒不敢動。顧金業以醵，亡何，乃謀新神之祠宇，而以不足者告之十方，蘄共成之。度其費止百金，而可省千金之費，興作在一時，而可圖數十年安静之利，所謂彼善於此者也。

主事者來乞疏於予，予告之曰：「方今賢侯在上，有鄴令投巫之明，故能回一國之狂酲，而使之敦本節儉。豈徒人哉？神亦聽之矣。夫神道之禍淫福善，固常在遠近之間，不可以不畏也。吾聞昔之賽神者，科歛若干，乾没若干；今之新祠宇者，科歛若干，乾没若干，蓋有之矣。吾且知之，而況於神乎？以爲無神則已，以爲有神，是媚神而干神之怒以自求禍也，不如其已也。」請以此言質主事者，并質之大衆。

重修香雪庵疏

香雪居在彈山之麓，西蜀中懷法師隱處也。余往歲過山中，從顧山人問「香雪」。披松覓境，經丘歷壑。已而茶煙起於樹間，經聲達於籬外。頹垣矮屋，僅可容膝，蒲團鐘磬，略約〔一〇〕粗具，而軒窗几席，居然絶塵。是日，恨不遇師，然已想見高致矣。

又明年，余家居去山二百里，師之高足忽過余而告曰：「香雪居且圮矣。將新之，若何？」余曰：「是宜新矣。余數年前讀書彈山，不聞有『香雪』之名。是不數年耳而圮，易圮哉！雖然，其圮之易也，新之，是不難矣。」

環彈山三十里皆梅花，時漫山照野，腰輿而行，憑高而矚，如在兜羅綿世界中，「香雪」所由名也。如是，何可無居？況高人道流之居哉。如是，居何可無新？諸檀越莫作功德想，但爲湖山點綴。它日，以看花到山中者，遊屐既倦，小憩柴扉松户之間，與師清言啜茗，亦一韻事也。

余往時買山西磧下，將構閣以居，名之曰「六浮」，未成輒棄去，故余有《登盤螭訪覺如上人詩》曰：「六浮山閣今非主，六浮居士居無處。欲乞一單終餘年，坐對青山參活句。」今又將從香雪居中借一單矣。山中篔洲居士、聞修道人皆余友也，試以此語之。

白鶴寺募建三元殿疏

白鶴寺創建三元祠，寺僧持疏來請，余謂之曰：「三元，道教也。以佛子奉祠，何居？」僧曰：「吾聞之，三元蓋觀音大士化身也。」余曰：「此不經之言也，不可以惑智者，無已則有説焉。夫佛所爲真常妙淨之理，不可以户而説之也。得其所爲因果報應者，使蚩蚩之民有所利而爲善，懼而不爲惡，如是而已，可矣。是故鬼神之事，儒者常言之，至佛氏而其理始著，惟其因果報應之毫不可誣也。三元注人死生禍福，其道要於癉惡章善而已。固佛事之外護，而名教之功臣也。祠之，誰曰不宜？三元之跡，最顯於雲臺山。千里之外，重繭而至，以瓣香、告虔者，絡繹不絕。其人素有穢行，或齋戒不謹，往往神即殛之。自暴其過於衆中，衆無不齧指相戒，如七月間事，甚異。今之議建祠者，亦從衆意也。雖然，更有説焉。夫今之建祠白鶴者，皆歲禱雲臺者也。建祠之後，將舍白鶴而之雲臺乎？舍白鶴而之雲臺，非建祠意也，則將舍雲臺而就白鶴。夫舍雲臺而就白鶴，何也？果以神無不之乎？抑憚雲臺之靈爽，而借以爲寬假地乎？夫借以爲寬假地，則祠與不祠何異焉？必曰神無不之也，其在白鶴，猶其在雲臺也。三元之威神，實震叠於厥心，則廟貌香火亦皆其跡也。庶其去惡從善，以毋忘七月之事，三元其祐之哉！」寺僧曰：「善。」遂書之以告大衆。

僧可上人結庵徑山緣起

不見雪嶠師五年矣。僧可上人忽自雙徑持師書問至，捧之欣然。上人，余邑産也，出家六年，而始得從師於雙徑。師令參無字話，遂欲結庵相傍，依師終身，其志有足嘉者。

雪師嘗謂余言：少時偶有所疑，出家參訪，無所遇。每疑情一發，寢食俱廢。一日，忽然有得，大笑，失足墮崖下，遂損其鼻。後住雙髻峯，有詩云：「青山箇箇伸頭看，看我庵中吃〔一〕苦茶。」其風致如此。

上人還見雪師麽，不然，結庵且是第二義。諸檀越還見上人麽，不然，且與結庵去。他日庵成，居士要來庵中同吃〔二〕苦茶也。

陳忠庵募緣疏

夏日臥疴檀園，有扣門者云：「自雲棲來。」亟披衣迎之，則一老宿也。貌麗古而儀質雅，望而知爲雲棲法派矣。乃與之語，土音也。怪而扣之，知爲鄉之人而參學於雲棲者也。曰：「今何居？」則已去雲棲而居於真如之里矣。曰：「已去雲棲，而何以來？」曰：「余所居之庵舊名『陳忠』，湫隘不能致香火，余將有所營也。乞居士一言，以告之十方。」余曰：「有是哉？師不稱雲棲則已，師稱雲棲則固已知雲棲之教令矣。昔先師之舉事也，未嘗以方寸之牘聞於四方，且平日戒其徒無以雲棲之名募，凜然若以爲非義而不可干。然而金石土木之工不脛而集，俄而爲崇臺，俄而爲複閣，俄而爲虚堂，俄而爲曲室，俄而爲貝葉珠函。莊嚴相好，人力不勞，而日新富有，何也？此豈非先師之德感神歟？今師將具先師之德，則募無庸也；將守先師之戒，則募又不可也。又何以余之言爲？」曰：「固也。余不他適而適子，以子固雲棲之弟子也。夫能以雲棲之教令、先師之遺意，牘而告於四方，不賢於募乎？若世之募者，余固已知之矣。」

上人名廣洪，募建大士閣暨關聖帝君殿，次第修舉，視其力焉。

校勘記

〔一〕「東城」，四庫本作「城東」。

〔二〕「晻」，四庫本作「掩」。

〔三〕「故」，四庫本作「固」。

〔四〕「盡」，四庫本作「進」。

〔五〕「晻」，四庫本作「掩」。

〔六〕「晻」，四庫本作「掩」。

〔七〕「抵」，四庫本作「自」。

〔八〕「聲」，四庫本作「深」。

〔九〕「晻」，四庫本作「掩」。

〔一〇〕「略約」，四庫本作「約略」。

〔一一〕「吃」，四庫本作「喫」。

〔一二〕「吃」，四庫本作「喫」。

李流芳集卷九檀園集九

行狀凡一首

許母陸孺人行狀

中書君許元祐之葬其母陸孺人也，病不勝喪，且懼一旦溘然，不克身襄大事，力疾營窀穸。四方之會葬者麇至，中書君哭泣拜稽，一勉於禮，病遂不起。嗚呼！中書君其無愧於古之死孝者矣。中書君且死，惓惓爲其母孺人不朽計，手次孺人之生平，屬其諸子，將乞銘於當世之文章巨公，而其子文學君某等踵而告余，乞爲之狀，曰：「此先君之志也。」余既自少習中書君，而從子宜之與中書君故親串，往還甚密。孺人之賢在耳目間者，且數十年。其言雖不文，而庶可以徵也。

孺人陸氏，崑山之北新瀆人。父應鴻，母顧孺人。生而婉淑，嫺於姆訓，父母絶愛憐之，將笄歸於許，爲郡幕公貳室。郡幕公元配沈孺人，生子自學而夭。於是，郡幕公年且艾矣。沈孺人重以繼嗣爲念，爲公擇良家子爲貳，得孺人。沈孺人察孺人賢而能其家，喜可知也。無何，生中書君。沈孺人則愈喜，抱而子之，日以卵翼乳哺爲事，而捐管鑰以授孺人。孺人身親拮据，早作夜息，出納啓閉，代沈孺人之成而不敢專。蓋沈孺人忘其有家，而孺人忘其有子已。

中書君稍長，就外傅，延名經師訓督之。沈孺人憐中書君，嫗昫不忍傷。而孺人獨以嚴濟之，爲簡其出入，稽其倦勤，所以策勵之者備至。嘗曰：「玉不琢，不成器。孺子其樂寬而憚嚴矣，吾憚其佚也。庶以吾之嚴成夫人之寬，異日者且得藉此以報夫人乎？」人於是服孺人之深識遠慮爲不可及已。中書君學成，遊成均，試京兆，聲譽鵲起，所交遊皆當世名士，屨常滿户外。孺人闚而觀之，心竊自喜，漿酒脯飩〔二〕，爲供具不倦，人以爲有陶母之風焉。

先是郡幕公偕沈孺人以心計起家，而孺人復以攻苦約嗇佐之。自是，業日起，以貲雄里中。而郡幕公顧獨好行其德，嘗急其弟之困，撫其遺孤子女，至没身不衰。邑有大繇，輒挺身任之。凶年平穀價以糶，又爲粥以餔餓者，而槥死者。其宗黨居恒待以舉火者，若而家。當是時，郡邑大夫爭高郡幕公之義，以爲弦高、卜式復生。列上其狀，賜爵一等，復以恩例授官。而中書君官京朝，亦以親老馳傳，歸而拜慶，綵衣象服，焜耀里閭，人皆榮之。中書雖以貲爲郎，雅非意所屑，獨好奇文異書，手自讎較，懸之國門。暇則闢圃通池，樹藝花竹，水廊山榭，窈窕幽靚，不減輞川、平泉。而又製爲歌曲傳奇，令小隊習之，竹肉之音，時與山水映發。其諸郎君則翩翩競爽，耽書下帷，足不窺户。登其堂，歌鐘饌玉，履舄交錯，豪華之氣，熏然灼人，如遊金張之庭。而披其帷，則圖書盈架，丹鉛雜陳，哦諷之聲，不絶於耳，又如入董夏之室。

自郡幕公起家至中書君，不再世而衣冠文物蔚爲令族。無問素封，即奕葉鼎貴之家，或不逮焉。揆厥所自，則两孺人内助之功居多已。焦太史表沈孺人，以爲富家之吉在順正位、交相愛。旨哉言乎！蓋沈孺人終其身娣姒視孺人，而孺人亦終其身母事沈孺人。上不嫌逼，下不虞妒，左縈右拂，以宜其家，和氣致祥，許氏之興，實繇於此。若夫繩繩蟄蟄，詩書禮義之澤方來未艾，則發祥尤在孺人矣。

中書君之言曰:「自吾母歸先君子,兩周歲而稱母,又十八歲而稱王母,數年以來,曾行又滿前矣。」他人處此,或稍自發舒。乃孺人之事沈太孺人也益謹,未嘗敢以德色見也。沈太孺人春秋高,喜怒稍過。當家人或有後言,孺人亟拄其口,且爲反覆曉喻,令心折而後已。沈太孺人間聞之,徵其狀,則謬其旨以對,不實告以傷其心。沈太孺人病且亟,孺人手調湯藥,與子婦諸孫侍立臥榻,跬步不移。殁而哭之,一慟幾絶,拊自昌背曰:「爾尚有母,而吾母安在乎?」旦暮滫瀡豢豢上飲食,恪謹如生前。思沈太孺人所嗜,得輒跽進之。嗚呼!世之事嫡,有死生不忘其共如孺人者乎?

孺人治家嚴,而又能推誠接物,人人得其歡。婢僕輩自少至老,未嘗一逢其怒。子婦諸孫,晨朝起居,孺人必裝飾端坐以待。服御無鮮華,所衣疏繒,或數浣不易。每飯粗糲,輒甘之曰:「此吾家故物也。」蓋安貞簡素,其天性然已。

昔者,中書君之圖不朽沈孺人也,乞傳於屠儀部、朱太史、隱君王先生。殁而乞狀於陳徵君,乞銘於董學士,乞表於焦太史。貞珉琬琰,將與女宗高行傳之無窮矣。

迨孺人殁，而中書君適病篤，其所次第孺人之生平，以爲不足以盡聖善之萬一，而又不克躬自造請於大人先生之門，以此賫志而殁。吁！可悲也已。唯是立言君子哀中書君之志而賜之銘，豈惟許氏子孫世世嘉賴之？余亦得藉手以報中書君於地下，與有榮施矣。

孺人生於嘉靖戊午五月十八日，殁於天啓癸亥四月十三日，享年六十有六。中書君以某年月日啓郡幕公之藏，合葬焉。子一，即中書君，諱自昌，娶諸氏，贈璽丞，諸公壽賢所撫，其弟上舍舜臣公女。女一，適文學徐公應時子永思。孫男七人：元溥，邑庠生，娶郡守王公臨亨女；元恭，太學生，娶奉〔二〕常王公世懋子藩幕公士騄女；元禮，庠生，娶孝廉王公騰程女；元方，邑庠生，娶憲副顧公自植〔三〕女；元毅，娶別駕胡公寧臣女；元超，聘大參徐公鏌子文學君浤女。孫女二：一適藩幕公陸允中子世鈁，一未字。曾孫男六人：定泰，聘封儀部劉公雋子文學君錫壽女；定升，聘孝廉朱公日爃女，俱元溥出；定國，聘邑令陳公允堅子文學君禮錫女；定祚，未聘，俱元禮出；定震，元方出；定豫，元毅出，俱未聘。曾孫女五：元溥出者三，元恭出者一，元禮出者一，俱未字。

墓誌凡一首

明高士沈愚公墓誌銘

嗚呼！此吾友錢塘高士沈愚公之墓也。愚公諱太洽，愚公其字，晚而欲逃名，乃更名逸，友人嚴忍公字之曰不異。今稱愚公，從其著者也。

愚公家世吴興，始祖天一公者以避揚寇徙杭。四傳而至萝仙翁，以奇方起死人，得賜爵。子明山先生，有文不達，抑鬱而死。其嗣玉田公遂棄儒，而修萝仙翁之術。仲子銀江公，是生愚公。愚公生而岐嶷，六歲就外傅，十五試童子科，輒占高等。十六遘銀江公之變，家日落，讀書不能療貧，常慷慨不自得。會玉田公子文學君夭，愚公當後玉田公。沈氏之業儒者，自明山先生而下皆不達而無年。而萝仙翁以醫起家，世之者并享素封。或以爲儒之效不逮醫，勸愚公從業焉。愚公從之，遂復修玉田公之術。亡何，術大售，户外屨滿，脂車而迎者無虚日。

然愚公意不屑也，跳而之山水間，以詩歌琴酒自娱。其別業之在湖曲者曰「蔬齋」，在法華山中者曰「萬竹廬」，在清平之麓者曰「梅花屋」。法華山梅花環二十里，愚公居恒愛之，置壙梅花泉畔，期與花同死生，因自號「梅癡」。又置讀書舫於西湖，清夜蕩槳湖中，焚香誦經，或花時月夕，攜樽嘯詠，達曙不倦。所跨蹇曰「蒼雪」，山童曰「秋清」，攜笻自隨，烏巾鹿裘，望之若神仙。如是往來相羊於兩堤、南北山之間者三十年。性樂易，與人無迕，得錢即買古書畫、尊彝奇玩，不治生產，或施貧乏，旋亦忘之。樂善愛才，津津常不去口，足不越三吴，而四方賢豪之至者無不與交。嘗學淨土於雲棲先師，學止觀於百八雲萊翁，有出世之想。生平所流連詩酒、花月、聲色、玩好之具亦僅寓意而已。

愚公病瘵五年，余嘗三至湖上，愚公猶力疾載酒，與余徘徊堤上，至月午而罷。今年過愚公，病已殆。詣榻前，握手言笑如常。出所畫小像屬題，琅然讀之，中有漏字，摘以示余，其神簡不亂如此。易簀前一日，呼其子文學君佺，與煮新茗，燒筍而食，曰：「黄鸝已至乎？櫻桃已綻乎？」已而，奮然欲起曰：「不能至山中遠閣，會須一登耳！」「遠閣」，愚公所構以眺望者也。噫！亦暇矣。愚公有所幸姬人，常侍左右，彌留之際，輒麾之不使前，曰：「吾身已外矣，安能復作嗚嗚兒女態耶？」臨終念佛，拱手向西而逝。

嗚呼！人以愚公學道爲名高耳。觀於生死之際，其何如者哉？愚公生平多貴遊，凡藩司、牧伯之在杭者，慕愛其人，或適館授粲以下交愚公，愚公泛然應之，亦不爲屈也。嘗辭中丞甘公及大學士沈公之辟，而於沈公往復尤苦，人皆高之。其自贊曰：「醉鄉禪苑，於焉憩止。利藪名塲，袖如充耳。」噫！可想其風致已。西湖自孤山處士而後傳隱逸者，指不易屈，而余所習乃有兩人，其一爲邵虎庵先生，其一則愚公。虎庵先生居呼猿洞口，跨溪爲閣，讀書其中，不入城市者四十餘年，荆扉晝扃，叩輒不應，或遭駡而去。愚公翱翔人中，居處服御，皆同於俗，和光鏟采，不設町畦，而翛然自得，常在勢利之外。余以爲虎庵先生隱而貞者也，愚公隱而通者也，兩人皆無愧高士云。

愚公生於萬曆癸酉三月十三日，卒於天啓甲子二月二十三日，享年五十有二。元配王，繼張。子一，即文學君佺，張孺人出，娶太學顧公仲遠女。孫男一，孝通。文學君嘗從余受業，篤行有文，能爲沈氏收儒效者也。愚公所著《蔬齋詩集》先後若干卷、《清乘》二卷、《生生直指》八卷、《居山法》一卷，行於世。余嘗两序愚公詩，又爲贊其像，題其旌。兹隧道之石復以屬余，余雖不文，而愚公永訣之言不敢忘也。銘曰：

儒而窮，醫而通。玄無功，以禪終。愚爲宗，異乃同。介而容，高可風。山列墉，水環宮，花繚空。蜕其中，保厥封。

像贊凡五首

俞不仝像贊

道人耶？劍客耶？滑稽之雄而文章之伯耶？

吾昔覯子，美哉少年。別子九年，於思連蜷。子貌雄特，稱此虬髯。高巖大澤，深林鬱然。暈眉目之雲霞，生頜領之風煙。豈獨三毛之加，是亦阿堵之間。噫嘻！不仝神已傳矣。余將乞而藏焉，出而相對，飲食笑言，又何必渡錢塘，扣禹穴，而覓子於若耶之濱，雲門之巔乎？

張魯生像贊

泛然悶然，似無所取。頽然嗒然，似無所起。比久與之處，而始知其趣郁然，其興悠然，殆將取於衆之所棄，而起於衆之所廢。猗嗟斯人！斯吾黨之所謂不讀書而有翰墨氣，不學道而有煙霞氣，終日相對，無所發明，而彌覺其有味者耶！

汪杲叔像贊

以偃蹇不可一世者存於胸，而以傴僂不敢輕一物者爲其容。吾常苦其執禮之太恭，而人以爲使酒駡坐者此翁。

噫嘻！夫既不與俗同兮，何不放之寂寞無人之墟？撫泉石而呼松風，如披此圖，人景相得，其樂融融。此真杲叔之所從也，而豈爲是棲棲於先生大人之前角技雕蟲者哉？

張子薪像贊

其骨清而堅，其氣弱而恬，其神悴而全。夫是以貧而賢，病而妍。夫能外子之身與家而觀之，而貧與病復何有焉？此非子之禪歟？

自題小像

此何人？斯或以爲山澤之儀，煙霞之侶，胡棲棲於此世？其胸懷浩浩落落，迺若遠而若邇兮。其友或知之，而不免見嗤〔四〕於妻子。

嗟咨兮！既不能爲冥冥之飛兮，夫奚怪〔五〕乎藪澤之視矣。

校勘記

〔一〕「飽」，四庫本作「䭲」。
〔二〕「奉」，四庫本作「太」。
〔三〕「植」，四庫本訛作「悦」。
〔四〕「嗤」，四庫本作「怪」。
〔五〕「怪」，四庫本作「嗤」。

李流芳集卷十檀園集十

祭文凡十一首

祭鄭彦遠文

嗚呼彦遠！竟至是耶。彦遠與吾相從，隔歲耳。而奄忽之間，遂成千古耶。自彦遠學於吾，不三月而病，病不數月而竟以不起。今距彦遠之殁，又已踰月矣，何人世之促也。嗚呼痛哉！西隱、竺林之間，松風槐雨，夜鐘晨唄，與彦遠悠然相對，如昨日也，而今可得乎？

始吾未識彦遠，而已與仲子閑孟相習。猶憶往歲過仲子，宿留，五鼓酒醒，聞書聲琅然，訝而問之，知爲彦遠。而仲子爲余言，彦遠讀書達旦以爲常。迨彦遠從吾遊，已不勝羸矣。予每謂仲子勸彦遠讀書無過苦也，而察彦遠之用心，固有獨異於人者。自共事三月以來，而彦遠之爲文，逸才俊筆，蓋無日不新。吾方期以大就，而詎至是耶？悲夫！

彦遠孝友温良，出於天性，而聞善孳孳，常若不及。其家之上下，及與彦遠相識者，無不稱爲善人。彦遠之歿，而知與不知，皆爲嘆息，蓋庶幾無間言者焉。

夫彦遠即不幸早夭乎，亦何負於俯仰哉？然而，彦遠方少年，信道而未篤，其於情愛之際，固有未能釋然者。夫生死，人所不免也，而又不能相代。爲彦遠之父兄妻子者，計無復之，則其痛亦可以少衰矣。噫！吾惡知夫彦遠之不痛而無復之也？吾年未三十，而人世死生之感嘗之殆盡。十年之間，哭吾兄，哭吾妹，哭我良友，又哭我父。當其哀之所至，且蘄死而不得，不自意其復悍然以生。悲夫！吾惡知彦遠之蘄生，不如吾之蘄死乎？疇昔之夜，夢彦遠與吾促膝而語，顔甚澤而多笑，似甚樂者而忘其死也。噫！吾惡知彦遠之不樂而忘其死乎？

吾賦性迂拙，疏而多誤，無能爲人師。而仲子過信予，强以彦遠相託。彦遠又過信予，而事之如其師。吾是以不獨悲彦遠，又自愧也。吾於西方之學不能行，而稍知其大意。每欲以此進彦遠，而相與之日淺。又不意奄忽至此，不得盡吐其中之所懷，而今已矣。

彥遠易簀前一日，予爲書慰問，還報無恙。翌日而訃至，欲一執手永訣而不可得。噫！吾悲已無益，而愧又無能及矣，而徒以其無聊之辭解彥遠與其父兄妻子之痛。噫！吾惡知彥遠之不復過信予也？

祭張素君文

嗚呼！素君之殁，空堂素幃，十年於兹，而今始得歸窀穸。嗚呼！素君何待耶？素君不能待其遺孤之成立，男不及婚，女不及字，而區區待其嫂與同穴。煢然二稚，誰忍復奪其恃？嗚呼痛哉！天乎？抑素君亦有意乎否也？

自吾失素君以來，風流日遠。奇情勝境不得與素君共其賞；清言妙義不得與素君共其玄；人情世路，崎嶇犖确，可悲、可憤、可歌、可泣，千容萬態，不得與素君共其感慨。嗚呼！素君何往乎？

猶憶與素君讀書山寺，寒夜擁爐相對，高詠劉玄德語曰：「日月如梭，老將至矣，功業不遂。」遂相顧欷歔。袁九齡聞而訶之曰：「二君方年少，何得便爾？」

無何，素君死。素君死又十年，而吾頭顱如故。中間哀樂之所纏，疾病之所摧，疲形耗神，舉向日飛揚踔厲之氣忽已化爲寒冰死灰，蓋吾真老矣。嗚呼素君！死者無可奈何，後死者若此，其相負何如也？

自素君歿後，數見於夢，相與談笑如平生。又知素君鬼也，往往談死後事。而今已矣，不復夢矣。素君之神，其舍我而去耶？抑吾其衰也。素君歿後，相與自文饒、弱生輩而外，吾又得境内外之友數人，又得同里閈之友曰潘子、吴子、汪子，而吾素君獨何往乎？

嗚呼！素君已矣。百歲之後，歸於其居，素君與嫂同穴之願畢矣。吾鈍惰不才，不能撫素君之家，使嫂朝夕鬱紆以死，男不及婚，女不及字。今葬素君者，素君之父母也。嗚呼痛哉！吾負吾友，夫復何言？

祭張君晛文

不肖兄弟從髫齔時識君晛。君晛蓋與先君遊，予睹君晛少年翩翩，容止甚都，又工爲文，翕然有聲於時。先君數稱之，爲不肖等勸。不肖等望而儀之，以爲軼才俊人，唯恐其不得當也。

又數年，而不肖等始得以藝文之役進，而交於君晛。時家茂材已成進士，早去世，而君晛猶浮沉諸生間。每見，數相咨嘆，自是交日益親，相過從日益密。朝花之春，夕月之秋，清言斗酒，瓶罄未已，繼以燭盡。當是時，不得君晛，無以爲樂。君晛乃更折行輩，稱兄弟，相約爲婚姻，而執子弟之禮於先君。蓋張、李之交，四世於兹，未有如君晛於不肖兄弟之厚也，而君晛今死矣。嗚呼哀哉！

君晛少年負才名，意不可一世，謂當旦夕脱穎，而老於青衿，七上京兆而不得一遇，故以秀才高等廪學宫者二十年。行貢之天子，升於國學，而不能待以死。噫！何厄也。士生而不見用於時，則退而休於野，以求其所以樂生而盡年。君晛有田、有廬，有子岐嶷而慧，其可以樂生者甚具。每憶君貺郊居風物，愛其緑疇當户，修竹映檻，或新醽正洌，舉網得鮮，抱兒膝上，稱詩説史，客至哈然，相對忘返。

君貺即不遇，可以樂死，而不得盡年以死，死又以惡疾。悲夫！孔子所謂斯人之亡，不得已而歸之於命者，豈不然哉？豈不然哉？雖然，君貺數年以來，相纏於病苦之中，痛痒迫於肌膚，而寒熱并於方寸。其於人世，已無聊生矣。而察其骯髒之意不衰，吾固知君貺於去來之際有灑然者也。嗚呼！君貺平日談傾四座，飲敵數人，見事風生，捉筆雲涌，今安在哉？將亦與君貺俱往耶？吾不能爲怛化，而悲吾之無與樂此生也。哀哉尚饗。

祭徐孺穀文

人命朝露，昔人所嘆。傷哉孺穀，奄忽歸幻。冬中授手，言笑晏晏。春歸哭君，空堂不見。真耶？夢耶？魂揺目眩。況我及君，情好如貫。

歲在攝提，於君斯館。出同舟航，入共筆研。月凉之夕，花明之旦。星沉漏盡，酒闌客倦。留髣密坐，觴酌雜亂。有懷如山，有舌如漢。或歌或泣，我後子先。時惟鄭生，實同婉孌。頹然相對，氣何傲岸。陋彼世氛，神王弗善。衆目攝之，胥讒眲眲。我思古人，胡惡鄉原？悠悠之口，匪戒伊勸。子安予言，亦不謂謾。予嘗語子，百年强半。富貴何期，日月不延。縱心而行，無干世患。

嗟哉孺穀，竟夭天年。天乎？人乎？胡遽而然？自我去子，中常縣縣。晤言不勤，或繼以箋。察子之情，若哽若咽。予竊怪子，其神不全。世短意多，殆不免焉。嗟哉孺穀，豈忘斯言？命實爲之，我以誰冤？所可嘆悼，交情中斷。俯仰十年，風流雲散。蹇予闊疏，於世多憚。觴詠之會，賴子一粲。豈無他人？非子不慣。嗚呼哀哉！彈山之麓，朝煙夕嵐。偕子翺翔，玄賞是耽。時與興會，遇酒輒酣。張子和之，相顧而三。歲月幾何，死亡相兼。人生忽忽，誰其獨淹？於呼哀哉！富不如貧，貴不如賤。死何如生？子今亦驗。生既不樂，死復何戀？生平之歡，將子無遠。盡此一觴，泉壤永判。哀哉尚饗。

祭鄭母吴須两孺人文

嗚呼！某之獲交於閑孟二十年矣。凡世人之所謂相親厚者，吾两人無不有，而其所相期更有出於親厚之外，非世人之所得而知也。彦遠嘗師事某，不幸而夭。彦逸之視某也，復在師友之間。两家兄弟歲時過從，驩然如一家，憂悲愉喜無不共之。

閑孟之違養吴夫人也甚早。然其兄弟相攜數十年，怡怡于于，未嘗見有失恃之色。吾嘗嘆息，以爲閑孟兄弟之能事須夫人也，不獨彰後母之賢，而益以慰吴太夫人於地下。所以相成者，蓋甚遠焉。吴太夫人之殁，已二十餘年而未葬。閑孟蓋將有所待，以大顯榮其親。顧以閑孟之才，尚浮沉未與時會。迨須夫人殁，而閑孟之心愈痛，曰：「吾且不能待矣。」悲夫！閑孟固灑落丈夫，其於義命之際，有確然不可奪者。乃往與閑孟共事，每見其於摧頹失意之頃，輒惘惘不自持，或廢書而起，中夜而嘆。察閑孟之用心，豈猶夫世之情炎鬬進者而已哉？其有隱痛而不能自已也。昔人有言，孝子之心，有待五鼎駟馬而不至者。悲夫！閑孟之不能釋然，固也。若是，則兩夫人將亦有不能釋然於冥冥之中者乎？夫君子之事其親也，修其身，明其道，盡其所可爲者，以無忝所生爾矣。其所不可知者，天也。今吾與閑孟所爲相勉勵者，亦盡其所可爲，以期不負太夫人之教而不敢爲世俗之孝而已也，其可乎？

始與閑孟交，方少年，相矜意氣，跅弛自喜。十年以來，相與發憤懺過，以求斂[一]其虛氣而之於道者，靡敢不盡也。頃且與閑孟參雲棲，受五戒，將圖如釋氏之所爲大報恩者焉。夫名聞利養，凡可以致之於親者，固亦孝子之心，而恐非冥冥之所期也。閑孟之報太夫人者，或不出於此。吾知太夫人之靈從此其可以大慰矣。尚饗。

祭聞子與文

萬曆四十六年歲次戊午，後四月十有五日癸酉，歸西道人聞子與示寂於家。越三月，而其家以俗禮葬之雲棲之陽，是爲七月日。其同參友人東吴李某爲文以誄之曰：

嗚呼！維我先師，闡揚浄土。攝此羣根，如盲能睹。衆生根劣，耽逐諸苦。掘井止渴，終亦無補。維子挺異，夙植勝因。篤生仁里，與善識親。早聞此事，解行日新。厭苦趨樂，適反其真。死生大矣，擾擾萬端。四大解散，八苦交攢。誰能似子？泰然輕安。端坐合掌，去如脱丸。子生卅〔二〕年，病居强半。早歲喪偶，遂絶婚宦。天實爲之，使解其絆。棲遲俗中，非子本願。子有至性，依依二人。偕其弟昆，于焉昏晨。身雖在家，以道相熏。繩牀經卷，翛然出塵。嘗發宏誓，屢求薙除。往歲之春，剪髮而徂。二人持之，復反其廬。見我不懌，語多嘆吁。沉痾纏綿，遂以不起。子語賢兄，吾命實爾。每念出家，或作或止。病亦因之，應念而徙。示寂之前，自知時至。乃諗賢兄，復申此誓。延師祝髮，就榻受具。嗚呼壯哉！人固有志。睹子之貌，衣若不勝。當其敢決，如劍發硎。一往不回，物莫之攖。道法是肩，軀命可輕。嗚呼惜哉！摧此干城。

子之賦情，遇物而深。景風浩浩，慮子不禁。卒有資糧，此欣厭心。豈如世人，若浮若沉。方子病棘，再眩而蘇。末路難持，恐子或渝。七日之功，羣魔克俘。巍巍堂堂，示我坦途。吉夢先兆，異香騰閭。靈瑞熾然，見聞則符。子守本參，無貳無虞。瞪目向西，豈有見乎？

嗟余與子，相知十年。我往子來，子憶吾憐。南山之下，水月林煙。與子朝夕，邈不可攀。卯辰之歲，兩度就子。扶疾送予，再至棲水。落日蒼黄，風雨不已。子唱我酬，今遂已矣。嗚呼有生！誰獨無情？有情無生，我夢子醒。去年别子，我涕欲零。期我重來，春暖花明。我行後期，子已遐征。嗚呼歸西！遲我不能。子遺我書，歲久成衺。我開篋笥，見子手澤。警策之語，刺我胸臆。比歲以來，龍蛇交厄。淵匠傾逝，高賢遁跡。子復棄我，失此三益。匪我悼子，自詒伊戚。子如良馬，見影疾馳。哀此蹇駑，鞭策爲疲。子如冥鴻，戾天高飛。笑彼蚩蚩，藪澤是窺。

雲棲之陽，山林鬱蒼。子有遺言，奉子歸藏。先師在焉，鼓鐘喤喤。安子之蜕，亦子樂邦。我陳生平，送子攸行。哀不及文，以銘不忘。

祭孫翁文

嗚呼維翁！子季友而倩伯昭。是兩君者，蓋能以道義相砥，去世俗之浮華，而相安於澹泊之遭。其交於吾輩，匪夕伊朝，俯仰三十年，心期黯黯，雖間阻而非遥。其相與於無與，而相爲於無爲，淡焉如酌水，而薰焉如飲醪。殆非世之以酒肉招邀者也，庶無愧於古人之久要。

余嘗適翁之里，一再侍翁。見其貌癯而骨堅，意簡而神遼，翛然如古松之臨澗壑，野鶴之在雲霄。意其可以長生度世，碧落逍遥。胡未躋乎上壽，而遽有道山之邀？嗚呼！余少聞父老之言，每嘆桑梓之厚，而厭吴俗之澆。蹉跎暮年，始得一歸。掃先人之丘壠，尋豐溪之舊郊。因以攬其山川風俗，而接里中之所謂賢豪。雕盤饌玉，鼓鐘伐鼛，士嬉女遊，貧諂富驕。訝所聞之不然，何斯世之滔滔。比遊於翁子壻之間，如登赫胥之廬，而攀葛天之巢。殘書半牀，濁醑一瓢。采瓠葉而爲羹，然松枝以代膏。值九秋之蕭森，騁四望於林皋。低回留之，其樂陶陶。此余所以感舊里之繁華，而想風味於貧交也。眷焉仁里，老成云彫。漸典刑之悠邈，傷古道之寥寥。跽陳詞以遠將，寄薄奠於溪毛。庶九泉之來歆，慰千里之牢騷。尚饗。

祭鄭閑孟文

嗚呼閑孟！隔日之別，遂成千秋。疾候至此，知其彌留。我惑醫言，猶冀子瘳。是日過子，暑退火流。庶與病宜，謂子無憂。視子目睛，神明尚遒。翌日而逝，曾不我謀。於乎哀哉！此何時乎？不及送子。賴子勝因，爰值開士。爲子津梁，無迷所指。生平之誼，予則愧矣。方子病困，慮有今日。數爲子言，時勿可失。去子房幃，托處蕭寂。言偕淨侶，與子朝夕。見子躊躇，不忍子逆。奄忽至此，悔予不力。嗚呼哀哉！

自我交子，垂三十年。哀樂所同，俯仰歷然。耿耿於懷，有辭莫宣。丁酉之役，偕子白門。高談邸中，聽者舌捫。輕舟橫江，風浪拍天。子嘯吾歌，失其煩冤。歲在壬寅，西隱之偏。與子讀書，感彼二賢。心跡偶符，遂諧姻連。我客孺穀，惟子數來。客既耽酒，主復善詼。每飲必歡，倒載而回。時或逃暑，午飲喧豗。棄瓻於庭，訶何累累。一日秋爽，偶來三子。時惟孟長，然明、淑士。孟長酒徒，豪者所舉。子欲壓之，代〔三〕卮以簋。一吸五器，孟懾而徙。孺穀云亡，興會蕭索。年運以往，忽忽不樂。子於杯中，猶深寄托。側弁婆娑，似已非昨。予每戒子，麴〔四〕糵爲害。子醉而罵，或醒而悔。我或觴子，必爲夙戒。候子酣適，索酒勿對。子知予衷，往往自廢。嗟乎閑孟，竟以此敗。嬰疾以來，遇酒如憨。昔之所欣，今復何在？哀哉哀哉！三載之前，予偕孟陽。坐子書閣，開尊相羊。睹子忽忽，驚其不祥。憂能傷人，將子無忘。遠道之客，念之徬徨。豈謂此別，死生參商？於乎哀哉！

我之生平，以友爲命。恃子以生，奪子何横。西城之隅，已無子居。槎水之舠，已無子邀。我有奇文，待子而賞，子今何往？我有旨酒，待子而開，子今不來。子遺我書，歲久盈箱。遊戲謔浪，皆成文章。我欲理之，兩淚其滂。我嘗客燕，子遺我詩。凌韓軼蘇，離衆出奇。我欲展之，淚已承眵。子之制義，神鬼蛟螭。病手一編，屬我品題。我欲序之，今以示誰？昔之歡資，今爲愁具。昔以解頤，今爲引涕。嗚呼哀哉！西隱之盟，兒女甫孩。漸看成人，抱子於懷。呼我爲翁，與子俱衰。死固常爾，何足怪哉？未能忘情，聊以告哀。

子之瀕行，用意灑然。言不及私，叩我以禪。我書數行，屬子賢季。子讀欣然，了佛大意。中有偈言，持之弗替。竟以此殉，袖之而去。凡今之人，諂曲嫉妒。是非人我，鬬諍堅固。子之坦易，與物無忤。剛腸疾惡，一往成故。見人一長，忘其所挾。急人之難，不愛膚髮。人留其餘，爲家與身。子惟不留，至死而貧。嗟如此人，復有何業？三塗八難，豈爲子設？子之神明，定復何蹈？在天在人，宜以見告。生平之知，無俾旺旺。於乎哀哉！尚饗。

祭沈無回文

嗚呼無回！詎至是耶？兄文章可以名世，學術可以經世，風節可以持世，胸懷氣量可以容蓋一世。頎然玉立，軒然霞舉，望而知爲福德壽考之相，乃一第不酬其才，一官未究其用，而奄忽至是耶？

吾兩人之交，自庚戌傾蓋燕中，中間吴越相望，聚散不常，良晤之期，廿年有幾？而今遂成隔世耶。猶憶受之之言曰：「近識沈無回，酒杯流行，意態俯仰，絶似長蘅。」比索無回於邸中，相視而笑，求其相似者而不得也。而今遂使我爲中郎虎賁，不逾痛耶。吾兩人相聚，每以忽忽不盡意爲嘆。公車之賦，屢約同之。壬子，兄以内艱罷；乙卯，弟以附舟先發；未戌，弟皆以病歸。夙昔之約，未及一踐，而今遂無合併之日矣，可不痛耶？丙辰被放，同羈留寓舍，東西相去十餘里，隔日必一相聞，三日必一相見。弟先出都門，就兄言別，篝燈置酒，執手汍〔五〕瀾。別之難如此，而今竟成永訣耶。

兄官黄巖三年，己未之冬，兄以假歸，而弟適至西湖，始得一握手。是夜月明，同飲於涌金舟中，酒闌慷慨，察兄之意有甚不能釋然者，竊怪其不達。夫世之所爲巍科膴仕者，其人已略見之矣，而區區欲與噲等爲伍乎？嗟乎無回！吾知兄蓋欲有所用於世，而非苟然者也。兄性狷潔，居恒不妄名一錢，而胸懷廓落，或不恤傾筐倒庋以緩急人。今至以貧仕爲禄養，非兄意也。然則，兄之不釋然於中者，非一日矣，而竟以此夭其天年耶。

弟迂疏懶拙，於兄不能爲役，而兄中心好之。又嘗愛弟之畫，而弟泛然酬應，不能悉其能事以事兄。兄晚而遊戲此道，每秘惜，不肯示人。偶一見之，氣韻妍妙，遂入唐宋諸人之室，輒爽然自失，欲爲輟筆。而今已矣，不及見兄之所止矣。嗚呼！兄即不得大用於世，而小草一出，他日宦成，優遊林下，弟亦將買山卜鄰，相攜終老，子圖我書，子歌我和，以酬宿昔之諾，豈不樂乎？而兄竟舍我而逝，弟將誰與爲質耶？

嗚呼無回！以兄之明達，其於死生之際，超然不惑，無待言矣。生而爲世聞人，没而祝於鄉先生之列，亦可以愧夫泯泯以生，没没以死者矣。况兩賢嗣翩翩競爽，將繼兄之業，而代兄色養之所不逮，兄其可以瞑耶。雖然，亦可悲也已。言敘生平，以佐一觴。填胸塞膺，不知所次。無回無回，其知之耶？尚饗。

祭張子薪文

天啓四年甲子二月日，張子子薪卒於家。友人某時客武林，淹留至八月而歸，始得臨其喪，以蔬果致奠，而爲文以哭之，曰：

里閈之友，昔惟三人。最後得子，久而益親。汪子邑居，吴耕遠郊。潘爲經師，雖邇而遥。惟子相求，無間時日。一日不見，忽忽若失。一味之甘，一花之開。飛書相報，我往子來。子病郊居，不能遠涉。我數就子，時勤舟楫。屯橋之畔，村童里媪。指予而言，知與子好。嗚呼哀哉！自失閑孟，望城悲噎。子之往矣，屯橋路絶。嗚呼哀哉！我遊西湖，子來别余。見子健噉，尚謂無虞。豈知生平，盡此須臾？子病數年，屢仆而起。恃子善病，病不能死。於戲痛哉！今真死矣。别子閲月，子遺我書。期我來歸，竟不能須。知有此事，我必不出。子行我送，非我誰責？呼天撫膺，吁嗟何及。哀哉哀哉！

凡今之人，噂沓反側。子之直腸，如矢注的。一言非義，頭面發赤。凡今之人，隕獲充詘。子之介性，百煉剛鐵。簞瓢屢空，嗟來弗屑。嗟乎子薪，子真道器。尚有餘習，未能度世。遊玩之物，高明所寄。子往而深，賢於勢利。天假之年，觀其所際。於乎哀哉！凡今之人，求多於天。富貴壽考，子孫衍蕃。諸福之中，子無一焉。人爲子悲，我則不然。貧士之常，況子能守。金高於山，營營可醜。子屋三間，爲園數畝。千花對榻，一編在手。貧者樂乎，富貴何有？人我之場，健者爭先。因病得閑，乃近於禪。藥爐經卷，晏坐翛然。病之於子，良藥福田。我躬不閲，遑計後世。千年之謀，達者所棄。子之無營，以子無累。去來自如，夭壽何貳？知子曠懷，數年於道。此言糠粃，子能自了。我嘗語子，子神太清。舉世混濁，擾擾以生。厭而薄之，殆將與攖。嗟乎子薪，匪命之窮。世濁子清，誰能子容？楞嚴了義，白蓋真言。一詞半句，可以通玄。子能讀之，掩卷瀾翻。持以正宗，淩雲粲然。

嗟乎子薪，生死芸芸。如子之死，千萬一人。我猶悍然，視息人間。眼中無子，誰樂餘年？我留西湖，滔滔不歸。豈不思家？哭子後時。巷無居人，鄉夢已非。西湖之上，水月林煙。念子嘗遊，寓目無歡。百頃風荷，千章叢桂。念子癖花，看花欲淚。子癖我畫，如子癖花。我腕欲脱，子壑無涯。長箋大軸，釘壁攤几。每一咨嗟，子病若洗。嗟乎子薪，我手尚在。援毫自廢，賞音不再。從子書來，道子所藏。隨子而盡，飛去何鄉？予畫無靈，人琴併亡。於乎哀哉！我雖好廣，中實狷狹。喙長三尺，非子莫發。子不苟同，實我畏友。今我失子，孰攻其咎？我於名場，每懷退志。子之所知，我已早計。桃花流水，一往千春。子今舍我，誰與卜鄰？於乎哀哉！天不慭遺，奪我鄭子，又失子薪，誰能戀此？逝將去之，適彼樂郊。麋鹿魚蝦，我將與交。凡今之人，不可以明。惟子知我，敢告幽冥。嗚呼哀哉！

祭朱元伯文

丙午之役，吾邑同薦者三人。公顯與余同甲子，而元伯少於余四歲。當是時，元伯方少年，翩翩自喜；而公顯則魁岸頎碩，偉然丈夫；獨余長齋枯寂，尫然如病僧。自顧福德不逮两君，時時欲引分而止。

無何，公顯成進士，不數年而死。元伯連舉不第，乞恩就教職者五六年，方擢爲國子學録，不及之官而病，遂以不起。兩君者，皆不滿五十，位既不顯而復促其年。悲哉！余雖頽惰，自廢於世，無所短長，然視息人間，業已浮兩君之算，始望殆不及此。而數年以來，既哭公顯，又哭吾元伯。三人之中，煢然獨存，感念疇昔，復有何樂？今年春，元伯將之官，廷和以使事適越，余偕無際觴而餞之。越月，而廷和訃至。又越月，而元伯病歸。一席之間，奄喪二賢。自元伯、廷和而外，又喪吾起東。半歲之間，而吾邑亡三鄉先生，又皆余所親厚。昌黎有言：「人欲久不死，而觀居此世者，何也？」悲哉！

元伯爲人孝友慈讓，坦衷直腸，居恒閉户，蕭然不干外事。其掌教宿遷也，勤於其職，撫其諸生如親子弟，有事則委曲覆護之。郡大夫高元伯之行，總淮人士而屬之課督，一時靡然向風。元伯之歸，淮人士相率爲歌詩文詞以頌之，攜榼而餞者填於路，操舟而送者塞於河。夫元伯雖局促冷氈，無所建豎，而其自處不苟，且翕然乎於上下者若此。使顯而用之，將必有可觀者，而竟止於是。悲哉！

人生修短升沉，達者等之夢幻。元伯體素高亮，俯仰無怍，去來翛然，當復何憾？吾所不能釋然者，與元伯生同時、居同里、薦同籍，而生平識面始於丙午，過從謔浪多在長安，其餘州里之會，經歲不繼。遠宦以來，書問寥闊，又嘗期過郊居，數年不遂，竟不得以杯酒流連，信宿談笑。吾所欲進之於元伯者，尚懷而未吐也，而元伯已逝矣。悲哉！授手無及，一觴徒盈。鑒此情言，爲我舉之。尚饗。

校勘記

〔一〕「斂」，四庫本訛作「歛」。

〔二〕「卅」，康熙本作「三十」。

〔三〕「代」，崇禎本、康熙本訛作「伐」，據四庫本改。

〔四〕「麴」，崇禎本、康熙本訛作「麵」，據四庫本改。

〔五〕「汎」，崇禎本、康熙本訛作「汛」，據四庫本改。

李流芳集卷十一　檀園集十一

西湖卧遊册跋語凡二十二首

紫陽洞

南山自南高峯邐迤而至城中之吴山，石皆奇秀一色，如龍井、煙霞、南屏、萬松、慈雲、勝果、紫陽，一巖一壁，皆可作累日盤桓。而紫陽精巧，俯仰位置，一一如人意中，尤奇也。

余己亥歲與淑士同遊，後數至湖上，以畏入城市，多放浪兩山間，獨與紫陽隔闊。辛亥，偕方回訪友雲居，乃復一至。蓋不見十餘年，所往來於胸中者，竟失之矣。山水勝絶處，每恍惚不自持，强欲捉之，縱之旋去，此味不可與不知痛痒者道也。余畫紫陽時，又失紫陽矣。豈獨紫陽哉？凡山水皆不可畫，然皆不可不畫也，存其恍惚者而已矣。書之以發孟陽一笑。

雲居寺

武林城中招提之勝，當以雲居爲最。繞山門前後皆長松，參天蔽日，相傳以爲中峯手植。歲久浸淫，爲寺僧剪伐，什不存一，見之輒有老成凋〔一〕謝之感，殆不欲多至其地。去年五月，偕方回泛小舟，自小築至清波，訪張懋良寺中。落日，坐長廊，沽酒小飲。已，裴回〔二〕城上，望鳳凰、南屏諸山，沿月踏歌而歸。翌日，遂爲孟陽畫此，殊可思也。壬子十二月，鹿城舟中題。

西泠橋

余嘗爲孟陽題扇云：「多寶峯頭石欲摧，西泠橋邊樹不開。輕煙薄〔三〕霧斜陽下，曾泛扁舟小築來。」西泠樹色真使人可念，橋亦自有古色。近聞且改築，當無復舊觀矣。對此悵然。

两峯罷霧圖

三橋龍王堂望湖西諸山，頗盡其勝。煙林霧嶂，映帶層疊，淡〔四〕描濃抹，頃刻百〔五〕態，非董、巨妙筆，不足以發其氣韻。余在小築，時呼〔六〕小槳至堤上，縱步看山，領略最多，然動筆便不似〔七〕。甚矣，氣韻之難言也。予〔八〕友程孟陽湖上題畫詩云：「風堤霧塔欲分明，閣雨縈陰〔九〕两未成。我試畫君團扇上，船窗含墨信風行。」此景此時，此人此畫，俱屬可想。癸丑八月，清暉閣題。

法相寺山亭圖

去〔一〇〕年，在法相有《送友人詩》云：「十年法相松間寺，此日淹留卻共君。忽忽送君無長物，半間亭子一溪雲。」時與方回、孟陽避暑竹閣，連夜風雨，泉聲轟轟不絕，又有《題扇頭小景》一詩云：「夜半溪閣響，不知風雨歇。起視杳靄間，悠然見微月。」一時會心，都不知作何語。今日展此，亦自〔一一〕可思也。壬子十月〔一二〕，大佛寺倚醉樓燈下題。

勝果寺月巖圖

勝果巖石奇秀，甲於兩山，而月巖尤爲奇勝。不知何〔一三〕人樹一棹〔一四〕楔以障之，又於崖上鑿字作道學語，可笑。石丈無靈，見污傖父〔一五〕，予〔一六〕此畫雖不能傳神，亦足爲洗垢矣。壬子臘月十三日書於金閶舟中，時孟陽以送予〔一七〕北上，攜此册至，同觀者爲方孟旋、徐元晦、金爾珍、翁子遠、鄭子野、張伯美、舍弟無垢、從子緇仲。

六和曉騎圖

「燕子磯上臺，龍潭驛口路。昔時并馬行，夢中亦同趣。後〔一八〕来五雲山，遥對西興渡。絶壁瞰江立，怳與此境遇。人生能幾何，江山幸如故。重來復相攜，此樂不可喻。置身畫圖中，那復言歸去？行當尋雲棲，雲深渺何處？」此予〔一九〕甲辰與王淑士、平仲參雲棲舟中爲題畫詩。今日展余所畫《六和曉騎圖》，此境怳然，重爲題此。壬子十月六日定香橋舟中。

永興蘭若

壬子正月晦日，同仲錫、子與自雲棲翻白沙嶺至西溪，夾路修篁。行兩山間凡十里，至永興寺。永興山水夷曠，平疇遠村，幽泉老樹點綴，各各成致。自永興至岳廟，又十里梅花，綿亘村落，彌望如雪，一似余家西磧山中。是日，飯永興，登樓嘯詠。夜還湖上小築，同孟陽、印持、子將輩痛飲。翌日，出册子畫此。癸丑十月，烏鎮舟中題。

冷泉紅樹圖〔二〇〕

余中秋看月於湖上者三，皆不及待紅葉而歸。湖上故人屢以相嘲，予〔二一〕亦屢與故人期，而連歲不果，每用悵然。前日，舟過塘棲，時見數樹，丹黄可愛，躍然思靈隱、蓮峯之約，今日始得一踐。及至湖上，霜氣未遍，雲居山頭千樹楓桕尚未有酣意，豈〔二二〕余與紅葉緣尚慳耶？因憶往歲忍公有《代紅葉招余詩》，余亦率爾有答，聊記〔二三〕於此：

二十日西湖，領略猶未了。一朝別子〔二四〕歸，使我意悄悄。當我欲別時，千山秋已老。更得少日留，霜酣變林杪。子嘗爲我言，靈隱楓葉好。千紅與萬紫，亂插向晴昊。爛然列錦繡，森然建旂〔二五〕旐。一生未得見，何異説食飽？至今追昔遊，懊殺歸來早。豈意今復爾？萬事有魔嬈。相牽可奈何？是身如籠鳥。歸来十日餘，昨日試閑眺。村邊小紅樹〔二六〕，向人亦嫋嫋。轉憶故人言，西湖攬〔二七〕懷抱。開緘讀素書，因風爲子道。

斷橋春望圖

往時至湖上，從斷橋一望，便魂消欲死〔二八〕。還謂所知湖之瀲灩熹微，大約如晨光之著樹，明月之入廬。蓋山水相映發，他處即有澄波巨浸，不及也。壬子正月，以訪舊重至湖上，輒獨往斷橋，裴回終日。翌日，爲楊讖西題扇云：「十里西湖意，都來在斷橋。寒生梅萼小，春入柳絲嬌。乍見應疑夢，重来不待招。故人知我否？吟望正蕭條。」又明日，作此圖。小春四日，同孟〔二九〕陽、子與夜話偶題。

南屏山寺

往歲甲寅，同淑士、平仲過南屏居然亭，看石壁叫絶。以後數至湖上，或到南屏看友人，輒別去，徘徊两山，欲一至居然亭而不果矣。見余畫，始恍然如夢中也。

雷峯暝色圖

吾友子將嘗言「湖上两浮屠，雷峯如老衲，寶石如美人」，予極賞之。辛亥，在小築，與方回池上看荷花，輒作一詩，中有云「雷峯倚天如醉翁」，印持見之，躍然曰：「子將『老衲』不如子『醉翁』尤得其情態也。」蓋予〔三〇〕在湖上山樓，朝夕與雷峯相對，而暮山紫氣，此翁頹然其間，尤爲醉心。然予〔三一〕詩落句云「此翁情淡〔三二〕如煙水」，則未嘗不以子將「老衲」之言爲宗耳。癸丑十月，醉後題。

紫雲洞

己酉三月，偕閑孟〔三三〕、無際〔三四〕、子薪、舍弟無垢、從〔三五〕子緇仲登烏石峯，尋紫雲洞。洞石甚奇，而惜少南山秀潤之色。然境〔三六〕特幽絶，遊人所罕至也。後三年，在小築，燈下酒酣弄筆，作水墨山水，覺舊遊歷歷都在目前，遂題云《紫雲洞圖》。竟不知洞果如是畫否？當以問嘗遊者。余畫大都如此，亦可笑也。□庵道人〔三七〕。

澗中第一橋

己酉，始至十八澗。與孟陽、閑孟、無際、子薪、舍弟無垢、舍姪緇仲俱至徐村第一橋，飯於橋上。溪流淙然，山勢迴合，坐久之不能去。予〔三八〕有詩云：「溪九澗十八，到處流活活。我来三月中，春山雨初歇。奔雷〔三九〕與飛霰，耳目两奇絶。悠然向溪坐，况對山嵯嵲。我欲參雲棲，此中解説〔四〇〕法。善哉汪子言，閑心隨水滅。」無際亦有和余詩，忘之矣。

雲棲曉霧圖二則

壬子正月晦日，與仲錫、子與出雲棲，慧法師、季龢居士送予〔四一〕輩至三聚亭下。是日，大霧，山林模糊，已而霽。至西溪，還小築。明日，孟陽持册子索畫，遂追圖此意，今又二年矣。烏鎮舟中，子將、子與、孟陽夜話偶題。

癸丑十月，孟陽及子將兄弟與余同舟至吴門，夜泊烏鎮，酒後題字，距壬子一年耳。兹稱二年，此時真大醉耶？猶記出雲棲時，霧初合，四望皆空，時見天末一痕两痕〔四二〕，皆山頂也。日出氤氲，竹樹如〔四三〕影在水中，有寒柯離蓰，挺〔四四〕出空濛間，猶帶紅葉，分明可愛。余畫中最得此意，題時草草，故所未及。當遊時、畫時、題字時，子與皆在，今已作故人，永隔言笑，真可痛也。己未六月重題。

煙霞春洞

從煙霞寺山門下眺，林壑窈窕，非復人境，李花時尤奇，真瓊林瑶島也。猶記與閑孟、無際自法相至煙霞洞，小憩亭子。渴甚，無從得酒。見兩傖父攜榼至，閑孟口流涎，遽從乞飲。傖父不顧，予〔四五〕輩大怪。偶見梁間惡詩書一板上，乃抉而擲之，傖父踉蹌而走。念此，輒噴飯不已也。

江干積雪圖二則

余春夏秋嘗在西湖，但未見寒山而歸。甲辰，同二王參雲棲，時已二月，大雪盈尺，出赤山步，一路瓊枝玉幹，披拂照耀。望江南諸山，皚皚雲端，尤可愛也。庚戌秋，與白民看月兩堤，余既歸，白民獨留遲雪至臘盡。是歲竟無雪，怏怏而返。世間事各有緣，固不可以意求也。癸丑陽月題。

甲寅臘月，自新安還，孟陽觴余湖上。大雪，襆被與李大白、孟陽、方回宿舟中。時已迫歲，子將强挽余，欲脱不得〔四六〕。晨起，呼一小舠而遁。雪已霽，白雲出山，與雪一色，上下光耀〔四七〕，應接不暇。擬作一詩以歸，思卒卒不果，終是一欠事也。己未夏日，虎丘精舍重題。

岣嶁雲澗

今年，無回在靈鷲，余在小築。無回書來，屢約余看紅葉，云且掃岣嶁山閣以待〔四八〕余。余〔四九〕躍然欲赴，會體中小極，不果。比同孟陽至靈鷲，則無回復以事歸矣，爲之悵然。是日，至岣嶁，樹庵上人方禁足清音閣上，皋亭大慧長老亦在焉，相與啜茗而去。展此圖，憶岣嶁山水清遠，深恨不得少留踐無回之約。遂題之以訂後期。

孤山夜月圖

曾與印〔五〇〕持諸兄弟醉後泛小艇，從西泠而歸。時月初上，新堤柳枝皆倒影湖中，空明摩蕩如鏡中，復如畫中。久懷此胸臆，壬子在小築，忽爲孟陽寫出，真是畫中矣。

三潭采蒓圖

辛亥四月在西湖，值蒓菜方盛。時以采擷，作羹飽啖。有《蒓羹歌》，長不能載，大意謂：西湖蒓菜，自吾友數人而外，無能知其味者。袁石公盛稱湘湖蒓羹，不知湘湖無蒓，皆從西湖采去。又謂非湘湖水浸不佳，不知蒓初摘時，必浸之經宿乃愈肥，凡泉水、湖水皆可，不必湘湖也。然西湖人竟無知之者。圖中人舟縱横，皆蕭山賣菜翁也，可與吾歌并存，以發好事者一笑。癸丑十月，吴江舟中篝燈題。

江南臥游册題詞凡四首

橫塘

去胥門九里，有村曰橫塘。山夷水曠，溪橋映帶村落間，頗不乏致。予每過此，覺城市漸遠，湖山可親，意思豁然，風日亦爲清朗，即同遊者未喻此樂也。橫塘之上爲橫山，往時曾與潘方孺阻風於此。尋徑至山下，有美松竹，小桃方花，恍若異境。因相與攀躋至絶頂，風怒甚，幾欲吹墮。二十年事也。丁巳中秋後三日，畫於孟陽閶門寓舍。九月，復同孟陽至武林，夜雨泊舟朱家角，補題。

石湖

石湖在楞伽山下，寺於山之巔者曰上方；逶迤而東，岡巒漸夷，而上下起伏者曰郊臺，曰茶磨；寺於郊臺之下者曰治平；跨湖而橋者曰行春；跨溪而橋，達於酒城者曰越來。湖去郭不十里而近，故遊者易至。然獨盛於登高之會，傾城士女皆集焉。戊申九日，余與孟髯同遊。值風雨，遊人寥落，山水如洗。著屐至治平寺，抵暮而還，有詩云：「客思逢重九，來尋雨外山。未能淩絶頂，聊共泊西灣。茶磨風煙白，薇村木葉斑。誰言落帽會，不醉復空還。」山下有紫薇村，髯嘗居於此，今已作故人矣，可嘆。

虎丘

虎丘宜月〔五一〕、宜雪〔五二〕、宜雨、宜煙、宜春曉、宜夏、宜秋爽、宜落木、宜夕陽，無所不宜，而獨不宜於遊人雜沓之時。蓋不幸與城市密邇，遊者皆以附羶逐臭而來，非知登覽之趣者也。

今年八月，孟陽過吴門，余挐舟往。會中秋夜無月，十六日晚霽，偕遊虎丘，穢雜不可近，掩鼻而去。今日爲孟陽畫此，不覺放出山林本色矣。丁巳九月六日，清溪道中題。

靈巖

余往來西山，數過靈巖山下。戊申秋日，始得與起東及其二子梁瞻、雍瞻一登，餘皆從舟中遥望其林石之秀而已。靈巖爲館娃舊趾，響屧廊、采香徑、琴臺皆在其上。石上有陷痕如履，相傳以爲西施履跡，殆不可信。少時，夢與友人至此，僧舍作詩。醒時，記有「松風水月皆能説」之句。辛亥，同家弟看梅西磧，《過靈巖詩》云：「靈巖山下雨綿綿，香徑琴臺雲接連。憶得秋山黄葉路，松風水月夢中禪。」蓋謂此也。丁巳九月七日，西塘舟中題。

題跋凡七首〔五三〕

題溪山秋意卷

去年殘臘，屏居檀園，歲暮〔五四〕窮愁，百感交集，酒杯書卷皆爲愁具。篝燈無睡，間以筆墨自遣，或一木一石，期於引睡而止。

偶拈此卷，嫌其太長，初欲縱筆盡之，倦而棄去，後遂稍斂，凡經十宿而成。前後疏密，筆皆不應，置之篋中，久未題字。偶過吴門，出[五五]示松圓道人，至武林，示宋比玉，皆以爲可。余視之亦復焕然，轉自矜惜[五六]矣。

湖上友人鄒孟陽愛畫入骨，藏余畫獨多，見此又欲乞之。余告以不能滿志，孟陽不信，蓋過信两君之言也。夫余亦信两君，況孟陽哉？如孟陽之愛畫，藏之篋中，與余無别。不然，十宿引睡之功，三月窮愁無聊之感，當終身與余作伴，不忍輕擲與人也。丁巳六月十一日，題於西湖小築。慎娱居士李流芳[五七]。

題怪石卷

孟陽乞余畫石，因買英石數十頭爲余潤筆，以余有石癖也。燈下潑墨題一詩云：「不費一錢買，割此三十峯。何如海嶽叟，袖裏出玲瓏。」孟陽笑曰：「以真易假，余真折閲矣。」舍[五八]姪緇仲從旁解之曰：「且未可判價，須俟五百年後人。」知言哉！丁巳十一月，慎娱居士〔五九〕題。

題燈上人竹卷三則

畫竹自文洋州、眉山長公而後，其超逸絶塵者，僅見梅道人耳。燈公筆法大都得之道人，而圓美秀潤又當在李氏父子間。公經禪之暇，以遊戲得此，亦奇矣。是日，秋氣蕭奕，偶步屧訪公於竹中，出此卷爲題數語。己酉八月〔六〇〕。

又

往歲己酉北上，舟過蓮涇，訪雙林上人於積善庵，出所畫竹卷屬余題字。以後每經吴門，數欲過庵中而不果，蓋不見上人者六年矣。幽窗淨几，薰茗相對，今日如復理夢中也。上人屋後有美竹千竿，淨緑如拭，今遂化爲烏有。而上人筆墨乃益進，新枝古幹，披展森然，如見真竹，豈此君神氣都爲上人攝盡，無復生理耶？𥈭然一笑，遂題其後。甲寅清和月。

又

少時，見余友髯朱畫竹，喜而效之，度不能勝，輒棄去，爲林木山水以自娱。大都竹於長卷，位置尤難，寒梢萬尺，雖不乏煙雲變化，而詰曲高下，坡陀晻〔六一〕映，往往不能遂其聳然干霄之勢。古人以竹卷傳者，予亦未睹奇絶也。嘗以此語友人潘與、歸休，皆以爲然。二子皆專工畫竹，已卓然成家，而獨以位置長卷爲怯，其它可知已。今日，觀雙林上人卷，惜不令二子見之，一瞠目叫絶，且知筆墨蹊徑，不可以律方外天遊之人也。甲寅四月浴佛日，雨初霽，風日清和，同江子士衡、舍弟無垢泛舟桐涇，自雲隱庵步至積善精舍，與上人坐窗下啜茶試墨，信筆題此〔六二〕。

題畫册

甲寅九月，掃墓新安。過吴門，别季弟無垢於寓舍，持素册授余曰：「遇新安山水佳處，當作數筆，歸以相示，可當卧遊。」領之而别。

自禹航從陸至豐干〔六三〕，一路溪山紅樹，晻〔六四〕映曲折，或曠或奥，皆在畫中。

行歸，自屯溪買舟，沿溪而下，清流見底，奇峯怪石參錯溪中，兩巖[六五]束之，上限雲日，所謂舟行若窮，忽又無際者。昔人稱新安江之勝，今始見之。每欲下一筆，逡巡不敢。歸與無垢言之，但相對一笑而已。

然此册猶在余篋中，每開視之，猶作新安山水想。乙卯北上，乃復攜之而行。京師塵埃蔽天，筆凍欲死，畫意益不得發。丙辰，落魄而南，長夏閑居，思理筆研，簡[六六]得此册，則曩時新安山水又付之子虛烏有矣。因隨意弄筆以解煩熱，數日而册滿。尚欲題字，識此一段因緣，鄒仲錫一見便奪去，固索不得。好畫如仲錫，便脱手相贈，不足復惜。但此册未畫時已走新安，往返二千里，京師八千里，中間遊覽之樂，車馬風塵、菀枯冰炭之感，歷歷皆影現於此，不可不惜也。因題而歸之。丁巳五月二十[六七]四日。

跋盆蘭卷

己未春，余北上，至濠梁，病還。夜輒苦不寐，獨處惘惘，非對友生，流連花酒，即無以遣日。二月二日，與子薪、韞父、爾凝、家伯季從子泛舟南郊，聽江君長絃歌。值雨，子薪偕爾凝、君長宿余家。盆蘭正開，出以共賞。

子薪故有花癖，燒燭照之，嘖嘖不已。花雖數莖，然參差掩〔六八〕映，變態頗具。其葩或黄、或紫、或碧、或素；其狀或含、或吐、或離、或合、或高、或下、或正、或欹，或俯而如瞰，或仰而如承，或平而如揖，或斜而如睨，或來而如就，或往而如奔，或相顧而如笑，或相背而如嗔，或掩抑而如羞，或偃蹇而如傲，或挺而如莊，或倚而如困，或羣向而如語，或獨立而如思。蓋子薪爲余言如此，非有詩腸畫筆者不能作〔六九〕此形容也。余既以病不能作一詩記〔七〇〕之，欲作數筆寫生而亦復不果。然是夜與子薪對花劇談甚歡，胸中落落，一無所有，伏枕便酣睡至曉，從此病頓減。此花與愛花人皆我良藥，不可忘也。

今日，子薪邀過花癖齋看鶯粟花。花既爛漫，映帶新緑，時雨驟至，物色韶潤，小窗對飲，情境清適，回思春夜賞花之樂，皆百年所未易有。子薪出素卷相屬，因髣髴爲寫盆花，并追紀其語於後。四月朔日也。

校勘記

〔一〕「凋」，光緒本、美術叢書本作「彫」。

〔二〕「回」，光緒本、美術叢書本作「徊」。

〔三〕「薄」，美術叢書本作「蕩」。

〔四〕「淡」，光緒本、美術叢書本作「澹」。

〔五〕「百」，光緒本、美術叢書本作「變」。

〔六〕「呼」，美術叢書本無此字。

〔七〕「似」，光緒本、美術叢書本作「是」。

〔八〕「予」，光緒本、美術叢書本作「余」。

〔九〕「陰」，光緒本、美術叢書本作「煙」。

〔一〇〕李流芳繪《李檀園山水册》（民國九年珂羅版）題跋「去」上有「余」字。

〔一一〕「自」，李流芳繪《李檀園山水册》（民國九年珂羅版）題跋作「殊」。

〔一二〕「壬子十月」，李流芳繪《李檀園山水册》（民國九年珂羅版）題跋作「庚申二月」。

〔一三〕崇禎本「何」下衍一「物」字，據光緒本、美術叢書本删。

〔一四〕「棹」，康熙本、四庫本、光緒本、美術叢書本作「綽」。
〔一五〕「父」，光緒本、美術叢書本作「夫」。
〔一六〕「予」，光緒本、美術叢書本作「余」。
〔一七〕「予」，光緒本、美術叢書本作「余」。
〔一八〕「後」，光緒本、美術叢書本作「復」。
〔一九〕「予」，光緒本、美術叢書本作「余」。
〔二〇〕「圖」，四庫本無此字。
〔二一〕「予」，光緒本、美術叢書本作「余」。
〔二二〕「豈」，美術叢書本無此字。
〔二三〕「記」，美術叢書本作「紀」。
〔二四〕「别子」，美術叢書本作「□别」。
〔二五〕「旂」，光緒本、美術叢書本作「旗」。
〔二六〕「樹」，光緒本、美術叢書本作「桃」。
〔二七〕「攬」，光緒本、美術叢書本作「攪」。

〔二八〕「死」，光緒本、美術叢書本作「絶」。

〔二九〕「盂」，光緒本、美術叢書本訛作「子」。

〔三〇〕「予」，光緒本、美術叢書本作「余」。

〔三一〕「予」，光緒本、美術叢書本作「余」。

〔三二〕「淡」，光緒本、美術叢書本作「澹」。

〔三三〕「閑盂」，李流芳「書畫雙挖」軸（箋本，水墨）作「無際」。

〔三四〕「無際」，李流芳「書畫雙挖」軸（箋本，水墨）作「閑盂」。

〔三五〕「從」，李流芳「書畫雙挖」軸（箋本，水墨）作「猶」。

〔三六〕「境」，李流芳「書畫雙挖」軸（箋本，水墨）作「徑」。

〔三七〕「□庵道人」，崇禎本無此四字，據李流芳「書畫雙挖」軸（箋本，水墨）補。

〔三八〕「予」，光緒本、美術叢書本作「余」。

〔三九〕「雷」，光緒本、美術叢書本作「流」。

〔四〇〕「説」，光緒本、美術叢書本作「諸」

〔四一〕「予」，光緒本、美術叢書本作「余」。

〔四二〕「兩痕」，四庫本無此二字。
〔四三〕「如」，光緒本、美術叢書本作「之」。
〔四四〕「挺」，美術叢書本無此字。
〔四五〕「予」，光緒本、美術叢書本作「余」。
〔四六〕「得」，光緒本、美術叢書本作「能」。
〔四七〕「耀」，光緒本作「曜」。
〔四八〕「待」，美術叢書本作「招」。
〔四九〕「余」，四庫本作「予」。
〔五〇〕「印」，光緒本訛作「邱」。
〔五一〕「月」，稿本作「雪」。
〔五二〕「雪」，稿本作「月」。
〔五三〕「題跋凡七首」，底本、校本均無此五字，據全書體例補。
〔五四〕「暮」，清邵松年《澄蘭室古緣萃録》卷六《李長蘅仿倪黄山水卷》（清光緒三十年上海鴻文書局石印本）作「莫」。

〔五五〕「出」，清邵松年《澄蘭室古緣萃録》卷六《李長蘅仿倪黄山水卷》（清光緒三十年上海鴻文書局石印本）無此字。

〔五六〕「矜惜」，清邵松年《澄蘭室古緣萃録》卷六《李長蘅仿倪黄山水卷》（清光緒三十年上海鴻文書局石印本）作「珍祕」。

〔五七〕「慎娱居士李流芳」，崇禎本原脱，清邵松年《澄蘭室古緣萃録》卷六《李長蘅仿倪黄山水卷》（清光緒三十年上海鴻文書局石印本）補。

〔五八〕「舍」，稿本作「余」。

〔五九〕「居士」，稿本作「室」。

〔六〇〕「畫竹自文洋州……己酉八月」，崇禎本無此八十五字，據稿本補。

〔六一〕「晻」，四庫本作「掩」。

〔六二〕「少時見余友髯朱畫竹……信筆題此」，稿本無此二百十二字。

〔六三〕「干」，四庫本訛作「于」。

〔六四〕「晻」，四庫本作「掩」。

〔六五〕「巖」，稿本作「崖」。

〔六六〕「簡」，稿本作「檢」。
〔六七〕「二十」，稿本作「廿」。
〔六八〕「掩」，稿本作「晻」。
〔六九〕「作」，四庫本作「得」。
〔七〇〕「記」，稿本作「紀」。

李流芳集卷十二檀園集十二

題跋凡二十六首

題畫卷與子薪

三月十八日，余自吴門還。翌日，與子薪相聞，且招之，子薪報云：「彦逸亦在此，質明當與偕來。」是日輕陰，風氣蕭爽，集伯氏、從子輩於寶尊堂。既酣，子薪、彦逸遂留宿山雨樓頭。晨起，登樓看雨，焚香啜茗，頗適。飯罷，兩君便欲别去，予曰：「家釀頗冽，尚堪小飲，當爲稍淹。」已維舟於門矣。

既飲酒，白於玉，芳於桂，甘於泉。新緑映檻，雨潤欲滴，門外屐聲不至。鼎足而談，或笑，或歌，或泣，皆生平懷而不盡者，遂不能去。肴既盡，佐以筍蕨。重滌酒器，出所藏哥窑舊玉二杯，陳案上，呼五木，得異采者飲一杯。童子時時摘花來供，蕙既芳，薔薇視人而笑，虎茨數樹著花如雪，晻〔一〕映齋壁，子薪往往叫絶〔二〕。因相牽入慎娱室，索墨汁屬予畫，且畫且談，竟盡此卷〔三〕。欲題一詩，已醉不能，聊紀〔四〕此以資它日譚柄。相知如閑孟、孟陽者，可一示之，勿以示俗人也。己未三月廿二日，泡庵道人題〔五〕。

題畫册

慎娱居士有幽憂之疾。夜苦不寐，寒冬漏長，獨酌易盡，久讀傷神，又無觀力，不耐枯坐。唯賴筆墨可以自遣，心手有託〔六〕，形神暫調，意適而忘，與夢俱至。此册自冬徂春，經三月而成。爲山水林木者廿〔七〕幀，爲雜花折枝者十幀，爲古德機語真、行書十幀〔八〕，蓋皆可以自娱而不可以傳者。其真慎娱居士〔九〕之詩〔一〇〕畫也歟〔一一〕。天啓乙丑清和，李流芳〔一二〕。

爲與游題畫册

與游以此册屬畫，藏笥中二年，苦無興會，未敢落筆。今年十月，過虞山，看楓葉於吾谷，因登維摩，下至興福，清遊甚樂。翌日，入郡，待月於虎丘，舟中無事，簡得册子，連畫八幀。歸家碌碌，治裝北行，又置之笥中。將至鹿城，念當與與游别，復畫得二幀，宿逋頓了，爲之一快。

余畫無師承，又不喜臨摹古人。如此册，於荆、關、董、巨、二米、两趙無所不效，然求其似，了不可得。夫學古人者，固非求其似之謂也。子久、仲圭學董、巨，元鎮學荆、關，彦敬學二米，然亦成其爲元鎮、子久、仲圭、彦敬而已，何必如今之臨摹古人者哉？余不能畫，而知其大意如此，願與與游參之。時天啓元年辛酉十一月十九日，婁東舟中。

題畫二則

余近喜畫小册，時有好事者往往致此乞畫。此册亦爲友人所乞，攜之虞山。是日，風日清美，與子崧尋吾谷，盤礴楓林下，丹黄如繡。飯後，呼兜輿至維摩、興福兩蘭若。歸而落日映湖，圓月出嶺矣。因出此册示子崧，便欲攘去。子崧愛予〔一三〕畫，十年所畜，皆落盜手，遂欲以攘補之，知攘效矣。顧余手在，患子崧不好爾，何必爾耶？因題而歸之，并發一笑。

余嘗畫柳贈西湖張女郎，題云：「斷橋堤外柳如絲，愁殺春風煙雨時。見説美人能愛畫，的應將此鬬腰肢。」女郎珍重此畫，數持以示人。由是，湖上之人無不知余能畫柳者，乃至緇流道民，亦以見乞。一日，法相寺小師乞余畫，輒依前韻題云：「西湖煙柳斷腸絲，只合將来鬬翠眉。料得禪心應不染，也教和墨寫風枝。」後又爲靈隱蘧沙彌題扇云：「愛柳終何意，秋風君始知。青青雖畫得，不是動摇時。」爲六如畫此便面已數年，紙墨剥落，猶爲裝池成軸，可以見其癖好不減女郎、小師也。

題畫爲子薪

去年，以高麗繭裝成三册子，一以遺淑士，一遺子薪，其一留篋中。七月新凉，子薪窗前紅〔一四〕茉莉爛漫異常，余連詣之。酒酣興發，輒倚案取册子，弄筆作畫。畫盡十幀，尚未題字。

今年，子薪病中致此索書，暑月揮汗，懶近筆硏，置架上。一日，索之，已亡去矣。念子薪愛畫入骨，又病中藉以遣興，不敢以告之。大索十日不得，簡篋中素册尚在，連夜篝燈，畫此償之。前在子薪齋中乘興走筆，多草草，不愜意。此册仿諸家，雖不盡得形模，然筆墨、氣韻差不大謬於古人，豈獨焕然復還舊觀？直可謂後來居上矣。若畫能療疾，子薪當霍然而起，爲余置酒紅茉莉下，開東軒一賞之。壬戌七月十一日。

題畫册

戊午夏，寫經皋亭真歇禪師塔院。平頭從城中裝一小册，置笥中。六月出山，舟中熱甚，不堪近筆研，開而復卷。八月，重至湖上，復攜此册而往。舟中無事，畫得五幀，意倦輒止。歸而匆匆治裝北行，途中病還。數月以來不見湖山，無從發畫思。

九月，乃復來錢塘，買舟西湖，留連十日，飽看兩山紅葉而歸，則此册又在几頭矣。舟次吴江，風雨如晦，燈下飲數杯，輒畫三紙。明日，抵葑門，晤淑士，小飲而别。泊金閶城下，與君長復命酒對飲，君長飲户太窄，不三酌已醉。雨過月出，天水如洗，徙倚船頭，聽君長吹簫、度曲、彈三絃，遂不能寐，篝燈試墨，又畫得四紙。前後共十二幀，竟滿册矣。又明日，舟過維亭，出此展玩，復爲寫舊作題畫絶〔一五〕句，兼記歲月。己未十月二十日也。

題白雲青嶂圖

昔年，有僧乞畫，余爲題一詩云：「白屋半間茆破碎，青林一帶雨淋漓。寶池行樹無人愛，卻愛人間小景兒。」蓋爲此僧不信淨土而作也。偶仿董北苑筆意作《白雲青嶂圖》，憶此，併書之，似道友子薪一笑。子薪酷愛畫，又專修淨土，其以此詩爲何如也？天啓癸亥初春〔一六〕。

題畫册

去歲八月，過吴門，晤王淑士兄弟，宿留虎丘。秋熱甚酷，舟還至鹿城，稍有涼意。同舟夏華甫攜得宋箋册子，愛其光潤宜墨，輒作小景。兩日間，遂盡〔一七〕此册。自謂稍存筆墨之性，不復寄人籬壁。但當世耳食者多，識真者少，聊借千載上諸君子之名以恐喝之。效顰學步，非予本懷，令摹古者見之，當爲一笑。然後世有知此道者，亦或相賞形似之外耳。天啓癸亥八月十二日，題於檀園蘿壑。

題林巒積雪圖

癸亥逼除，連日大雪，閉門獨飲，小酣輒弄筆墨。偶得舊楚紙，喜其澀滑得中，爲破墨作《林巒積雪圖》。古人畫雪，以淡墨作樹石，凡水天空處，則用粉填之，以此爲奇。予[一八]意此與墨填者，皆求其形似者耳。下筆颯然，有飄瞥掩[一九]映於紙上者，乃真雪也。願與知者參之。廿八日，薄暝映雪，題於劍蜕齋中。李流芳[二〇]。

題畫册

辛酉臘月北行，意思蕭索。到吴門，聞子將將來，遲之同行，因暫住虎丘之鐵佛僧舍。時送余者爲子薪、魯生、舍弟無垢、舍姪宜之、兒子杭之。武林都修之，時時抱琴來作數弄；比玉還白下，與予一路同来，樂酒晨夕；古白同寓舍，間日一相對；楚中李宗文，居停亦相近；女冠王修微，數以扁舟往來山中：差不寂寞[二一]。然夜闌客散，輒苦無緒，或終夜不寐，無可自遣。燈下索墨汁作書及畫，同居者皆得飽所欲而去，以此爲笑樂。

兒子不好學，而偏嗜畫。每欲裁之，不欲身爲作俑，然興酣輒忘之。此册數幀於酬客之暇乘興點染，不知爲兒子所乞也。書畫本高人之事，非讀書萬卷，胸中筆下無半點塵俗者，不能工。兒輩患不好畫耳，未有好畫而不肯讀書者。昔人云「我常自教兒」，此非解嘲語。不然，亦當如淵明詩云「天命苟如此，且進杯中物」耳。無以爲別，書此一笑。十二月三日，燈下題。

夏日，蘭花大開，芬馥滿室。命童子焚香煮茗，滌宋研，開窗延涼風，意思甚適。試筆連畫，得數紙。昔人云：「不作無益之事，安能悦有涯之生？」畫之爲他日懷歡之資，可也。壬戌六月〔二二〕。

題閑孟詩册

五言古詩至少陵而一變，流而爲退之、樂天，至於東坡而變已極矣。然皆不出於少陵，而能各成其一家者也。

閑孟跅弛之才，不爲律縛，獨古詩時一作之。有韓之奥，有白之達，有蘇之縱横，而吐納風流，率其胸懷，韻致獨絶，則前後五百年詩人中所無也。閑孟不喜以詩人自居，世無知其詩者，獨余與孟陽時稱之。今其遺詩不及百篇，傳之其人，豈無復有楊[三]子雲者，以予之言爲不妄乎？往歲庚戌，在都下，閑孟寄予《病起》諸什。余與淑士負暄檐際，開卷讀之，時時叫絶。乃閑孟篋中所留，有一二爲余所未見。其中有《見懷》之什，而都未及見寄，不知閑孟何意也。

閑孟往往自怯其書，其寄予詩卷，倩友人書之，予每以爲恨。閑孟書雖不工，固閑孟之書也，手澤在焉。嗚呼！閑孟已矣，此真閑孟之手澤也。悲夫！天啓壬戌七月，彦逸致此卷索題，拭淚書此。

題畫爲子薪

余友張子薪愛遊而善病，愛友而寡交。一病數年，足跡不能出户，交遊既絶，獨以卧遊爲樂。故其愛獨鍾於予，又獨鍾於予之畫。余間日必一遺問，十日、五日一自往。子薪必具楮素、飭筆研以待。卷軸縱横，筐篋盈溢，而徵索不已。每一畫成，徬徨嘆賞，若可終身於是者。已〔二四〕見人一紙一素，又恨不能奄有之，以是數求多於余。其癖如此。

秋月，余將過武林，子薪又以此〔二五〕册投之曰：「子遊西湖，徘徊於六橋兩山之間，我不能遊，而又失子，庶得子畫以代我遊，且〔二六〕以代子談，何如？」余聞而悲其意，不忍拒也。余之歸，子薪又將有辭以屬余曰：「出子之所遊而得者以示予。」予復何辭以拒焉？余知余之所以應子薪者，非腕脱不能止也。書此一笑。天啓癸亥中秋日〔二七〕。

題畫册爲同年陳維立

維立兄以素綾小幀索畫，且戒之曰：「爲我結想世外，勿作常景。」余思世外之境〔二八〕，則如三島十洲、雪山鷲嶺之類，不獨目所未經，亦意所不設也，其何能施筆墨？竊以爲〔二九〕景在人中，而人所不能有之者，多矣；前人之所有，而後之人不得而有之者，多矣。夫人所不得而有之，即謂〔三〇〕世外之景其可乎？俯仰古今，思其人，因及其地，或目之所經，或目之所未經〔三一〕，而意之所可設，是可以畫。畫凡十幀，如淵明之柴桑、無功之東皋、六逸之竹溪、賀監之鑑湖、摩詰之輞川、次山之浯溪、樂天之廬山、子瞻之雪堂、君復之孤山，所謂今之人不得而有之者也。如漁父之桃源，則所謂人亦不得而有之者也。

畫成，偶有所觸，因各賦一詩，不詠其地而詠其人。以爲地非人不能奇，如三島十洲、雪山鷲嶺，非仙佛亦不能奇也。然仙蹤佛跡，不在世外，如桃源之類，往往有之。非其人，自不遇耳。余所詠諸賢，亦有不能終保丘壑者，或老於丘壑，而文采風流不足以傳，并山川之奇湮没而不彰者，可勝道哉？如是，則古人之所不能盡有者，又將待其人以有之。其人伊何？將求之世外乎？求之世間乎？請以此〔三二〕扣之維立〔三三〕。

題畫册後爲李郡守鶴汀

徐田仲以素綾册子屬畫，曰：「將以貽同官之長鶴汀李公。」余聞公政事之暇，留心書畫，精於鑒裁。余自顧畫無師承，且伏處海隅，無山川之奇足以發其志意，遊跡所歷，不越數千里，五岳名山未嘗得一遊。獨好觀古人之跡，如荆、關、董、巨及勝國諸名家，時一效顰。又嘗見史傳所載昔人遊居名勝之處，輒爲神往。足雖不〔三四〕至，而思其人及其地，謂可以髣髴貌之。不獨卧遊山水，兼以晤對古人。蓋皆欲以自娱，而不可呈之賞鑒者之前也。

公治杭未三年，而政成人和，廢墜修舉。比者，清湖之役，不避豪右，斷而行之，使空明瀲灩還其舊觀，泳游呴沫〔三五〕皆荷明德。論者以爲白蘇復生，而余亦謂公之風流節概未可以今人中求之也。上下千餘年，西湖爲白蘇兩人〔三六〕所有，後之人安得而有之？今則又當屬之公矣。如余所畫庾公南樓、謝公東山及其他名勝之地，未有不因其人以傳者也。余他日更請爲公圖西湖之勝以繼古人之後，可乎？余畫雖不工，固將附青雲之末以傳之無窮也已。

題雲山圖

甲子嘉平月九日，大雪，泊舟閶門，作此圖。憶往歲在西湖遇雪，雪後，兩山出雲，上下一白，不辨其爲雲爲雪也。余畫時，目中有雪，而意中有雲。觀者指爲《雲山圖》，不知乃畫雪山耳。放筆一笑。

跋摹書帖

學書貴得其用筆之意，不專以臨摹形似爲工。然不臨摹則與古人不親，用筆、結體終不能去其本色。摹書，然後知古人難到。尺尺寸寸而規之，求其肖而愈不可得，故學者患苦之。然以爲某書，某書則不肖，去自書則遠矣。故多摹古帖而不苦其難，自漸去本色以造入古人堂奧也。庚申新正十日，試筆題於劍蜕齋中〔三七〕。

題畫册二則

從舍弟無垢得宋紙十六幀，裝成一册。予去年在湖上，畫得八幀，分寄張會稽宗曉，半留篋中。寒夜酒闌，篝燈無睡，輒弄筆遣興，意不在畫。然以示同志，輒謂得勝國諸人氣韻。西湖友人聞子將、鄒方回皆欲奪之而不得，時時開看以自娱樂。非予所甚好，不與易也。天啓元年辛酉午日，檀園薄醉題此。

此爲侒沙彌所藏，將死，歸於我篋而藏之，不忍看也。亡何，張伯英過我，請觀之，且曰：「此余嘗購之沙彌而不得者也。余癖子之畫不減沙彌，其藏於我，猶藏於子也。夫出於子之手而無窮，子何秘焉？」余曰：「余悲夫沙彌之意也。昔人喻書畫之好如煙雲過眼，不復足留意。夫人已往矣，而何有於區區之好乎？雖然，複壁而藏，據舷而乞，其癖固爲後世所笑，而其名亦且附書畫以不朽，吾以爲猶異於營營之俗人也。予之畫不能如古人，蓋將借好者之癖以不朽矣。子其無忘沙彌之意哉。」張子曰：「唯唯。」遂題而授之。沙彌俗姓胡，十歲事余，相隨二十餘年，北走燕齊，南走越。又嘗入雲棲，參蓮禪師，師名之曰「智侒」。今年病瘵死，死之前十日，從覺空禪師落髮，受沙彌十戒，念佛合掌，向西而逝，故稱侒沙彌云。天啓癸亥十月，題於留光舟次。

題畫爲吕公原

余友西音吴子數爲余言吕公原先生，其人冲恬有道，君子也。神交二十年，前歲壬戌，始於都下一晤，旋以交臂别去，每用爲恨。

是歲，先生奉使榷關荆楚。瀕行，吴子以素册屬畫爲贈，余曰：「先生方用世，青山白雲只可自怡，豈堪持贈乎？」吴子曰：「否否！公原丘壑之姿，故當玄對山水，且愛子之畫，恨不能致此，固公原意也。余老且貧，將從公原乞買山錢以隱，又借子之畫以爲余作合，子無靳焉？」余笑曰：「有是哉？余賣山以活，而子買山以隱，恐子之有待不如余之無待也。」請遂質之公原先生，爲一剖之。甲子冬日。

題畫爲徐田仲

錢塘襟江帶湖，山水映發，昏旦百變。出郭數武，耳目豁然，扁舟草履，隨地得勝。天下佳山水可居、可遊、可以飲食寢興其中，而朝夕不厭者，無過西湖矣。余二十年來，無歲不至湖上，或一歲再至。朝花夕月，煙林雨嶂，徘徊吟賞，饜足而後歸。湖上友人愛余畫，甚於愛山水，舍其真而求其似，余嘗笑之。然余畫無本，大都得之西湖山水爲多，筆墨氣韻，間或肖之，但不能名之爲某山、某寺、某溪、某洞耳。

今年在湖上，爲李郡伯、陳司李畫二册子〔三八〕。同〔三九〕年徐使君田仲見而愛之，心欲之而不言。余愧〔四〇〕其意，歸而作《錢塘十圖》以遺之。大都常遊之境，恍惚在目，執筆追之，則已逝矣。强而名之曰某山、某寺、某溪、某洞，亦取其意可耳。似與不似，當置之勿論也。使君佐郡五年，西湖之人戴之若慈母。今旦晚内召去矣，不獨畏壘深去後之思，而使君亦何〔四一〕能無桐鄉之戀？試披此册，使湖山常在几案間。余畫又能爲西湖與使君結再來緣矣。

題畫册與從子

今年在西湖六、七月，日以書畫爲役，手腕幾脱。秋中言歸，遂絶意此事。數月以來，牽於塵鞅，間有酬應，非其所樂。臘月，自吴門還，連日陰翳，門無剥啄，頗有紙窗竹屋之致。偶簡得從子緇仲所乞高麗繭册，連畫得十二幀。或挑燈酒闌，雜以夢境；或映檐呵凍，盥櫛都忘。人生閑適之味不可多得，至於筆墨遭〔四二〕意，尤難。

吾不知此畫方之作者，工拙若何？然其胸懷所寄，不受促逼，或亦不當以工拙目之矣。天啓甲子嘉平日〔四三〕，慎娱居士題。

爲鄒方回題畫二則

此册爲亡友張子薪物。辛酉秋日，過子薪花癖齋看紅茉莉，酒後作之。重過賞桂花，始得卒業。壬戌夏，寄此屬題，武林鄒方回來，從架上見之，遂竊去。大索不得，復置一册償子薪，畫跡殆過於前，而此册終不知何往。比至湖上，聞子有爲余言之，鄰父之疑，一笑而解。明年，子薪死。又二年，而方回始持此見示，余曰：「暴哉客乎！已有據矣。子幸主者之死，而可逭於論乎？顧余畫不逮虎頭，子之暴，則可以空橱矣。推而極之，何所不至焉？雖然，子薪死，而所藏余畫皆不知屬之何人，并所償之册亦破橱而飛矣。夫何惡於子？」遂一笑，書之以歸方回，爲武林鄒氏所藏之物。

此册前四紙作於庚申，跡細而拘；後六紙作於甲子，跡放而野。似出兩手，余亦不復識認。方回云，甲子春，偕往皋亭，携此册屬余竟之。醉後篝火潑墨，半雜夢寐。余且見而笑之，況它人乎？亟屬方回毁之，而方回不可，曰：「此亦余兩人一時事也。興會所在，豈復論畫哉？」余頷之，蓋余之無意於名也久矣。天啓丙寅七月五日，陰城湖畔同方回、幼輿放舟乘涼，題此。

題畫册

四年前，夏華甫致此册乞畫。苦其太多，置笥中。經歲始得卒業，未及題署，便以還之，久不復省憶矣。

今日忽從他處得見，又見孟陽、比玉兩兄所題近體詩，便如故物與舊交俱自遠歸，歡然合併一堂之中也。但不知此册既離舊主，終當屬阿誰？他日相逢，恐未復可期耳。書畫何必古人，吾輩閱歷歲月，俯仰之際，今昔已多，真不能無感於斯也。天啓丙寅三月穀雨題。

題畫册付兒子杭之〔四四〕

此册畫於己未之冬。時象法師在白鶴寺，余延至檀園講《起信論》。張子薪襆被來，朝夕問難，頗有開發。每論法至夜分，或倦，則於燈下弄筆作小景。子薪愛畫善病，借此以娱樂之。然册子爲杭兒所裝，子薪不欲奪之，遂得獨留。俯仰八年間，象師以溺死，子薪以瘵死，余亦漸老且懶，不耐作小幀細筆矣。展看慨然，不覺淚下，因復題此，屬兒子善藏之。師友存亡之感及老人法喜禪悅之味，皆在於是，勿輕以授人也。

校勘記

〔一〕「晻」，四庫本作「掩」。

〔二〕「叫絶」，稿本作「絶叫」。

〔三〕「卷」，稿本作「紙」。

〔四〕「紀」，稿本作「記」。

〔五〕「泡庵道人題」，稿本無此五字。

〔六〕「託」，稿本、李流芳繪《山林逸興圖》册第十二開（上海博物館藏，紙本，設色）題跋、李流芳題《書法册頁》（箋本，墨筆）作「托」。

〔七〕「廿」，李流芳繪《山林逸興圖》册第十二開（上海博物館藏，紙本，設色）題跋作「十二」。

〔八〕「爲雜花折枝者十幀，爲古德機語真、行書十幀」，李流芳繪《山林逸興圖》册第十二開（上海博物館藏，紙本，設色）題跋作「爲真、行、草書十二幀」。

〔九〕「居士」，李流芳繪《山林逸興圖》册第十二開（上海博物館藏，紙本，設色）題跋無此二字。

〔一〇〕「詩」，稿本、李流芳繪《山林逸興圖》册第十二開（上海博物館藏，紙本，設色）題跋作「書」。

〔一一〕「此册自冬徂春……其真慎娱居士之詩畫也歟」，李流芳題《書法册頁》（箋本，墨筆）作「此册經幾宿而成，爲山水林木者八幀，第可以自娱而不可以傳者。其真慎娱居士之畫也歟」。

〔一二〕「天啓乙丑清和，李流芳」，崇禎本原脱，據李流芳繪《山林逸興圖》册第十二開（上海博物館藏，紙本，設色）題跋補。

〔一三〕「予」，稿本作「余」。

〔一四〕四庫本「紅」下有「葉」字。

〔一五〕「絶」，四庫本作「之」。

〔一六〕「天啓癸亥初春」，稿本無此六字。

〔一七〕「盡」，稿本作「畫」。

〔一八〕「予」，李流芳繪《林巒積雪圖》軸（上海博物館藏，紙本，水墨）題跋作「余」。
〔一九〕「掩」，李流芳繪《林巒積雪圖》軸（上海博物館藏，紙本，水墨）題跋作「晻」。
〔二〇〕「李流芳」三字，崇禎本原脱，據李流芳繪《林巒積雪圖》軸（上海博物館藏，紙本，水墨）題跋補。
〔二一〕「寞」，稿本作「莫」。
〔二二〕「夏日蘭花……壬戌六月」，崇禎本無此六十七字，據稿本補。
〔二三〕「楊」，四庫本作「揚」。
〔二四〕「已」，四庫本作「凡」。
〔二五〕「此」，四庫本作「素」。
〔二六〕「且」，四庫本作「日」。
〔二七〕「日」，四庫本無此字。
〔二八〕「境」，稿本作「景」。
〔二九〕「爲」，稿本作「謂」。
〔三〇〕稿本「謂」下有「之」字。

〔三一〕「或目之所未經」六字，崇禎本原脱，據稿本補。

〔三二〕「此」，稿本無此字。

〔三三〕稿本「立」下有「桃源……高飛候客來」二百三十字，即卷五《爲陳維立題畫》。

〔三四〕「不」，稿本作「未」。

〔三五〕「沫」，康熙本、四庫本訛作「洙」。

〔三六〕「人」，稿本作「公」。

〔三七〕「庚申新正十日，試筆題於劍蜕齋中」，稿本無此十四字。

〔三八〕「子」，四庫本無此字。

〔三九〕四庫本「同」上有「適」字。

〔四〇〕「愧」，四庫本作「窺」。

〔四一〕「何」，稿本無此字。

〔四二〕「遭」，四庫本作「適」。

〔四三〕「日」，四庫本作「月」。

〔四四〕四庫本無此文。

李流芳集卷十三檀園集補遺

佚詩凡十七首

無題

水漲橋低路不通，松苑夜泊雨兼風。如何得到西湖上，況復懷人郡郭中。杜茅涇上泊多時，記得逢君道有詩。寂天遠□風雨起，除非意夢解相知。三月數事事不得，一朝相見一何艱。分明千里成吴越，兀坐蕭蕭風雨灣。聞道看花客無回，故人情驅亦應闕。相逢憂喜渾難說，且化風至因成書。似仲錫兄。流芳。

輯自明李流芳題《草書七言古體》扇面，金箋本，墨筆。

爲振之兄題晴山堂卷

我觀《秋圃晨機圖》，又見《南山雨晴卷》。已知陟屺悲《蓼莪》，無復循陔歌聖善。徐君自是神仙儔，廿年蹤跡徧九州。砯崖斷壁虎豹遁，深湫大壑魚龍愁。風餐霧宿足重繭，窮幽歷險將何求？君言好奇聊復爾，我謂君遊必有以。太華峯頂參真姑，終南路口逢毛女。豈無丹訣奉阿母，須知形解神不死。不然登高與臨深，豈是哀哀孝子心？空傳九鯉仙人夢，誰解當時夢裏吟？

輯自《晴山堂法帖》，上海古籍出版社一九九五年版第二九一至二九三頁。

風篁嶺

林壑深沉處，全憑篠簜迷。片雲藏屋裏，二老到雲棲。學士留龍井，遠公過虎溪。烹來石巖白，翠色映玻璃。

輯自明張岱《西湖夢尋》卷四西湖南路，清康熙刻本。

憶訪水閣寄侯起東

憶別横塘日，諸君意氣豪。弦詩頻剪燭，博酒更焚膏。閣外潮聲遠，簾前月影高。寄詩如寄信，還望寄醇醪。

輯自清錢以陶纂修《厰頭鎮志》卷三《宅第園亭·水閣》，上海市文物保管委員會藏清稿本。

無題

水色香群動，朝光相太虚。年歸頻悵望，奥運一簫疏。猶挂時村學，鷗行炯自如。瞿唐春魚至，定卜瀼西居。

輯自明李流芳題《草書詩》扇面，安徽省博物館藏，紙本，墨筆。

無題

二客偶然至，不知是重九。亭齋對花坐，山佳忘取酒。

輯自明李流芳題《行書五言詩》軸，紙本，墨筆；又見明李流芳款紫檀雕書卷形筆筒。

無題六首

一帶青山四望開，千林秀色日徘徊。紫陌紅塵天外度，閑雲野鶴任飛來。多寶峯頭石欲摧，西泠橋邊樹不開。輕煙薄霧斜陽下，曾從扁舟小築來。極目層巒疊翠籠，修林曲徑草堂通。探奇問自人何往，旦旦雲飛護此中。酒樓高處是佳期，醉裏揮毫洗墨遲。此夕不應明月好，盡聽江水想題詩。水多樹密人稀處，六月無風也自涼。一片西湖銷不得，閉開枯坐藥壺傍。問路風篁舊嶺開，林飛濃處是三台。過溪二老今何在，但見流泉繞杖來。甲子夏日，閑居檀園作。李流芳。

輯自明李流芳《詩畫合册》，紙本，水墨。

無題

出門日日向東頭，才過濠州又宋州。心似磨盤山下路，千迴萬折幾時休？

輯自清錢謙益著，清錢曾箋注，錢仲聯標校《錢牧齋全集·牧齋有學集》卷四十六《題李長蘅畫扇册》，上海古籍出版社二〇〇三年版，第一五四〇頁。

無題佚句

轂城山好青如黛，滕縣花開白似銀。

輯自清錢謙益著，清錢曾箋注，錢仲聯標校《錢牧齋全集·牧齋初學集》卷一，上海古籍出版社二〇〇三年版，第二十二頁。

歸去吟佚句

擬種陶潛柳，還思張翰鱸。

輯自清張玉書《佩文韻府》卷七之七，清《文淵閣四庫全書》本。

無題佚句

舍北三畦韭，江南四月鰣。

輯自清張玉書《佩文韻府》卷四之十，清《文淵閣四庫全書》本。

無題佚句

老叟倚松清似鶴，汉童偷果捷于猿。

見明李流芳款「大吉羊」印章。

書牘凡十三首

無題

張心澳出白門否？已有的耗否？幸示之。僕以賀撫台入錢官，擬取道遊峨嵋，從嘉定泛舟而歸耳。敞道四門役，一時皆以疾在告，此中絶無可用者。前王撫台在重慶時，見貴治一門役告假歸，似頗可用，幸物色之。若不可用，多方另遴之，必求稍整潔而解事者。若小吏中有其人，更妙也。恃愛持以奉托，萬惟留意。弟李流芳頓首。

輯自明李流芳稿本。

無題

不相聞又經月，正爾想念，得書爲慰。秋熱不憾，盛夏皆始涼，已還生人之樂。本儗此時至武林，騾子將相欲至此同行，遂留遲之耳。尊公來，正可快晤也。

輯自明李流芳稿本。

復叔則賢甥

叔則文筆故秀勁入時，多作多看，揣摩成熟，心手自應。老人望雅，今之此道，至其利鈍，大都亦能識之。後有所作，寄我一看。人還，草復不盡。舅流芳拜。叔則賢甥。

輯自明李流芳稿本。

與子石姪丈

魯生來，聞尊堂之訃，警悼不已。此時意即欲東歸，未便作數行奉唁。不意人事牽繫，繼以霖潦，覓舟不得，又淹留两月，久失慰問，歉不可言。子石至性過人，遭此荼酷，何以堪處？僕既在遠，不能爲匍匐之救。阿堵得以濟用，深愜鄙懷，何必相聞也？遣力歸唤船，特此附訊，唯節哀强食爲慰。五月廿二日，流芳頓首。子石姪丈大孝。

輯自上海圖書館藏明李流芳稿本。

復叔則賢甥二篇

前遠來，不得作十日留，念之悒悒。别後體中漸就佳，前一日復冒風發熱，今尚委頓，承念謝謝。知復得雄，欣慰欣慰。復尊公一札，即爲寄往。力疾，不多及。流芳拜復。叔則賢甥。

新歲十八日，遷至南宅。兩日間尚小有葺治，未得即出，然後日必行矣。山中梅花尚未落，或須一遊而歸。武林之行則當在仲月耳。伯敬終不免物議耶？即晤，不多及。試卷附納。舅流芳拜復。叔則賢甥。

輯自上海圖書館藏明李流芳稿本。

復子玄詞兄二篇

比來湖上，恐一至城中便衮衮不了，并兄亦未及一拜，缺然可知。昨邂后，得睹清揚，深以爲慰。早欲過兄一别而行，賤體適頓，遂復僵卧不能起。又承遺訊，勤惓如此，弟益自愧矣。即刻兜輿出城，不敢復勞降香。相晤未期，悵然。弟流芳頓首復。子玄詞兄道契。

子與數口，兄願得一交驩，不謂兄有意過存不肖，兩度枉顧，不及一報。方以爲愧，乃辱手書，惓惓懇懇，以孟肅之故，謬以不肖爲可交。自顧譾劣，何以當此？吾兄風氣遒上，於司成先生豈唯繩武，定當跨竈。曩日暫對，已心識之矣。《司成先生集》，讀之已久，辱賜不敢不拜。紙扇俱領訖，奉扣時，當携納。大作并俟細讀之，當有以復，浮氣不敢輒加評騭也。附使，不盡言謝。友弟流芳頓首復。子玄詞兄□□□契。山中乏端束，恕之。拙稿一册附政。又拜。

輯自上海圖書館藏明李流芳稿本。

與仁翁

所以大家商酌者，勿爲已甚之，行亦勿爲鄉人之願也。沉冤公道一揭，名已正於前矣。而俯首以就非義之囑託，異時小人反噬，即欲爲鄉人之願，不可得矣。仁翁試三思之，弟即與諸君子相過也。芳頓首。

輯自明佚名輯《明賢尺牘藏真》卷下，清光緒間武昌書局刻《正覺樓叢書》本。

無題

兄當習靜之時，兒子來，恕復相溷。昨已與仲和慾借小寓於察院對門矣，厚情惓惓，感領之極。午後入城，或當一走晤也。先此附謝。弟流芳頓首。

輯自清黄定蘭輯《明人尺牘》卷一，清重印《拜梅山房几上書》本。

復趙羽平

古人用筆簡而易足，今人用筆繁而易疏，其不同處正不在畫耳。不能學倪迂之傲，安能學倪迂之畫哉？羽平好古有識鑒，以此屬題，用發一笑。

附與李長蘅　趙樸羽平

倪雲林畫向不着人評者，以爲目中無人耳。僕學其畫，不學其傲，作《秋江獨釣圖》請政。長蘅其許我否？

輯自清陳枚編《寫心集：晚明百家尺牘》，民國二十四年上海中央書店《國學珍本文庫》本，第四十至四十一頁。

復公路翁兄

晨當吾姪入城，以詩册寄之，想已遲矣。吾姪取什遂詩十篇，頗訝其澹澹，不謂仁兄先得此。數讀之，出奇無窮，不啻河漢之怖也。珠玉屢投，媿難報稱，而又重以它貺乎？不敢虛厚言，敬拜紗籠之畫，燕紗附璧。二瞻詩故自斐亹，入城定當走晤。附文不盡言謝，畫册一幅并附覽。小弟流芳頓復。公路翁兄先生教正。

輯自潘承厚輯《明清兩朝畫苑尺牘》，民國三十二年影印本。

無題

一别動經幾年，通家世講之誼，契闊至此，可勝感嘆。每見令季，輒訊近況。比孫君青城過敝里，道門下高誼。渠自海上還，云過婁東當一奉扣，作此通問。孫君韻人，此行所挾，頗有可觀。緣入城途次相遇草草，非久别相通鄭重之意，幸亮察。

異日道經貴城，當一求晤也。流芳又頓首。沖。

輯自《錢鏡塘藏明代名人尺牘》，上海古籍出版社二〇〇二年版，第一七六頁。

疏凡一首

月會約疏

往見忍公月會之語，心竊善之，以爲《行葦》、《伐木》之誼備見於此，意欲仿而行之。

湖上兄弟參辰相思，雖在五百里外而氣類之，感天涯比鄰，聞聲相思，酹酒如對。且喜今年余來湖上，夏秋之交，两與茲會，飲食衎衎，言笑晏晏，睹面之得深於所期。會余留連山中，荏苒冬令，浹旬以來，良晤疏曠，言念茲會亦復屆期。諸君里閈之集，來往無時；而余萍海之蹤，交臂可惜。與爲別後無益之思，何如只今相對之樂？

乾餱以愆，雖非所任，伊蒲之供，我亦能設。是用暫假名山之靈，權爲一日之主。若溷乃公於城市之内，我實不堪，將置公等於泉石之間，定復不惡。已從孟陽乞斗酒，命平頭治蔬蔌，期以廿有三日會於靈鷲之祇園精舍，便當襆被而來，且爲卜夜之舉。蓮峯紅葉，尚未隨風，峋嶁清音，真堪送日，人地相得，自昔爲難，便可寫之丹青，傳之歌詠，用作千古美談，豈徒一時勝事而已。某不至與後至之，罰一如會中律令，余不敢干。

輯自清丁丙、丁申輯《武林掌故叢編》第五集，嚴武順等《月會約》，清光緒十二年錢塘丁氏嘉惠堂刻本。

題跋凡四十五首

題煙潭漁叟圖

不見倪迂經百年，故山喬木鎖蒼煙。晴窗拈筆描圖畫，淡墨依然似古賢。庚子秋七月，李流芳。

輯自明李流芳繪《煙潭漁叟圖》軸，絹本，設色。

題山水軸

昔青蓮寺沙門大愚嘗乞畫於浩，寄詩以達其意曰：「六幅故牢健，知君恣筆蹤。不求千澗水，只要兩株松。樹下留盤石，天邊縱遠峯。近嚴幽濕處，惟藉墨痕濃。」後浩畫山水圖以貽大愚，仍以詩答之曰：「恣意縱横掃，峯巒次第成。筆尖寒樹瘦，墨淡野雲輕。巖石噴泉窄，山根到水平。禪房時一展，兼稱苦空情。」二詩可爲畫訣。辛丑暮春，擬荆洪谷筆，并録其詩於安拙草廬。長衡李流芳。

輯自明李流芳繪《山水》軸，紙本，水墨。

題月下梅花扇面

西磧山頭月上時，湖波倒寫梅花枝。悠然獨立黄昏下，憶得暗香疏影詩。己酉春，在西磧山莊看花十日。已，復到西湖，雖桃李爛然，而煙姿玉骨猶在夢境。上巳之日，與湖上諸兄弟修褉水濱，載酒放鶴亭，吊孤山處士遺跡。梅花之遊，髣髴入懷，因爲孟陽畫此，并題。流芳。

輯自明李流芳繪《月下梅花》扇面，金箋本，水墨。

松鄰印譜跋

漢人官私印章，自大小篆而外，有摹印一種，謂之繆篆。其法既不傳，而後之人師其意而不能創爲其文，則其法遂窮。故至於宋元而印章之文一變，亦不得不變也。今之人皆能摹漢而陋宋元，似則似矣，顧不究六書之藴，而以意出入其間。其所爲繆篆，吾惡從信之哉？

吾少好古文奇字，則聞正嘉間有松鄰朱翁以此擅名吾邑。然翁性高潔，不妄爲人作，邑中好事家罕有傳之者。屬其曾孫元伯與予同年交好，得請其家藏印譜而觀之，因以知翁之深於此道。蓋其文自大小篆至於飛白、魚蟲之跡無所不備，其配字之精、用刀之巧，窮工造微，本秦漢之法度而奄有宋元之變通，近世工者皆不及也。余嘗聞故者稱吾邑高隱必首翁父子，意其寄託甚遠，所謂不求工而工者，顧失焉者乎？

懷想慨然，爲題而歸之。萬曆辛亥冬月。

輯自清佚名纂修《江東志》卷七《藝文志》，上海圖書館藏鈔本。

題泛舟柳下圖

壬子十月，同孟陽、方回、子與泛舟斷橋。殘柳差差，尚不乏致，因爲作兩株扇頁示子與。新月欲上，子與且將襆被從予宿招提，并識此，使它日見之，思我兀傲船窗時也。流芳。

輯自明李流芳繪《泛舟柳下圖》扇面，上海博物館藏，金箋本，墨筆。

題汪杲叔印譜

今年夏，汪杲叔自海上來訪余，爲余刻名字數印，余未盡賞之。已，見杲叔印譜而爽然自知也。

余嘗論篆刻之事，以爲今人皆知有秦、漢印章，而不知當時自鐘鼎大篆而外，别有摹印一種。其字之傳既有限，而後之人復不得以意增減其間，則不得不借鐘鼎、大小篆以補其所不及。故秦、漢之不得不降而爲宋、元也。勢也，所謂窮則通焉者也。勝國有吾子行，號精於此道，然已不能不通秦、漢而爲宋、元矣。國初名人印章，皆極蕪雜可笑。吾吴有文三橋、王梧林，頗知追蹤秦、漢，然當其窮，不得不宋、元也。新安何長卿，始集諸家之長而自爲一家，其體無所不備，而各有所本，復能標韻於刀筆之外，稱卓然矣。

余少年遊戲此道，偕吾友文休競相模仿，往往相對，酒闌茶罷，刀筆之聲，扎扎不已，或得意叫嘯，互相標目，前無古人。今漸老，追憶往事，已如隔世矣。見杲叔，不覺童心復萌。

今世以此道行者，自長卿而後有蘇嘯民、陳文叔、朱修能諸人。獨杲叔貧而癡，足跡不出海隅，世無知之者。然能奄有秦、漢、宋、元之長，而獨行其意於刀筆之外者，不得不推杲叔。吾謂長卿而後，杲叔一人而已。世有知者，當不以吾言爲妄也。

萬曆壬子長至前十日，泡庵居士李流芳題。

輯自明汪關輯著《寶印齋印式》卷二卷首，明萬曆四十二年鈐印本。

題花卉竹石圖

予醉後往往喜弄筆，山水、木石、花竹雖不似，而氣韻生動，反似能造諸種種者。正不解謂何，徒供醒者一笑而已。今夜得酒，連畫得十八小幀，孟陽愛而藏之，幸勿以示醒人。癸丑十月一日，西湖小築清暉閣燈下題。李流芳。

輯自清金瑗《十百齋書畫録》丙卷《李流芳〈花卉竹石〉册》，清乾隆間藍格鈔本。

題寶印齋印式

友人汪杲叔嗜古而癖，精於古文篆刻，余嘗敍其印譜矣。一日過吴市，得一漢銅章，龜鈕碧色，斑斕錯繡，其文曰「汪關」。杲叔寶愛之，遂更名「關」，問字於余，余字之曰「尹子」。昔人景行前哲之意，嘗寄之於名字，如張相，如顧元嘆、王摩詰之類是也。呆叔貧而癡，蕭然無累，似有道者，而又嘗與余同參學於雲棲，得聞佛法大意，則文始道德之意，又屬小乘二諦，不足究心，或因而通之，以求於世出世間法無所違礙，可也。甲寅春三月望日，李流芳贈。

輯自明汪關輯著《寶印齋印式》卷一卷首，明萬曆四十二年鈐印本。

題吴門雲山圖

道人心不住，頭白嘆離群。君去吴閶處，陽山有白雲。甲寅小除夕立春，方孺兄過我，云明歲將至吴門賣藥。爲畫此圖，贈之兼題。李流芳。

輯自明李流芳繪《吴門雲山圖》軸，絹本，水墨。

題秋柳圖

愛柳終何意，秋風君始知。青青雖畫得，不是動摇時。乙卯〔一〕夏月，作此圖，輒憶舊句，并題。李流芳。

輯自清金瑷《十百齋書畫録》戊集《李流芳〈秋柳圖〉》，清乾隆間藍格鈔本。

題松下看月扇面

丁巳六月，與子將信宿皋亭之安廬。十五夜月，子將偕孟陽、止庵上人送予出山，至興教寺，松下徘徊看月，不能去。欲作一詩紀之，久而不就。今日偶爲子將畫扇，頗憶此景，留爲異日談資，可也。九月十二日，流芳題。

輯自明李流芳繪《松下看月》扇面，金箋本，水墨。

題寒山詩卷

一雨彌月，索居無聊。如以小船獨泛大海中，極目滔天，無可放脚處。所謂對此茫茫，不覺百端俱集也。今日，濕氣稍解，焚香磨墨，讀寒山子詩，隨喜輒書，竟盡此卷，聊復記之。戊午四月廿五日。

輯自明李流芳《李流芳題畫詩跋》，明稿本。

題唐宋詩意畫

淑士在山中，取唐、宋人小詩閑適者，屬余書一素屏，猶以卷舒不便，因作册子書前詩，又令以詩意作小景。夫詩中意有可畫者，有必不可畫者，「賦詩必此詩，定知非詩人」，畫必此詩，豈復有畫耶？余畫會之詩總不似，然亦何必其似？詩亦不似畫矣，豈畫之罪歟？豈畫之罪歟？題之以博淑士一笑。戊午秋七月既望，慎娱居士李流芳題於檀園之吹〔二〕閣。

輯自李流芳題《唐宋詩意畫》册，紙本，墨筆；又見清張大鏞《自怡悦齋書畫録》卷十四《李長蘅畫册·第六幅》，清道光十二年虞山張氏刻本。

題寫生畫卷

十八日，燈下爲無敕潑墨寫生。翌日，復集無敕永和堂。其郎君宣子，乘余酣奭，又出一素卷索畫，走筆盡之，其筆意遒逸，當復在前畫之上。宣子他日跨竈，此其兆也。戊午八月，流芳。

輯自清周二學《一角編》甲册《李檀園寫生真跡》，上海人民美術出版社一九八六年版，第十二頁。

題山水手卷

戊午九月望後一日，同閑孟兄弟、彦深城南看菊，至夏氏水亭小憩。閑過几頭，偶有素卷，輒弄筆作《寒林平遠圖》。李流芳。

輯自明李流芳繪《山水》手卷，紙本，水墨。

題仿荆關山水長卷

自吴門歸，風寒閉門，燈下酒闌，小有畫思。數日前，城南夏君致此卷，頗長，經三夕而後成，皆捉筆正鋒而爲之。荆、關之法，不傳久矣。世有智者，方可與談此畫也。戊午十月，慎娱居士李流芳題。

輯自日本山本悌二郎《澄懷堂書畫目録》卷四《李流芳〈仿荆關山水〉長卷》，日本昭和六年澄懷堂鉛印本。

題瀛海仙居圖

閑居不識幾春秋，瀛海滔滔晝夜流。無限滄桑增感慨，浪花淘盡古今愁。

浪花淘盡古今愁，富貴功名罔自求。學得神仙消遣法，不隨塵世共沈浮。

不隨塵世共沈浮，歲月循環任去留。萬頃波濤涌明月，一生心事付沙鷗。

一生心事付沙鷗，贏得心神物外遊。抛卻琴書儕鶴侶，閑居不識幾春秋。

用大李將軍畫法，并綴小詩四章以遺晴窗之永，時歲在庚申清和月如來生日。長蘅李流芳。

輯自明李流芳繪《瀛海仙居圖》軸，絹本，設色。

題山水扇面

辛酉二月五日，大風，同仲和寒遊大小石灣。江濤際天，石壁亦開吐寒□，不能久留，小憩備，止雨還。十一日，舟過錫山，與□□□□，遂書扇頭圖之仿佛而已。流芳。

輯自李流芳繪《山水》扇面，首都博物館藏，金箋本，墨筆；又見中國古代書畫鑒定組編《中國古代書畫圖目》第一册，文物出版社一九九七年版，第二九八頁。

題山水手卷

往時有雙幅横卷，鄒孟陽見而愛之，遂爲所奪。今年冬，北上至虎丘，淹留僧舍，意嘗忽忽，夜苦無寐。時送行者各出紙素索書畫。篝燈送夜，頗賴此物。一日，篋中撿得此卷，與孟陽所奪裝池略同。欣然爲作二幅，筆意大略在荆關、二米之間。不論舊觀何如，亦足見今我矣。

念平奴扶病來送余，遂以付之。平奴侍余二十年，北游燕趙，往還數四，相隨數萬里，馬後床前，辛勤萬狀，一旦以病不能隨行，殊爲可念。此卷别意黯然，亦欲使後人知之也。辛酉臘月三日，慎娱居士流芳。

輯自明李流芳繪《山水》手卷（二幀），紙本，綾本，水墨，設色。

題長林豐草圖

欲挂衣冠神武門，先尋水竹渭南村。卻將舊斬樓蘭劍，買得黄牛教子孫。壬戌春日南還，抱疴閉門，偶作此圖，頗有長林豐草之致。悵然有感，而書此詩。李流芳并記。

輯自李流芳繪《長林豐草圖》軸，上海博物館藏，紙本，設色；又見徐邦達編《中國繪畫史圖録》卷下，上海人民美術出版社一九八一年版，第六五六頁。

題溪山圖

壬戌秋日，閑居檀園。有以素卷索畫者，輒效北苑筆意，作《溪山圖》。墨癡筆懶，所謂唐突西子，殆不免焉，知當發識者一笑矣。泡庵道人李流芳。

輯自清邵松年《澄蘭室古緣萃録》卷六《李長蘅〈溪山圖〉卷》，清光緒三十年上海鴻文書局石印本。

題涼蔭寂歷軸

子薪以病不過里中者，十月矣。今日忽肩輿過我宿，留次醉閣。翌日陰晦，相對無緒，出所藏絹素爲畫小幀。意欲效荆、關，但不能作簡筆如元鎮，恐去之逾遠耳。癸亥正月廿二日，李流芳題。

輯自明李流芳繪《涼蔭寂歷》軸，絹本，水墨。

題仿黄公望山水

月照林木心，風開湖山雨。亭虚夢亦晴，推簾人不見。甲子夏日，仿大癡道人筆意漫題。李流芳。

輯自李流芳繪《仿黄公望山水》軸，中國美術館藏，紙本，墨筆；又見中國古代書畫鑒定組編《中國古代書畫圖目》第一册，文物出版社一九九七年版，第五十四頁。

題城南雪景圖

甲子臘月十三日，歸自吴門，大雪彌日。舟過城南，見留光樹色，冒雪含煙，頗不乏致，輒畫此紙。李流芳。

輯自清陸心源《穰梨館過眼録》卷二十九《李長蘅〈雪景〉軸》，清光緒十七年吴興陸氏家塾刻本。

題老坑端硯

山之精，石之體，朝夕相從，惺吾興汝。泡庵道人。

此硯乃余於嶺南購得，蓋蕉白阮也做，手工巧甚，起墨益毫，故喜志之。乙丑二月泡庵。

見明李流芳款老坑端硯。

題秋山圖

天啓乙丑九月晦日，將過虞山，伯英見訪槎上，因與同舟入城。是日，風氣蕭爽，船窗相對，頗適。因出吴綾屬畫。爲仿荆、關筆意，作《秋山圖》一卷。泡庵道人李流芳。

輯自清陳夔麟《寶迂閣書畫録》卷一《李流芳〈秋山圖〉卷》，民國四年石印本。

題山水軸

墨妙泉清蘛紙香，飋飋畫秃免毫芒。挂君素壁心無事，六月梅花涼不涼。夏日蘭花大開，芬馥滿室，命童子焚香煮茗，滌宋硯，開窗延涼風。意思古適，試筆圖之，聊以自遣而已。時丙寅六月九日，李流芳題。

輯自唐孫位等繪《唐宋元明清畫選》，上海人民美術出版社一九六〇年版，第五十九頁。

題虬松峭壁圖

虬松飛青銅，峭壁立積鐵。下有逃虛人，長嘯空山裂。丙寅小春，作於檀園蘿龕，李流芳并題。

輯自清金瑗《十百齋書畫録》未集《李流芳〈虬松峭壁〉》，清乾隆間藍格鈔本。

題西湖采蓴圖

余十年前，在西湖作此歌，又嘗爲湖上友人寫《采蓴圖》。至今友人家傳余煮蓴菜羹法，余歌及圖，皆爲美談。然所謂平頭解烹煮者，死已三年矣。詩畫恍惚，都如夢中事。張伯英不知何緣，見余圖。今日重理此夢，既爲作圖，復書此歌，放筆黯然，兼題數語。天啓六年丙寅十二月，立春後三日，冰雪方解，微風霽日，稍有春意。舟自城南歸槎上，同兒子杭之次石岡題。泡庵道人李流芳。

輯自李流芳繪《西湖采蓴圖》手卷，紙本，水墨；又見清陳焯《湘管齋寓賞編》卷六《李長蘅〈采蓴圖〉卷》，清乾隆間吴興陳氏聽香讀書樓刻本。

題松壑流泉圖

伯美此圖曠遠閑遐，松壑流泉之致，以一人領之，妙在言表，進於技矣。丁卯中元日，從蕭寺禮佛歸，伯美適自泖上來，出此見示。是日，秋爽甚佳，展圖如置身虛境中，喜而補遠山一角、紅樹二株，遂題此。泡庵李流芳。

輯自明李流芳繪《松壑流泉圖》軸，紙本，設色。

題墨山水

勝國高人畫隱多，不求名聞自摩挲。如今盡是臨摹手，倪懶黄癡認得麽？丁卯八月廿七日，獨坐池上，巖桂已香，無與同嗅者。偶拈舊紙，作此圖，戲書一絶句。李流芳。

輯自李流芳繪《山水》軸，上海博物館藏，紙本，墨筆；又見清張大鏞《自怡悦齋書畫録》卷四《李長蘅〈墨山水〉》，清道光十二年虞山張氏刻本。

題山水册

余以病且感時事，久罷公車。丁卯十月，送計偕者於吴門，聞有旨盡毁璫祠，無不額手。余雖垂老投閑，幸作太平民矣。舟中連日覺耳目清明，筆墨快適。適有宋箋册數幀，縱筆點染，不覺其竟。因復記此，以爲它年佳話也。慎娱道人李流芳。

輯自明李流芳繪，林磊齋藏《李長蘅山水》卷末，上海商務印書館民國十八年影印本。

題山水軸

余見趙文敏《松溪晚話圖》，純師北苑，妙有幽微澹遠之致。雨窗岑寂，仿其筆法，愧不能仿佛萬一也。丁卯秋日，泡庵李流芳。

輯自明李流芳繪《山水》軸，綾本，設色。

題擬米家山水

米家畫法品格最高，得其衣鉢惟高尚書，有大乘氣象。元人中如方壺、郭天錫皆具體而微者也。余在富春，朝夕觀察晨光晚色，諸峯隱現出没，有平淡天真之妙，方信大癡隱此山多年，得此中真髓。揣摩成圖，可以忘倦，可以忘老。崇禎戊辰春三月九日，長蘅李流芳并記。

輯自明李流芳繪《擬米家山水》軸，紙本，水墨。

自書寒山詩卷

病中久不事筆墨，然輒喜讀寒山詩，可當良藥石也。因得宣紙，謄寫數篇。戊辰夏午月，誰念道人李流芳識於檀園蘿壑。

輯自清蔣光煦《别下齋書畫録》卷四《李檀園〈書寒山詩〉卷》，清同治四年管庭芬鈔本。

題枯樹茅亭扇面

言尋花藏寺，遠在水之濆。盡繞梁溪岸，遥連震澤雲。桃花村不斷，芳草徑常分。乍入多奇處，心知勝昔聞。路盡湖逾逼，花深寺更藏。到門如泛水，度壑始歸房。翠柏扶香殿，玄藤綱石床。卻因幽謬勝，轉愛得荒涼。僧容知寺古，客性悦山幽。欲見湖中嶼，方登巖際樓。樹陰寒失晝，磵影肅如秋。終日無人到，余心空自留。此地登臨遍，高深信不同。幽邊尋竹徑，曠處出花宫。湖水吞三郡，帆檣受八風。寥寥空闊外，極目思何窮。李流芳并題。

輯自明李流芳繪《枯樹茅亭》扇面，泥金箋本，水墨。

題楓橋西山圖

吾家婁水上，産此瑶華春。山月照不見，淩波如有人。流芳爲仲言書。

輯自明藍瑛繪《楓橋西山圖》扇面，泥金箋本，水墨。

題秋林亭子圖

山作礬頭水少紋，巨然烘染董源皴。一間山水閑亭子，脱手平分與故人。此余題畫舊作，冬夜爲仲錫作此圖，因題其上。李流芳。

輯自明李流芳繪《秋林亭子圖》軸，紙本，設色。

題山水畫

去年湖上共輕舟，同看桃花春水流。今日我來秋已半，蕭蕭風雨一窗愁。湖上寫寄松圓詩老博教。李流芳。

輯自清金瑷《十百齋書畫録》己卷《李流芳〈山水畫〉》，清乾隆間藍格鈔本。

題蘭石圖

中書老秃眼生花，粉壁離披墨作鴉。不分酒杯澆塊磊，翻令肺腑出槎枒。秋日，爲雍瞻兄畫蘭石，兼書舊作。流芳。

輯自明李流芳繪《蘭石圖》扇面，紙本，水墨。

題蜀山曉行圖

昔年，社友董思白畫筆專師北苑，余愛其墨光瀋沱。程松圓恪遵營丘，愛其筆勢挺勁。二君皆物故，已十餘年矣。雖人亡業顯，而今昔聚散之感，思之能不慨然？爲借松圓之筆以渲思白之墨。夢麟學使奉命將入蜀督學，圖此以呈，亟請教正，并志蜀道之難也。李流芳。

輯自明李流芳繪《蜀山曉行圖》軸，紙本，水墨。

題仿倪雲林筆意

雲林筆意在於稚邊取老，擬之，愧不得其逸處。似十青道兄，有以教之。李流芳。

輯自明李流芳繪《仿倪雲林筆意》扇面，紙本，水墨。

題山水軸

元人善畫者極多，雖姓氏不蓄人耳目，而筆墨疏澹處別有一種風味，自是當時隱逸高流發洩於點染間也。

輯自明李流芳繪《山水》軸，紙本，水墨。

題菌閣藏印

印文不專以摹古爲貴，難於變化合道耳。三橋、雪漁，其佳處正不在規規秦、漢，然而有秦、漢之意矣。修能此技，掩映今古皮相者多，且與言秦、漢可也。

輯自明朱簡撰，韓霖輯《菌閣藏印》卷首，明天啓五年鈐印本。

題日月形端硯

月皎潔，雲卷舒，文章變化實啓予。檀園。

見明李流芳款日月形端硯。

時義凡一首

五就湯五就桀者伊尹也

聖人之急生人，於所就可驗也。夫湯可就，桀又可就，湯與桀皆可五就。我觀聖人之急生人，莫若伊尹也。

自古聖人未有不急生人者，即伯夷，何嘗不以生人爲急哉？當武王與紂之時，乃皆以爲不肖而去之，一無所就，以逸民終。蓋其擇君之法太嚴，而尤世之心稍晦矣。由伯夷而上五百有餘歲，有一聖人焉，五就湯，五就桀者，伊尹也。

聖人出於天下，不夏商其心，心乎生人而已。湯誠仁，其功遲；桀誠不仁，朝吾從而暮及天下。是故始而就湯，湯實聘之。伊尹曰：「其仁可就也，我化之爲君已。」而就桀，湯則進之，伊尹曰：「其君可就也，我化之爲仁。」桀不可，而就湯，則又思曰：「尚可十一乎？使斯人早被其澤也。」又往就桀，桀又不可，而就湯，則又思曰：「尚可百一乎？使斯人早被其澤也。」又往就桀，桀又不可，而就湯，則又思曰：「尚可千一乎？使斯人早被其澤也。」又往就桀，桀又不可，而就湯，則又思曰：「尚可萬一乎？使斯人早被其澤也。」又往就桀。

湯之仁聞且見矣，桀之不仁聞且見矣。仁至於湯矣，四去之而五就之。不仁至於桀矣，五就之而後終去之。一心可以事百君，故五就湯，而湯不疑，五就桀，而桀不疑。一君可以救一世，故五就湯，而尹不諱，五就桀，而尹不諱。如伊尹者，豈非聖人乎！

輯自清金聖嘆《小題才子書·〈孟子〉》，清光緒十五年上海掃葉山房重刻本。

校勘記

〔一〕「乙卯」，原文訛作「己卯」，據文意改。

〔二〕「吹」，清張大鏞《自怡悦齋書畫録》卷十四《李長蘅畫册·第六幅》（清道光十二年虞山張氏刻本）無此字，據李流芳題《唐宋詩意畫》册（紙本，墨筆）補。

李流芳集附録

一、李流芳著述序跋輯録

李長蘅檀園近詩序程嘉燧

余與長蘅皆好以詩畫自娱。長蘅虚己泛愛，才力敏給，往往不自貴重。余呰力篤志，類於矜慎，而中不能無意於名。

頃長蘅屢躓而智益恬，貌益腴，若能囂然遺世以遊，故不自知其所得日以臻妙。嘗造雲棲，留連湖上，其繪畫爲好事所藏去，動皆盈箱累篋。余偶見於他所，如觀古名畫，心若不能得之。至於詩歌，率然而成，尤不能盡見。如《夜遊臯亭龍居詩》，已刻石山中，始一傳諷，雖同時老成，皆以爲不逮也。

昔人云："後世誰相知定吾文者耶？"余嘗嘆息斯言。曩歲，閩中宋比玉見余詩於客坐，遂相求於數千里外，歷數年而始相識，其艱如是。因每與長蘅兄弟及正叔輩相對竊嘆，以爲吾儕雖不逮古人，亦非有諷切美刺宜傳於時，顧其緣情擬物，曠時日而役心神，亦以多矣。及今略不相示，使生同時、居同里，所爲同聲、同好之人邈若異域，徒令後人有不同時之嘆，不其惜歟？余又觀古人流傳之文，多收拾於零落散亡之餘，而其爲標序皆數言而定。蓋物之美者不掩，而論以久而自合，物理固然。達人之意，方以愛詩、愛畫爲一病，其傳與不傳，皆無足論也。

余自楚歸，舟行無聊，追記生平舊詩八百篇，絶不以示人。雖長蘅丐録一通，余猶縮朒不肯出。然當酒酣淋漓，新知在前，則又不覺手舞口諷，纚纚中夜不能已。蓋其事惟可與知者道，可一笑也。

甲寅孟夏，將遊廣陵，宿長蘅家，因夜論詩，約爲黄山之遊，且令余序其近詩。是歲中秋，比玉由白下來，同觀月金、焦，信宿江寺，鼓琴嘯樹，或過夜分。偶憶長蘅臨分之言，姑不暇序其詩，而聊序余兩人之意如此。

輯自明程嘉燧《松圓偈庵集》卷上，明崇禎刻本。

題手書詩册李流芳

道友方孺酷愛余詩，每一見之，無不叫絶，往往以紙扇索書爲樂。一日，邀過南園，更出此箋以授余，曰：「子之詩多矣。以紙扇乞書有限，爲我將生平所作録集一本，使余時時展玩，吾願足矣。」方孺之愛余詩一至若此，因攜而歸之。是時，一雨彌月，索居無聊，遂漫録以應，當勿計其工拙可也。甲子四月廿八日，泡庵居士李流芳。

輯自清裴景福《壯陶閣書畫録》卷十六《明〔一〕李檀園〈手書詩〉二册》，民國二十六年中華書局鉛印本。

檀園集序謝三賓

予爲嘉定之三年，始謀刻四家文集。於時，長蘅已病卧檀園。予躬致藥餌，登牀握手。長蘅爲强起，盡出所著作，手自芟纂，得詩六卷，序記、雜文四卷，畫册題跋二卷，合十二卷，題曰《檀園集》，授其姪宜之，以應予之請。遂刻自《檀園集》始。明年正月，長蘅没，予哭其家，爲經紀其喪，唏嘘不能去。已而刻成，因爲之序。

長蘅累世簪纓，科名廿載，文章書畫，絢爛海内。其徒盜竊名姓及摸勒衒售者，猶足以奉父母、活妻子。而長蘅身没之日，園亭水石、圖書彝鼎之外，竇無一金，廪無釜粟。高賢静士之風流，其大略亦可睹已。爲人慷慨，遇不平事，無問朝野，輒義形於色。然慈惠樂易，其素性也。喜接後輩、周貧交，尤喜成人之美，未嘗有所怨忌。時或發詞偏宕，或詩文感憤，類於駡譏嘲謔者有之。然言者無罪，聞者足戒，正所謂深於風者矣。惜其窮老不遇，徒放浪於吴山越水，盱衡舊袂，以自鳴其不幸，故僅存兹集以傳世。使得待詔金馬，延登玉堂，拜稽揚厲，以上繼臯陶、史克之作，令鄙人小夫帖耳咋舌於文章之有用，從此不敢侮易文墨士，不亦偉歟？而竟優遊林壑以没，此予之嘆息痛惘於長蘅也。

嗟乎！長蘅之所流傳，未知鷄林等國何如，凡我公卿學士，下至賈豎野老，以及道人劍客，無不知敬慕若古人然，長蘅亦榮矣。然大率珍其畫與書耳，能得其詩文之意之所在者，已不可多得，而況其爲人之大概乎？昔王逸少在東晋時，其精識深慮，高標偉節，識者信爲蔡謨、温嶠之流，而爲書名所掩，至今耳食者但曉宗其翰墨。此又予之反覆婉折於兹序也。崇禎二年秋七月，友人謝三賓序。

輯自明李流芳《檀園集》卷首，明崇禎二年四明謝三賓刻《嘉定四先生集》本。

檀園集後序李宜之

明府師三年報政之後，訟堂屢空，琴室轉静。於是采察謡俗，博訪詞林。爰自國初到今，凡邑之縉紳孝秀，以逮高世養德之士，其文詞之没而不見，及既行而叢穢放散者，咸搜葺遴選，以備一邑之文獻。而唐先生叔達、婁先生子柔、程先生孟陽，暨家叔父長蘅先生，則人自爲集，先總集而刻行之。蓋此四先生者，皆能潤世篤俗，究古明道，撥中晚以復之邃初者也。

是時叔父臥疴檀園，藥餌之暇，自汰其前後所存詩文爲十二卷，命宜之同杭之讎較之。已，復前宜之而語之曰：「文章之道，本於六經。自先秦諸子，浹於漢氏，而後旁暢於史、集。此文章之源流，亦學問之次第也。予少沉於科舉之業，學無根本，不能通經。見汝父爲詩，竊私喜而習之。顧視一時所號爲詩人，其嘲戲風月，以取歡流俗者，意頗不屑爲之伍。獨見孟陽一聯半韵，輒哦之盈月，不忍釋手，以爲是殆終身弗可及也。已乃孟陽見予詩，亦往往過稱之，以此稍復自信。生平往來燕齊及遨遊吴越山水之間，見夫林泉氣狀，英淑怪麗，與夫風塵車馬之跡，人世菀枯之感，雜然有動於中，每五七其句讀，平上其音節，而爲詩。年來將母十畝，退而灌園，朋舊過從，發憤時事，和汝唱余，篇什稍多。然皆出於己，而不丐於古。於凡格律正變，古今人所句爭而字辯之者，終不能窺其堂奥也。至於古文，益率意爲之，無所祖述，間復癖懶，中廢不及成篇，故其所存，自序述、哀誄而外，不過題跋數則而已。明府乃欲彙萃爲集，而方駕於三君子之間。予窺愧之，因欲序次此意爲一文以自解，而久病不能構思，汝盍爲我序之？」宜之以爲文章之道本於六經，而六經非文章也。其所反覆諄切，以垂教萬世者，實在君臣、父子、夫婦、昆弟、朋友之倫。其後以六經爲粉藻，即好古博貫之儒亦止咀其華，而忘其實。於是分文析字，獵三古之毛羽，以效用於文章，而六經之道遁矣。

叔父雖未出而事主，然於賢奸治亂之際，一飯未嘗忘君也。逆璫擅柄，詔獄屢興。三吳同志如繆當時、周季侯、顧伯欽輩，皆掠立瘦死。而起東、文起、孟長、受之、韶賓輩，亦相繼削籍，無一人立朝者。叔父慨然傷君子之道消，而又懼夫宗社之危若累卵然，而不能須臾也。憂天憫人之思，往往見之於歌詠。乙丑公車之役，不樂而罷，以高冥自期。偶從客坐聞諛璫之言，必裂眥扼腕，若聞父母之仇。憂憤所蘊，遂發錮疾，嘔血數升，伏枕經歲。蓋其至性所鍾篤於君臣之義如此。事我王父，生盡誠而死盡哀，終喪三年，杖而後起。其事王母，益竭色養之孝。既登賢書，猶在子舍。四方脩脯之餽，必奉持而歸之王母，二十年不私名一錢。從母專愚，不辨菽麥，叔父以種祠之重，勉置副室。然而如賓之敬，終身不衰。兄弟五人，先太史獨蚤世。叔父恩勤宜之，不啻己子。敬長兄，而慈幼弟。王父所授薄田不滿百畝，大半以周弟妹之貧。郡邑有司之試，苟可以薦剡達者，終不以己子先從子也。一日之雅，愛敬皆有終始。他人或言友生之過，如聞家諱，未嘗出之於口，必曲護其短，而徐暴其所長。不幸短命而死，則周恤其孤若親子弟。閑孟既已不壽無子，子薪繼之，亦無子，而家赤貧，至不能成喪。叔父爲經紀其後事，而歲時存問其未亡人。今子薪之歿五六年，閑孟且十年矣，而苦憶沉痛，若在新歿。蓋叔父之於五倫，至矣！六經之實備於叔父之一身，又奚必與文多道寡者絜富美於枝葉哉？

藝之至者不兩能，而叔父兼之。然技而不道，叔父之所不矜也。居恒自言：「我古文不及叔達，書法不及子柔，詩律不及孟陽，獨畫無師承，而頗得古人之意。江南山川之雲氣，亦時時隱現於毫楮。雖不足傳，其於自娱，固有餘矣。」而叔達先生每嘆息於叔父之文，以爲庶幾同甫所評雍容典雅，紆餘寬平，而其味常深長於意言之外者。至於署書門題，一掃尋尺，結構精嚴，不異小楷，則子柔先生猶自謂弗如。孟陽先生論詩以七言八句爲難工，而絶愛叔父近作。嘗言長蘅之澄澹精緻，受之之綿密彪炳，皆七言之長城也。至於五言古詩，如《南歸》諸什，則孟陽先生直口諷手抄，比於淵明、摩[二]詰之詩，非僅徒鮑謝、輩元白而已。

叔父身病而心壯，病愈之日，若不逃之空寂，焚棄筆硯，則詩文之斐灼，方將與歲月俱無窮。《檀園》一集，殆非叔父之大全也。宜之尚欲砥礪舉業，睎覘科第，未能根蒂前古，承叔父通經之訓，以究先太史未竟之業。文章之道，茫然望涯，縱復覃精竭慮，亦何能繪畫日月之萬一？雖然，此叔父意也，其何敢辭？秉筆覼縷，亦聊以伸叔父之意云爾。崇禎二年歲己巳元夕後五日，猶子宜之謹序。

輯自明李流芳《檀園集》卷末，明崇禎二年四明謝三賓刻《嘉定四先生集》本。

重刻檀園集序 徐秉義

嘉定南翔里，東南僻隅也。然其地多梅、竹，亦多種菊之家。蓋其人每多秀傑者，生於其間，而又物産清美，故雖僻壤，有足傳者。

里中舊有檀園，李長蘅先生所居也。先生以萬曆丙午與虞山錢宗伯同舉於鄉。一再會試不第，遂里居力學，津涉乎詩書之域，嚅嚌乎文藝之藪，經其研磨，咸臻絶詣。然其所以自立者，則孝友忠信爲之根柢，觀錢宗伯所爲傳，類可考證矣。

夫人之有才藝，猶山之有雲，水之有瀾，草木之有花萼。雖原本固自有在，然其神彩在天地間，豈可使其泯然無傳也？先生所著《檀園集》十二卷，崇禎二年己巳，邑侯謝公彙刻《四家集》行世。四家者，唐叔達、婁子柔、程孟陽及長蘅也。兵燹後，《檀園集》板已毁廢。今康熙二十八年己巳，陸生扶照重遵原本刻之。夫天道人事之盈縮，大抵六十年而一變。今距謝公初刻時，甲子恰一周，豈非先生風雅之傳由剥而復之會乎？

刻既竣，扶照載菊數十本，扁舟而來，以是集問序於余。余方棲息耘圃，於時對名花，讀佳篇，覺霜林花氣與先生之清風逸韻飄颺於疏窗簾幕之間，不知其孰爲東籬之花，孰爲檀園之文，并忘其身之在耘圃也。詠嘆之餘，移我情矣，抑余更有進焉？

扶照生於先生之鄉，表彰既墜之業尚已，抑亦探其本然之至性，舉其生平行事，而奉爲先民遺則乎？陶令之詩曰：「秋菊有佳色，裛露掇其英。」予今日有之。又曰：「昔欲居南村，非爲卜其宅。聞多素心人，樂與數晨夕。」則又扶照尚友先生之謂歟。昔者吴郡文太史既殁，同里張幼于裒其平日所與尺牘，摹之於石。歸太僕謂其年輩遠不相及，而先後輩相接引，非他郡所能及。今扶照之與先生生不同時，乃能修復前美，視幼于更勝矣。要亦先生流風之所被者耶？予於南翔既慕前賢述作之美，而又幸來學之不乏人也。因序以歸之。崑山徐秉義書。

輯自明李流芳《檀園集》卷首，清康熙二十八年嘉定陸廷燦重修《嘉定四先生集》本。

重刻李長蘅先生檀園集後序陸元輔

李長蘅先生者，我疁四先生之一也，合唐叔達、婁子柔、程孟陽三先生而爲四。四先生各有集行世，《檀園集》則長蘅所著詩文也。合叔達《三易稿》，子柔《吴歈草》、《學古緒言》，孟陽《浪淘》、《松圓集》，而爲《四先生集》，崇禎己巳，邑侯四明謝象三刻之。

憶昔隆、萬時，王弇州《四部稿》盛行，海内士大夫靡然從之，爭以剽竊摹儗，緝拾《史》、《漢》字句相矜誇，而不知古文之有正派。其清深雅健，淡蕩委折者，則反以凡陋嗤之。崑山歸太僕熙甫獨能鉤經貫史，明體達用，堤障狂瀾於既倒，直呵時流爲妄庸子。弇州聞之曰：「妄則有之，庸則未敢聞命。」熙甫曰：「唯庸故妄，未有妄而不庸者也。」其授經安亭也，與朋舊門徒講藝於荒江寂莫之濱，朱弦疏越，一唱三嘆。而我疁之信從者特衆，如徐叔明、張公路、丘子成、張茂仁、傅元凱輩，所作皆元元本本，有質有文。四先生因得其緒言，而私淑之，且以傳諸後學。於是，錢蒙叟宗伯、黄陶庵先師遵其遺説，復起而昌大之。熙甫之書沉埋數十年者，一旦光耀於天壤，不可謂非四先生之功也。

乙酉之亂，李氏被禍最酷。先生一枝，惟孤孫聖芝在耳。檀園既成劫灰，梨棗亦無復孑遺矣。婁思修兵死無後，其板析而爲薪，所存不能什二。唐、程二集幸無恙，金治文、渭師兄弟復爲程刻《耦耕堂集》以續之，唐遺稿尚多，惜無人爲之補刻。遠近來購《四先生集》者，久有缺逸之嘆。吾宗開倩暨其伯子扶照嗜古好學，慨然以復舊爲己任，因遂捐金。先校李集，付諸梓，將次第及於婁之缺板，唐之續稿，以成大觀。

嗚呼！留心若此，可謂知所當務矣。晚近之人，類以聲色自娱，酒食相徵逐，甚而鬥雞走狗，六博蹋鞠爲嬉戲，腸肥腦滿，侈淫無度，問以典册，欠伸魚睨者多矣。况肯表章先賢，以垂示久遠乎？若開倩父子，味人之所不能味，爲人之所不欲爲，其事似迂而實切，其功似細而實宏，豈流俗所可同日語哉？

《檀園集》刻成，同侯生大年請序於徐宫坊果亭，并請余爲後序。余喜吾宗之有人，而遺文賴以不墜也，於是乎書。康熙己巳冬十有一月日南至，同邑後學陸元輔謹序。

輯自明李流芳《檀園集》卷末，清康熙二十八年嘉定陸廷燦重修《嘉定四先生集》本。

李長蘅先生人品絶高，詩文筆亦超妙，余尤愛其畫册諸題跋。客杭廿餘年，山水勝處，屐齒都遍，每苦胸次凡近，筆墨拙劣，不能抒寫。讀長蘅畫跋，乃一一如我胸中所欲言。文字有神，不覺稱快。時光緒庚子秋七月廿六日，竺道人識於娥江艖廨。

輯自明李流芳《檀園集》卷首，復旦大學圖書館藏清康熙二十八年陸廷燦重修《嘉定四先生集》本。

長蘅先生與錢受之宗伯同舉萬曆丙午鄉試，後益寄情山水，託意書畫，塵氛俗跡，不惹胸次。時來杭州，構南山小築，起清暉閣，造恰受航，與聞子將、鄒孟陽、嚴印持、忍公、無敕相往來。法相寺壁有畫竹，蓮居庵有書經石刻，高風勝韻，今猶未墜。茲册爲先生副墨，雖無畫圖，而神采奕奕，閱之令人心霽。暇從《檀園集》較正，依樣寫之，藉作清遊之導。康熙三十七年仲夏月，茜園丁文衡記於西橋老屋。

輯自明李流芳《西湖卧遊圖題跋》卷末，清光緒七年錢塘丁氏嘉惠堂刊本。

二、李流芳研究資料選輯

（一）書目提要

臣等謹案《檀園集》十二卷，明李流芳撰。流芳，字長蘅，嘉定人。萬曆丙午舉人，三上公車不第。因魏忠賢亂政，遂絶意進取，築檀園，讀書其中。《明史·文苑傳》附見《唐時升傳》中。是編凡古今體詩六卷、雜文四卷、題畫跋二卷。雖才地稍弱，不能與其鄉歸有光等抗衡，而當天啓、崇禎之時，竟陵之盛氣方新，歷下之餘波未絶，流芳容與其間，獨恪守先正之典型，步步趨趨，詞歸雅潔。三百年中，斯亦晚秀矣。謝三賓刻《嘉定四先生集》時，流芳尚存。三賓詣視其疾，索所作。因盡出平生詩文，手自芟纂，以成斯集。三賓爲作序文，亦感慨悽動。三賓，字象三，鄞縣人，天啓乙丑進士，後官巡按御史，守萊州，頗著勞績。掖縣毛霦《平叛記》載之最詳云。乾隆四十六年三月，恭校上。

《文淵閣四庫全書》集部六，別集類五。

(二)傳記資料

李流芳，字長蘅，嘉定人，丙午舉於鄉。其制義清婉多姿，而非其所好，恒以丹青翰墨自娱。士林識不議，爭傾慕之。所至但偕二三同調，清尊雅集。語及俗夫姓名，輒攢眉蹙鼻，惟恐或浼。

子素習兄，而丙辰之役，燕京同寓，其周旋最久。先是夢兄以硯示我，緑質而磬形，屬予作《磬硯銘》。覺後，捉筆書之，用以相寄。至是，果有硯在行笥，宛如夢中所見云。

客歲仲夏，聞兄嘔血。受之同操舟，詣其別墅。兄神明不衰，諧謔間作，自辰至戌乃別，且曰：「吾體度以七月全旺，虞山倚櫂，其在八月乎？」不謂二豎侵尋，秋而冬，冬而春，竟不起也。

兄殞凡百日，而予始往酹絮酒。茂林精舍，風景不殊，人琴之慟，何能已已。嗟乎！當世知兄以風雅，此非知之深者。猶憶同寓时，婁東一顯宦貽之卷貲。顯宦者，仲氏太史同籍，年誼故薄。兄嚴卻其貲，且草尺一牘，剌剌誚讓焉。載觀近作，有「關情世事惟餘笑，入耳新聞不受驚」之句，其胸懷從可窺矣。

明龔立本《煙艇永懷》卷二，清嘉慶間虞山張海鵬刊本。

長蘅姓李氏，諱流芳，其先徽州歙縣人也。其祖贈奉政大夫諱文邦，始徙嘉定。文邦之子諱汝筠，繼室以陳氏生長蘅。長蘅風流儒雅，海内知名者垂三十年。其殁也，識與不識，皆聞而悲之。然長蘅之生平，孝於親，友於兄弟，澹蕩於榮利，而篤摯於君臣朋友，則世未必盡知之也。長蘅長有高世之志，才氣宏放，不可絀羈。自其兄翰林君蚤世，始撫心下氣，求工應舉之業，以慰其父母。更十餘年，與予偕舉南京。當是時，長蘅之年漸長，而又以爲不逮其父，雖矯褐趨時，其中固已不能無厭薄之矣。再上公車不第，又再自免歸，皆賦詩以見志。自是絶意進取，誓畢其餘年暇日以讀書養母，謂人世不可把玩，將刳心息影，精研其所學於雲棲者，以求正定之法。未久而病作，猶焚香洮頮，手書《華嚴》不輟。又以其間寫唐、宋大家詩至數十帙，皆未就而卒。嗚呼！其可悲也！長蘅事母，色養甚備。敬其長兄，撫其弟妹若姪，絶甘分少，皆人所難能者。顧不事修飾邊幅，以孝謹取名。與人交，落落穆穆，不以握手出肺肝爲信。磨切過失，周旋患難，傾身瀝胷，一無所鯁避。平居不入公府，譚居間竿牘之事，輒頭面發赤。家貧，資脩脯以奉母。稍羸，則以分窮交寒士，卒未嘗立崖岸之行，以潔廉自表襮也。性好佳山水，中歲於西湖尤數。所至詩酒填咽，筆墨錯互，揮灑獻酬，無不滿意。山僧榜人，皆相與款曲軟語，間持絹素請乞，忻然應之。其爲人和樂易直，外通而中介，少怪而寡可。其於君臣朋友之間，大節確然，不可得而犯干也。歲壬戌，廣寧陷，都城震驚。遂喟然束裝南歸，其意以爲母老身未仕，猶可以無死也。以可以無死而歸，則其不可以無死而死焉必也。假令世不幸而有有唐天寶之事，苟受一命如王維、郑虔之爲，我知其必不忍也。丑、寅之交，每竊嘆曰：「事不可爲矣！」往往縱酒無聊，至於泣下。遂病咯血不能止。病且革，聞余被放，撫枕嘆詫。亡何，遂不起，崇禎二年之正月也。享年僅五十有五。嗚呼！其尤可悲也！長蘅交知滿天下，其少所與遊處曰郑胤驥閑孟、王志堅弱生，故其子娶閑孟之女，而其女歸弱生之子。其尤敬愛者曰程嘉燧孟陽，孟陽謂長蘅書法規摹東坡，畫出入元人，尤似吳仲圭，詩彷彿斜川、香山，晚於格律更細，尤嘆賞《皋亭》、《南歸》諸篇，以爲非今人可及也。長蘅既亡三年，以今年二月某日葬南翔之祖塋。其子杭之泣而言曰：「宜銘吾先人者誰乎？有先人之友程與錢在。」孟陽曰：「吾老矣，過時而悲，不能文也。銘莫如錢氏宜。」於是杭之纍然喪服來徵銘，孟陽助之請尤力。嗟乎！長蘅精勤學佛，既了然於去來之際矣，予銘之不勝其悲，其以余爲怛化已夫。銘曰：

雲棲之教，落日懸鼓，西方爲家。華嚴樓閣，涌現筆端，重重開遮。人世瑣碎，譬大海水，跳擲魚蝦。姱修介節，紛然建豎，猶算河沙。命耶才耶？籁頓屈信，其又奚嗟！文章粉繪，留世間者，燦爛春花。後千斯年，與此銘章，倬爲雲霞。

清錢謙益著，清錢曾箋注，錢仲聯標校《錢牧齋全集·牧齋初學集》卷五四《李長蘅墓誌銘》，上海古籍出版社二〇〇三年版，第一三九四至一三五一頁。

流芳，字長蘅，嘉定人。萬曆丙午，與余同舉南畿，再上公車不第。天啓壬戌，抵近郊聞警，賦詩而返，遂絶意進取，誓畢其餘年，讀書養母，刳心學道，以求正定之法。年五十有五，病咯血而卒。長蘅爲人，孝友誠信，和樂易直，外通而中介，少怪而寡可，與人交，落落穆穆，不爲翕翕熱。磨切過失，周旋患難，傾身瀝膂，無所鯁避。家貧，資脩脯以養母；稍羸，則以分窮交寒士。視世之豎立岸崖，重自表襮者，不啻欲唾棄之。性好佳山水，中歲於西湖尤數，詩酒筆墨，淋漓揮灑，山僧榜人，相與款曲軟語。間持絹素請乞，忻然應之。自以世受國恩，身雖屏退，不忘國恤。丑寅之交，閹人披猖，往往中夜屏營，嘆息飲泣。崇禎初，聞余以枚卜被放，撫枕浩嘆曰：「不可爲矣！」病劇，遂不起。嗚呼，其可悲也！長蘅書法規摹東坡，畫出入元人，尤好吴仲圭。其於詩，信筆書寫，天真爛然，其持擇在斜川、香山之間，而所心師者，孟陽一人而已。居恒語余：「精舍輕舟，晴窗淨几，看孟陽吟詩作畫，此吾生平第一快事。」嘆曰：「吾却有二快：兼看兄與孟陽耳。」晚尤遜志古人，草書杜、白、劉、蘇諸家詩，至數十巨册，故於詩律益細。孟陽亦嘆其《皋亭》、《南歸》諸篇，以爲非今人可及也。長蘅兄諸生元芳，字茂初，能爲七言長句；次兄庶吉士名芳，字茂才，有詩集，孟陽爲序。有才子曰杭之，字僧筏，畫筆酷似其父。乙酉歲，死於亂兵，遺孤藐然，今育於從兄宜之家。長蘅居南翔里，其讀書處曰檀園，水木清華，市囂不至，一樹一石，皆長蘅父子手自位置。琴書蕭閑，香茗郁烈，客過之者，怳如身在圖畫中。喪亂之後，化爲刼灰，獨其遺文在耳，而忍使其無傳也哉！

清錢謙益《列朝詩集小傳·李先輩流芳（附見兄元芳名芳子杭之）》，上海古籍出版社一九八二年版，第五八一至五八二頁。

李流芳，字長蘅，嘉定人。領鄉薦，後即厭棄舉業，不上公車。一年强半寄跡西湖，凡見湖中朝暾夕照，雲氣變幻，盡收入筆端。題跋數語，澹遠靈雋，字字皆香。凡看其畫，一種學問文章之氣，在東坡當求之筆墨之間，在長蘅當求之筆墨之外。至其學步雲林，更妙在郊寒島瘦。

明張岱《石匱書》卷五十九，明稿本補配清鈔本；又見明張岱《石匱書後集》卷六十《妙藝列傳》，中華書局一九五九年版，第三三九頁。

李流芳，字長蘅，嘉定人。萬曆間舉孝廉，文品爲士林翹楚。寫山水清標映發，墨瀋淋漓，名士風流，宛然筆墨之外。曾於西湖法相寺之竹閣寫山水四堵，尤爲奇秀。萬曆間，雪漁何震以印章著稱，長蘅戲爲之，遂與方駕，真敏而多能者也。

清姜紹書《無聲詩史》卷四，清康熙觀妙齋刻本。

李流芳，字長蘅，嘉定〔三〕人，登鄉薦。工詩文，書法蘇東坡，畫山水出入宋元諸家，而於吴仲圭尤爲精詣，竹石花卉，逸氣飛動。子杭之，字僧筏，畫諸體酷似其父。

清徐沁《明畫録》卷五，清《讀畫齋叢書》本。

流芳，字長蘅，嘉定人，萬曆丙午舉人。嘉定四君中以檀園爲上，雖漸染習氣，而風骨自高，不能掩其真性靈也。

清沈德潛《明詩別裁集》卷十，清乾隆刻本。

李流芳，字長蘅，名芳之弟。萬曆丙午舉於鄉，再上公車不第。天啓壬戌，抵近郊，時璫焰方張，賦詩而返，遂絶意進取。其爲人孝友誠信，和樂易直，外通而中介。與人交，周旋患難，傾身救援，無所鯁避。家貧，資脩脯以養母。稍贏，則以分窮交寒士。性好佳山水，中歲於西湖尤數。其書法規摹東坡，畫出入元人，尤好吴仲圭。其於詩，信筆抒寫，天真爛然，持擇在斜川、香山之間。有《檀園集》行世。子杭之。

清康熙《嘉定縣志》卷十六《人物二》。

李流芳，字茂宰，一字長蘅。少有高世之志，不可羈紲。舉萬曆丙午鄉試，再上春官不第。天啓壬戌，璫燄方熾，公車抵近郊，賦詩而返，遂絶意進取。爲人和樂易直，外通内介，與人交，磨切過失，周旋患難，傾身無所避。家貧，資脩脯以養母，贏則以分窮交寒士。性好佳山水，中歲於西湖尤數。至其書法，規摹東坡，畫出入元人，尤近吴仲圭。詩則信筆抒寫，天真爛然，在斜川、香山間。丑寅之交，明祚不振，流芳感慨時事，至泣下，遂病。病革，聞故人被放，詫嘆而卒。子杭之。

清張承先著，程攸熙訂《南翔鎮志》卷六《人物·文學》，上海古籍出版社二〇〇三年版，第五十五頁。

李流芳，字茂宰，一字長蘅。伯兄元芳，字茂初，諸生，工七言長句，卒年七十餘。仲兄名芳，字茂材，幼負異才，頃刻千言，宏麗無比。萬曆壬辰進士，改庶吉士，卒年二十九。流芳，萬曆丙午舉人。天啓壬戌，公車抵近郊，聞璫焰益張，賦詩而返，絶意進取。性孝友誠信，外通而中介。與人交，周旋患難，傾身救援，無所避。好佳山水，中歲於西湖尤數。畫得董、巨神髓，縱横酣適，自饒真趣。嘗自言筆墨氣韻間肖西湖山水云。書法奇偉，一掃尋丈結構，自極謹嚴。詩文雍容典雅，至性溢楮墨間。崇禎已巳卒，年五十五。論者謂四先生詩文書畫照映海内，要皆經明行修，學有根柢，而唐以文掩，婁以書掩，程以詩掩，李以畫掩云。

清光緒《嘉定縣志》卷十九《人物志四・文學》。

（三）其他

李孝廉長蘅，清修素心人也。平生交有二孟陽：一爲程孟陽，善畫；一爲鄒孟陽，善鑒畫，過於程。蓋程以能畫，故不受法縛。而鄒孟陽居六橋、三竺湖山間，每長蘅遊屐所至，必與之俱。乘頹然微醉，有意放筆時，輒以紙墨應。無論合作與否，收貯如頭目腦髓。果有以十五城易者，知其必不爲割好也。

長蘅以山水擅長，余所服膺乃其寫生又有別趣。如此册者，竹石花卉之類，無所不備，出入宋元，逸氣飛動。嗟嗟其人千古，其技千古！而孟陽爲慶卿之漸離，其交道亦是千古可傳也！

明董其昌《容臺集》別集卷四，明崇禎三年董庭刻本。

長蘅與鄒孟陽有水乳之契，過西湖必與孟陽偕。爲寫《西湖夢遊圖》，跋數行於後，皆清異可喜。獨《江南臥遊》尚缺數幅，每思續成之。

己巳，病不起，騎箕上天矣。孟陽展圖，淚漬紙上。又恐爲好事借觀如落，束薪手中，特詣吴門裝潢之，秘藏香龕，將六乙泥封口，惟恐穿廚飛出耳。孟陽挾此册遊天台十三日，攝屐奇險處，大呼：「李大安在？」松光雲氣間彷佛有長蘅應聲而出，但爲數萬丈擲空瀑布召呼，五百毒龍横作搏攫之狀，一時截斷两人，安能攝長蘅坐之筆端，潑天台數幅生綃也？

雖然，吾度長蘅墨仙也，决不死。宿世再生，當爲孟陽補完江南圖，如張安道《楞伽經》，邢和璞地中藏瓮相似。證明者爲眉道人。異日見之一笑，於三生石上夢遊西湖，此夢尚未即了。

明陳繼儒《陳眉公先生全集》卷五十二《題李長蘅〈西湖夢遊圖〉》，明崇禎刻本。

百巧千窮老便休，詩腸畫手對君羞。自今别有安閑法，不做忙人少出頭。

明程嘉燧《松圓浪淘集》卷十一《題畫扇送長蘅》，明崇禎刻本。

少年負壯志，離觴縱橫揮。中歲頗躭寂，幽懷澹無依。何當與子别，惻惻乃多違。子本青雲人，瀟灑富清機。邀我同袍侣，蓬門去幽棲。誰當數晨夕，玄言解其微。恨不同秉燭，從子郊園扉。

明程嘉燧《松圓浪淘集》卷十一《送李長蘅北上三首虎山橋同觀月作（其二）》，明崇禎刻本。

維崇禎二年歲己巳閏四月三日戊午，亡友李三長蘅之殁既百日且卒哭矣，山中始致新茗，中表新安程嘉燧乃復率男士顓拜兄靈几，瀹而薦之。

自君云亡，累欲致詞。百憂攻中，若棼若抽。有語在臆，有稿在腹。開口操筆，茫然失之。嗚呼！朋友之道，貴相知心。所謂惟識真者，乃相知耳。余既寡合，猶好盡言。屈指交契，殆不數人。求其文字之知，俱通繪事。志尚之外，同誓皈心。

少而歡焉，久而彌篤。素交之内，唯兄一人。凡世締之好，相益相劘，相護相恤，過於同氣，幾如一身，舉不足言。方當視疾，余出苦語，勸子解脱。至乎永訣，子唯正念。戒我遠離，務相提撕。期出生死，思與吾子。多生歷劫，夙有勝因。君之神識，今焉憑依？叩之不聞，蕩蕩嘿嘿。

嗟乎！風流一逝，襟期窅然。人心之懸，迥若蒼素。雖有克家，罕追夙好。惟兄胤子，於我臭味。如兄平生，余與忘年，矢無少替。兄之文章，手所編削，刊刻初就，醉瀋殘墨，盎然元氣。英英堂堂，長在世間。至於修短常期，死生幻化，又何深悼？惟自顧凡劣愚惑，沉錮未有脱期。臨歿之言，恐負良友。以此耿耿，日夕毋忘，會將抖擻。言出肝鬲，兄尚聞之。嗚呼！

明程嘉燧《松圓偈庵集》卷下《奠李长蘅》，明崇禎刻本。

吾聞倜儻人，邁往意不屑。當其未遇時，吐論必軒豁。及乎施之用，要令頑鄙怛。名跡豈不然？昭昭揭日月。所以貴聞道，章光戒太泄。出口淡無味，功成視猶皦。窅然務内觀，泊然輕外物。皮毛脱落盡，然後見真骨。嗟子妙言語，況兹壯齒姝。歸依老律師，久已斷葷血。被服與俗同，冥心祉禪悦。行當赴功名，千里坐超忽。眷言平生親，解攜在明發。吾衰就日損，將何申贈别。材士願多奢，行人事每節。毋以不磷緇，輕用試磨涅。

明婁堅《吴歈小草》卷一《贈别李長蘅》，清康熙刻本。

讀君《南還詩》，其味澹而永。出處戀母慈，裵僚發深省。展此《西山圖》，勢聳筆逾靚。媚好非我姿，崢嶸豁孤騁。空亭獨遊人，寧堪侶鼃黽。晚歲六尺軀，有如漾藻荇。觸熱雖心煩，嚼冰自齒冷。

明婁堅《吴歈小草》卷二《題長蘅畫》，清康熙刻本。

題君三絶君未領，看君意色何淵永！若登絶境已無餘，自兹以往復焉如？興來興止性情真，有意無意如其人。予家畜子《寒林圖》，秋冬之際子精神。乞君再作無所拂，子意其當無苦物。

明鍾惺《隱秀軒集》卷五《贈李長蘅》，上海古籍出版社一九九二年版，第六十一頁。

蒼然一片深寒裏，纔著蕭疏四五株。但作千林風雪看，淒聲遥影不曾無。

明鍾惺《隱秀軒集》卷十四《題李長蘅〈寒林圖〉》，上海古籍出版社一九九二年版，第二一三頁。

鎖院文章京雒塵，篝燈每共話酸辛。青袍奉母誰如子？席帽趨時自有人。精舍繙經招淨侣，晴窗鬬墨趁閑身。明年相約桃花水，一笑清溪整角巾。

清錢謙益著，清錢曾箋注，錢仲聯標校《錢牧齋全集·牧齋初學集》卷二《客塗有懷吴中故人六首·李先輩長蘅》，上海古籍出版社二〇〇三年版，第七十四至七十五頁。

吴生遇盜事亦奇，襆被囊琴暮雨時。向盜乞畫真癡絶，盜亦欣然還擲之。此畫經營良不苟，老樹槎牙怪石走。豪奪巧取或可慮，豈意魯弓還盜手。今年逢君書畫船，收藏欲厭宣和編。展玩竟日頭目暈，更撫此卷心茫然。水墨淋漓如欲語，眼中斯人定何許？畫裏還看漠漠雲，燈前自聽瀟瀟雨。詩腸淚眼半焦枯，短歌偪塞堪盧胡。憑君更屬松圓老，爲寫《江干乞畫圖》。

清錢謙益著，清錢曾箋注，錢仲聯標校《錢牧齋全集·牧齋初學集》卷九《題李長蘅爲吴生畫〈溪山秋靄圖〉》，上海古籍出版社二〇〇三年版，第二九一頁。

李生騎鯨去莫扳，畫本散落流人寰。鄒生所藏尤神逸，參差畫出江南山。初從武林寫游跡，西湖潑墨流潺湲。六橋雨中每放艇，雲棲月下頻扣關。山僧追游負囊米，妓女乞畫敲銅鐶。意中煙景亟追取，興來筆墨不可删。虎丘天竺總脚底，山泉秀絶勤躋攀。靈巖廊邊山盡響，虎山橋頭月幾彎？西山梅花千萬樹，盤螭光福爭回環。聚塢楊梅亞紺紫？洞庭朱實垂朱殷。巾車櫂舟窮冬夏，命觴染翰銷餘閒。白頭荏苒好友盡，青山潦倒樂事慳。鐵山寒梅空照眼，六浮閣址埋草菅。山堂懷人更感舊，摩挲畫册流涕潸。山中宿昔共游燕，酒痕墨瀋猶班班。惜哉不見此卜築，點染尺幅看斕斒。石田詩句拂雲浪，大癡粉本留孱顔。潦收漁莊淥照水，霜酣寶巖紅滿灣。海山雲氣互吞吐，羽人仙客時往還。石田大癡尚未死，共捉麈尾戴白綸。顧我與子不見耳，安知李生今不游其間？嗚呼安知李生今不游其間？

清錢謙益著，清錢曾箋注，錢仲聯標校《錢牧齋全集·牧齋初學集》卷十五《題武林鄒孟陽所藏李長蘅〈卧遊畫〉册》，上海古籍出版社二〇〇三年版，第五六四頁。

長蘅每語余：「精舍輕舟，晴窗净几，看孟陽吟詩作畫，此吾生平第一快事也。」余笑曰：「吾却有二快，兼看兄與孟陽耳。」長蘅没後七年，從昭彦見此幅，爲之慨然。遂題數語，使後之觀者，不獨賞繪事之妙，亦知其虚懷好善，不自以爲能事，真有前輩風流也。乙亥新秋日題。

清錢謙益著，清錢曾箋注，錢仲聯標校《錢牧齋全集·牧齋初學集》卷八十五《題長蘅畫》，上海古籍出版社二〇〇三年版，第一七九〇頁。

壬申秋夜，夢與長蘅遇於濠、淮間，隔船窗相語。顧視舟中，筆床硯屏，位置楚楚。同遊三人，幅巾道衣，皆有韻致。余問長蘅：「兄今筆墨之債，約略尚如生前乎？」長蘅曰：「甚若。今早正受人刺促，紙燥筆枯，心癢癢不耐，故出遊耳。」觀其意思洒落，故知不墮鬼趣。却未知所與同遊者爲何人也？樂天哭夢得詩云：「賢豪雖没精靈在。」此語信然。偶閲長蘅所書夢得詩册，漫記於此。嘉平九日，書於榮木樓之殘雪下。

清錢謙益著，清錢曾箋注，錢仲聯標校《錢牧齋全集·牧齋初學集》卷八十五《題李長蘅書〈劉賓客詩〉册》，上海古籍出版社二〇〇三年版，第一七九七頁。

李生才思如春①雲，信腕潑墨皆有文。雲山每拂紅樓壁，章草嘗書白練裙。此圖點染聊復爾，老筆槎牙劈生紙。已皴數樹接煙嵐，更著扁舟破春水。舟中一老澮鬚眉，鶯脰湖邊問渡時。橘花寒食横塘路，絳淺紅輕蕩槳遲。

校勘記：①箋注本作「春」，各本作「青」。

清錢謙益著，清錢曾箋注，錢仲聯標校《錢牧齋全集・牧齋有學集》卷六《爲康小范題李長蘅畫》，上海古籍出版社二〇〇三年版，第二六五至二六六頁。

長蘅晚年遊跡，多在西湖。鄒孟陽、聞子將每設長案，列縑素，攤卷拭扇，以須其至。長蘅笑曰：「此設三覆以誘我矣。」揮毫潑墨，欣然樂爲之盡。故兩家所得最富，扇紙累百計不止。余平生愛惜朋友，檀園、松圓，楮墨藏弆，僅以十數計。絳雲之災，胥燼於火。而鄒聞溘逝後，篋衍狼藉，僮奴竊取以供博弈，不知其爲主人之頭目腦髓，可嘆也！子羽收畫扇十幅，上有鄒氏圖記。余撫之憮然而嘆。以長蘅之書①畫，兩家之多取，與余之寡取，未轉盼而同歸於盡。天下之物，其可錮而留之也哉！此册爲楚人之弓，遞代郵傳，以及子羽，而余得以摩挲把玩幸矣！子羽，達人也，書其後而歸之。己亥夏六月立秋後四日②，蒙叟錢謙益書於③碧梧紅豆村莊。

淵明集有《畫扇贊》，盧德水取以名室曰畫扇齋。余愛德水之妙於欣賞而工於標擧也，過杜亭，信宿齋中，因語德水：「此中難著俗④物，如吾友程孟陽、李長蘅，乃畫扇齋中人耳。」德水死，此齋爲馬肆矣。子羽得長蘅畫扇，宜擧德水例以名其齋。德水以淵明之贊，而子羽以長蘅之畫，如燈取影，各有其致。余他日當補爲之贊。

拂水丙舍新成，溪堂澗户，差可人意。松圓老人嘆曰：「但恨長蘅早去，不得渠仰面而背手，吟嘯嘆賞，爲闕陷事耳。」今年修葺秋水閣，少還舊觀。松圓亦爲古人久矣。覽長蘅畫扇，煙嵐濃淡，堤柳蔽虧，朝陽花信，居然粉本。吾詩固有之，安知李生⑤不與大癡諸人神遊其間耶？

過南滁，上清流關，關山屈盤，關門有壯繆侯廟，朱干紅斾，閃颺山城麗譙上。此扇景約略近之。過此如穿井斡而出，鶩沙平田，騁望千里，此走濠、泗、豐、沛道也。長蘅過此，口占示余曰：「出門日日向東頭，才過濠州又宋州。心似磨盤山下路，千回萬折幾時休？」扇頭嶺路紆餘，人家客店，幾點在夕陽外，正似磨盤山脚，日晡驅車時也。歐陽公云：「漠然徒見，山高而水清。」此何時也耶？長蘅詩《檀園集》失載，追録於此。

此幅長堤疏柳，溪橋回伏⑥，絶似吾出莊沿堤風景。孟陽居聞詠亭，散步行吟，墊巾往返，步屧可以指數。今扇頭堤橋上一叟閑閑，扳枝倚樹，傲兀自得，使山中村媪牧豎，信手指目，必以爲吾孟陽也。長蘅爾時隨手點染，豈自知爲孟陽寫真耶？

東坡書報王定國：「余近日畫得寒林，已入神品。」此老矜重，自以爲能事如此。豈若吾長蘅盤礴之暇，以退筆殘墨揮灑，遂妙天下耶？坡嘗言：「歐陽公天人也，人或以爲似之且過之，非狂即愚。」余安得爲此無稽之言，亦聊以發子羽一笑耳。長蘅易直闊達，多可少忤。然其胸中尚有事在。啓、禎之交，感憤抑塞，至於酸辛嘔血。作枯木皺石，虯曲蟠鬱，亦所謂「肺肝槎牙生竹石」也。

松圓老人嘗於奚奴摺扇畫袁海叟「隔花吹笛正黄昏」之句。珠林玉樹，澹月朦朧。余苦愛之。長蘅此幅，仿佛相似。又似⑦登鐵山，坐長蘅六浮閣址，看西山梅花⑧，古香清塵，浮動心眼，使人取次指點，便欲揚去。大抵清林疏樾，輕煙淡粉，昔人所評淺絳色畫，唯吾江南有此風景。又非此中高人秀士，不能籠挫撈漉，寫著阿堵中也。二老仙去，子羽故應玄對此語。

東坡題⑨李唐臣秋景云：「野水參差落漲痕，疏林欹倒出霜根。浩歌一櫂歸何處？家住江南黃葉村。」長蘅畫扇累幅，皆饒此意。蓋自壬戌罷公車，絶意榮進，思終老於菰蒲稻蟹之鄉，其寄興疏放如此。今余老矣，暮年江關，微風摇動，未知長腰縮項，得安穩老饕否？李畫中有長年舟子，却迴煙櫂，張頤鼓枻，故坡詩有「浩歌一櫂」之句。今應於扇面補畫一白頭老人企脚放歌，以代舟子。詩有之：「蒹葭蒼蒼，白露爲霜。所謂伊人，在水一方。」江南黃葉村中，豈可無此一老人耶？

展畫卷至第十幅，扁舟淺水，簑笠一翁，面山兀坐，居然李唐畫中舟子。撫卷輾然，豈天之有意於斯人耶？碧梧紅豆村中，涼風將至，白鷗黃葉，身在長蘅畫扇中。仙酒獨酌，鑪香凝塵。每笑⑩柴桑處士觀《山海經》，覽《穆王圖》，流詠荆軻、田疇，胸中猶擾擾多事。方爲子羽題册，人從京江來，傳言白帝倉空⑪。放筆一笑，并書於尾⑫。

校勘記：本題凡十則，金匱本及文鈔補遺所收爲全文，首尾完具。邃本、鄒鎡序本僅有第一則，且文字至「不知其爲主人頭目腦髓可嘆也」而止，第一則亦不全。

①文鈔補遺作「書」，金匱本作「詩」。
②文鈔補遺有「立秋後六日」五字，金匱本無。
③文鈔補遺有「於」字，金匱本無。
④文鈔補遺作「俗」，金匱本作「雜」。
⑤文鈔補遺作「生」，金匱本作「三」。
⑥文鈔補遺作「伏」，金匱本作「複」。
⑦文鈔補遺有「又似」二字，金匱本無。
⑧金匱本「花」字下有「海」字，文鈔補遺無。
⑨文鈔補遺有「題」字，金匱本無。
⑩文鈔補遺作「每笑」，金匱本作「因念」。
⑪文鈔補遺有「方爲」至「倉空」十七字，金匱本無。
⑫文鈔補遺有末四字，金匱本無。

清錢謙益著，清錢曾箋注，錢仲聯標校《錢牧齋全集·牧齋有學集》卷四十六《題李長蘅畫扇册》，上海古籍出版社二〇〇三年版，第一五三九至一五四二頁。

癸丑客長安，方孟旋、胡休仲、李長蘅、聞子將過余。款語移日，繼之以夜。時雖初識，然以文字交久矣。日月忽忽，不知老之及已也，諸人遂無一存者。人生何常？好友都盡。昌黎云：「人欲久不死，而觀居此世者，何也？」今日見長蘅此册，淒然不能出一語，但恨此人何以死耳。痛長蘅，使我懷孟旋、休仲、子將之情益深也。

明蕭士瑋《春浮園集》文集卷下，清光緒刻本。

殘客場中望獨友，待君欲來日叉手。千頃波中影倏忽，看君登舟反恍惚。人傳君貌多似予，相見先問如不如。皮毛百年散寒煙，諸君莫問然不然。夜夜城中如遠俗，閉門便向山水宿。我歌止時君畫起，起止蒼茫鼓聲徙。君欲約看太湖梅，置君且在霜紅裏。萬葉一色紅易終，我愛黄邊緑邊紅。

明譚元春《譚元春集》卷四《喜李長蘅至》，上海古籍出版社一九九八年版，第一三〇至一三一頁。

聞道李生久，兼知亦信予。膚清原可厭，惟肖獨何與。畫已將詩見，神能令貌如。他年誰後死，優孟免躊躇。

明譚元春《譚元春集》卷五《代書答伯敬燕中五首·書云李長蘅清真佳士貌绝似友夏尤奇》，上海古籍出版社一九九八年版，第一六〇頁。

維長蘅先生，以崇禎己巳孟春没於槎里。從孫甥侯某往哭之，奠以杯茗，惝恍而不能言。越三月，始操筆爲文而告之曰：

嗚呼先生！年止於斯。清福盛名，天或奪之。彼有耆耇，厚取世資。既佚且老，又將何其？

人稱先生，清虚灑落。我窺其深，忠孝卓犖。值所不可，氣填寥廓。匪以閉户，纓冠義薄。公車再返，病實及身。豈遺榮進？聊慰老親。晚歲裹足，憂思輪囷。

黄門就格，强半故人。制科之業，於今蕪穢。公賈弗售，藝追正始。揚扢騷雅，濫觴太史。其所不盡，溢爲書繪。優遊暮齒，筆益老蒼。酒壇禪榻，花塢月航。咸入舒寫，以娱景光。貧轉好事，閑課乃忙。山屐稍謝，林園增築。房廊水石，映帶嘉木。以娱親賓，以媚幽獨。謂將終老，脱去何速？

先生示疾，殆逾一年。臨没自維，胸情屢遷。初焉壘塊，輒欲舊騫。調御既久，心風悠然。秋冬之交，意轉剥换。視彼縶羈，等於露電。習氣未除，煙霞筆研。迨迫天歸，亦同陽焰。惟西竺氏，久闖其藩。恨不精猛，遂徹根源。短景既促，皈依彌敦。鐘梵之音，爰及旦昏。如是而生，如是而畢。如是委順，了了不惑。

我儀先生，不惟密戚。少縛章句，實罕侍側。頃將從之，質問嬉遨。草生之辰，鳥鳴之朝。慈明阿咸，許次末曹。忽焉登堂，涕泗叫號。先生已矣，敝屣垢穢。稽首樂邦，視我如蟻。慰以一言，聊復爾耳。有文不朽，有子不死！

明侯峒曾《侯忠節公全集》卷十五《祭李長蘅先生文》，民國二十二年鉛印本。

長蘅長於詩文，畫乃其餘事。略爲點染，即靈曠欲絶。然又不肯爲人輕畫，所許可爲程孟陽一二士耳。此册乃畫虎丘山湖之景，湖光山色，歷歷如見。而又摹宋元諸家畫，無不各臻其妙，文人靈心乃至於此。

清孫承澤《庚子銷夏記》卷三《李長蘅畫册》，清《文淵閣四庫全書》本。

檀園著述誇前修，丹青餘事追營丘。平生書畫置两舟，湖山勝處供淹留。

清吴偉業《梅村家藏稿》卷十一《後集三·畫中九友歌》，《四部叢刊》景清宣統武進董氏本。

先輩風流絶調孤，一生寄興在西湖。偶然寫出湖中景，得似檀園水木無。辛未秋日，尤侗題。

清周二學《一角編》甲册《李檀園山水真跡》，上海人民美術出版社一九八六年版，第三十頁。

「穀城山好青如黛，滕縣花開白似銀」，嘉定李長蘅流芳詩也，余最喜之。甲子使東粤，往返两過滕縣，不見一花，賦詩云：「薛北滕南幾問津，遠山如畫黛眉新。惟餘底事堪惆悵，不見花開白似銀。」長蘅畫學雲林，亦是逸品。門人陸生廷燦扶照近補刻《嘉定四君子集》，余爲之序。大抵程孟陽之詩、婁子柔之文、長蘅之畫，足稱三絶。

清王士禎《漁洋詩話》卷中，清《文淵閣四庫全書》本。

牧齋喜李流芳長蘅詩「穀城山曉青如黛，滕縣花開白似銀」，予亦愛之。康熙乙丑，以祭告南海之役，途出鄒滕，憶前句，賦一詩。適門人户部主事何炯貽予長蘅詩鈔本，是詩在其中，惜全篇不稱。别有《東阿道中》一首云：「騰騰兀兀逐塵行，忽似春山爲解酲。高下欲隨人境繞，逶迤偏覺馬蹄輕。誰教柳色毵毵映，不分梨花處處生。愛煞穀城山下路，風光況復是清明。」又《滕縣道中》云：「山欲開雲柳乍風，杜梨花白小桃紅。三年三月官橋路，策蹇經過似夢中。」二首風調頗佳。已上《居易録》，并録一。

清王士禛《帶經堂詩話》卷十，清乾隆二十七年刻本。

李三每畫畫，未畫先潑墨。點點落新煙，筆含生色寒。崖骨嵚崎樹，老宛蠹蝕理。趣固甚奇饒，米顛若相逼。醉後作此圖，殘巒滿小幅。我將遺叔醇，清齋亦峻陟。君畫妙入神，細看定有得。覽圖弟項真。

明李流芳繪《寒山煙樹圖》軸，上海博物館藏，紙本，水墨；又見劉海粟輯《晉唐宋元明清名畫寶鑒》，民國間申報館影印本，第七十九頁。

老友俞石倉〔四〕來言：「前明李先生長蘅詩，部臣有請銷毀者。某所藏檀園詩，先生手録本也，其存之否耶？」余亟取讀之。其詩清而和，直而不野，被色選聲，力厚而思沉，以視七子之貌爲唐人者遠甚。有詩如此，存之宜無不可。考其時，則與譚友夏善，詩蓋未嘗效之。其能爲所爲於舉世不爲之時，非豪傑不能，而況其詩有卓卓可傳者哉？孟子曰：「誦其詩，讀其書，不知其人，可乎？」先生之生平，即詩已可概見。若部臣之請，蓋必指集中之言遼事者。今按所録古近體，皆唱和閑〔五〕適之作，已與近日抽毁之例合，即存之，其孰曰不可？袁枚跋。

李長蘅先生詩和易簡直，不事規模，迥殊七子習氣，字跡尤復豐神蕭遠，不落時蹊，洵可寶也。此册爲古鹽俞倉石〔六〕先生所藏，其族孫四香出諸行篋，幸獲觀焉。道光壬戌暮春，西笭周庠書於吴陵志館。

清裴景福《壯陶閣書畫録》卷十六《明〔七〕李檀園〈手書詩〉二册》，民國二十六年中華書局鉛印本。

宋珏《過檀園追悼長蘅李三兄》：「仙遊彈指頃，淹及小祥期。昔嘆驢鳴晚，今愓宿草遲。風流真頓盡，神理尚離披。無那西州路，重過復痛悲。」「君去日云遠，我來何所親？影堂空有火，華屋似無鄰。罋暗蘿懸月，廊鳴雨釀春。誰能當此際，忍淚不沾巾？」「未得還閩海，金閶擬卜居。偏尋方外侶，盡讀世間書。此意久相約，追思今總虛。白頭猶滯客，不是爲無魚。」

清清張承先著，程攸熙訂《南翔鎮志》卷十一《雜志·園亭·檀園》，上海古籍出版社二○○三年版，第一六三至一六四頁。

李泡庵流芳，詩畫俱入神品。當時巨公嘗曰：「看長蘅與孟陽吟詩作畫，为生平第一快事。」爲人外通中介，意有不可，如山岳不能撼。天啓中，吴人建魏璫生祠於虎邱，合郡官吏望風趨拜。邑侯謝三賓問於流芳，流芳曰：「拜是一時事，不拜是千古事。」卓哉斯言，真足千古！

清張承先著，程攸熙訂《南翔鎮志》卷一二《雜志·軼事》，上海古籍出版社二○○三年版，第一九三頁。

髫齡我住西湖曲，余年六歲即隨侍先大夫蕭山官署。頗愛蓴羹嘗未足。壯遊頻向西湖居，鹽豉欲覓心躊躇。扁舟采采竟未得，横葑如雲開或塞。行厨偶一毛銀絲，不辨何來徒耳食。宋比玉謂西湖蓴菜多産放生潭左右，梁山舟以爲今已無有。檀園居士人中仙，山水放蕩湖蓴間。宦餘始憶此味美，季鷹尚覺非高賢。甬江范子收縑素，二百年來傳逸趣。五肉七菜何者甘，塵吏腥羶自知誤。烟波千頃菰蘆渺，風景鱸鄉夢魂繞。人生適志皆可圖，秋菘春韭無處無。

清錢維喬《竹初詩文鈔》詩鈔卷十二《題李流芳〈西湖采蓴圖〉》，清嘉慶刻本。

泡庵道人神骨超，風流跌宕詩文豪。時危謝卻禮部試，放情山水同漁樵。西子湖頭系客舫，虎山月下敲僧寮。歸來息影三畝宅，小樓坐雨風蕭蕭。先生有山雨樓。胸中丘壑不可掩，興酣磅礴供揮毫。松風水月靈巖徑，輕煙薄霧西泠橋。先生過靈巖，有「松風水月夢中禪」句；題西泠橋有「輕煙薄霧斜陽下」句。俱見《臥遊畫册跋語》。先生畫形兼畫意，墨光飛動淩煙霄。騎鯨一去不復返，當年粉本隨風飄。何人好事藏此册，清氣勃勃生輕綃。乃今先生今不死，神遊日夕相招邀。嗚呼！安得先生神游日夕相招邀，指點湖山共結巢。

清朱掄英、葉長春、江萬泉輯選，鞠國棟整理《三槎風雅新編》卷五，清張承先《題長蘅先生〈臥遊畫〉册》，上海文化出版社二〇〇八年版，第一二九頁。

博望乘槎處，清流抱一灣。何年眠李白，終古謝家山。拜墓嗟霜鬢，看碑拂蘚斑。松圓隔千里，瞻望淚潺湲。

清朱掄英、葉長春、江萬泉輯選，鞠國棟整理《三槎風雅新編》卷五，清張承先《謁長蘅先生墓》，上海文化出版社二〇〇八年版，第一三二頁。

泡庵詩老推儒宗，文章道術資陶鎔。《六君子圖》不可見，檀園遺跡誰尋蹤？《西州譜序》紀往事，盥手讀之爲斂容。當年養靜慎娱室，高情淡淡心溶溶。畫詩詩畫本餘事，招呼九友時過從。解衣盤礴出新意，墨瀋一潑山千重。神品逸品洵两得，通靈妙手如畫龍。二百年來跡已絶，餅金欲購真難逢。開囊今忽見此本，展現令我開心胸。高齋臥遊愜幽賞，何須蠟屐支枯笻。煙雲颯颯起四壁，此身如坐蓬萊峯。

清朱掄英、葉長春、江萬泉輯選，鞠國棟整理《三槎風雅新編》卷八，清張式玉《慎娱居士畫册歌》，上海文化出版社二〇〇八年版，第二三一頁。

李長蘅流芳，筆力雄健，墨氣淋漓，有分雲裂石之勢。後之摹先生畫者，須先養其温和恬静之氣，而後研求先生風骨神彩，則霸悍之習自除矣。師長捨短，願與識真者共參之。

清秦祖永《桐陰論畫》上卷，清同治三年刻朱墨套印本。

長蘅貌似譚友夏，友夏贈詩云：「他年誰後死，優孟免躊躇。」長蘅亦贈友夏詩云：「誰云譚郎貌似我，執手問人還似無。寸心明白已如此，區區形似終模糊。」又與袁小修、鍾伯敬遊，故其詩未免爲楚咻所奪。今録其不墮彼法者，五言特清迥出塵。

清陳田《明詩紀事》庚籤卷四，清陳氏聽詩齋刻本。

張大受《山雨樓感長蘅先生》：「何處山飛雨，樓居近水涯。遺書傳四裔，喬木屬誰家？故棟亡秋燕，空庭有晚鴉。檀園風韻好，寥落後人嗟。」

張揆方《過檀園》：「先生自是米海岳，平生揮灑驅邱壑。書畫都儲溪上船，一種風流今寂寞。春寒料峭倚亭邊，石氣欲偪吟詩肩。幽光媚發粼媪圃，曲沼平爲野老田。吾祖亦曾營別墅，前賢載酒題詩處。秋風吹塌舊茅堂，醉墨如鴉破壁去。」

林大中詩：「吾嘐四君子，先生居其一。偶來檀園遊，遺石猶崒嵂。憶當晚明時，宦途亦多術。高士心鄙之，堅卧獨不出。栽松復種菊，位置殊秩秩。友朋比性命，事業在著述。詩筆能清真，畫品亦超軼。不拜千古事，名言殊簡質。孝廉憂國家，嘔血遂以卒。卓哉千古人，孟陽豈其匹？平日觴詠地，寥落誰復悉。眷兹山雨樓，意興極蕭瑟。」

清光緒《嘉定縣志》卷三十《名跡志·第宅園亭·檀園》。

天啓丙丁間，吴郡建魏忠賢生祠。李孝廉流芳詩以見意，曰：「送子金閶道，高闕何巍峨。笑彼誇者子，高危當奈何？丈夫自有志，衆人鮮不波。」祠像既成，官吏趨風往拜。知縣謝三賓問於流芳，答曰：「拜是一時事，不拜是千古事。」

清光緒《嘉定縣志》卷三十二《雜志下·軼事》。

檀園之畫，以予所見真者衡之，無如此册之妙。此册筆、墨、紙三者皆精，而興會又足以鼓舞之。斯能交相爲用，以發明其精采。筆筆清晰，而無一毫痕跡，真筆墨化煙雲者。此法固開之於董，但董有乾有濕，而李以濕勝。董有細有粗，而李以粗勝。蓋董兼學力，李任天趣也。奚蒙泉功力既深之後，借檀園以博其趣，始能圓渾。其嘆賞不置，有以哉！

清葛嗣浵《愛日吟廬書畫補録·明李流芳〈山水〉册》，民國二年葛氏刻本。

校勘記

〔一〕「明」，原文訛作「清」，據文意改。

〔二〕「靡」，原文訛作「靡」，據文意改。

〔三〕「嘉定」，原文訛作「常熟」，據文意改。

〔四〕「俞石倉」，一作「俞倉石」。

〔五〕「閑」，原文訛作「間」，據文意改。

〔六〕「俞倉石」，一作「俞石倉」。

〔七〕「明」，原文訛作「清」，據文意改。